魅丽文化图书目录

不是每一年都有这样石破天惊的震撼！
"飞·魔幻"杂志四年灵魂之作首次结集出版——
还在寻找涵盖面最广的明星写手作品集吗？

奢华版"飞·魔幻"：
《她朝两望烟水里》重磅推出！

书名：《她朝两望烟水里》
策划：花火工作室
定价：16.80元
出版社：春风文艺出版社
系列：魅丽精品书系

主要内容：
囊括史上最震撼的全明星阵容：
语笑嫣然/萧天若/水阡墨/橘文泠/杨千紫/白少邪/尤妮妮……
收获史上最柔软的缱绻情深：
她是狐，我也是狐。其实，狐狸也懂专心。

《花火》空降温情大神路筝　37°
文字书写心酸的浪漫
偷菜网游暧昧四起+跟文码字妙趣横生
=100%怦然心动的治愈系爱情
周杰伦《蜗牛》小说版：
唯愿时光不变，让我爱你依然

书名：《小白驾到，请多关照》
作者：路筝
定价：18.00元
出版社：春风文艺出版社
系列：全城热恋书系

内容简介：
路人甲余农农，是学校的一朵小浮云。喜欢同学慕容博，却遭人横刀夺爱；喜欢写文码字，却是个无点击无评论无收藏的小透明。 一路蜗牛般默默往上爬，终于遇到生命中最重要的两个他，一个为师，一个是友，一个叫遗憾，一个叫欺骗。等到文笔不再生涩，也历遍破碎悲哀种种滋味。
原来，每个人的成长，都是一次痛彻心扉的撕裂。

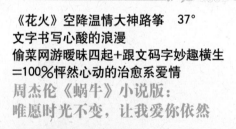

花火首部一次过稿一字不改的原创小说
编辑团队一致高举PASS牌的
闪亮新星——月上无风
如果你错过这本书，你不只是错过了一段青春

书名：《月时有圆缺》
作者：月上无风
定价：18.00元
出版社：春风文艺出版社
系列：一爱倾城书系

内容简介：
14岁的辛圆缺跟随母亲来到顾家，遇见桀骜不驯却又善良优秀的少年顾月时。电光石火间，两颗年幼的心渐渐靠近。可是当顾月时母亲去世之际，顾聿衡发现他永远不愿意相信的事实。而辛圆缺因为一时冲动，导致自己的母亲丧生于意外。
十年后，24岁抽烟喝酒绯闻缠身的辛圆缺又重逢已经成为知名律师的顾月时……

花火工作室2010年直击
心脏的催泪子弹
经典热销系列【一爱倾城】首部五星悲伤之作
忧伤精灵清音墨影带你踏上最美最疼的爱情丝路

书名：《暮雪上的晨星》
作者：清音墨影
定价：18.00元
出版社：春风文艺出版社
系列：一爱倾城书系

内容简介：
青梅竹马的初恋男友顾知其在一场大火中意外丧生，赵秋晨选择封闭自己，在回忆与黑暗里止步不前。她以为爱情会成为她一生的禁锢，然而她与律师纪暮衡偶遇相识，他宛如黎明破晓时分夜幕中闪烁的晨星，让她走出痛苦的深渊。可在这场似宿命的相识里，却潜藏着令人痛心的秘密。初恋男友的死亡原因，纪暮衡的真实身份，黑暗的家族利益纷争……让这份悲戚的爱情遭遇了前所未有的考验。

史上最"兵荒马乱"的恋爱
天下最"匪夷所思"的传奇
2010，日月为鉴，天地苍黄——
请与《花火》杂志百万读者一起，
见证这场水滴石穿的地老天荒

书名：《鸳鸯相报》
作者：赵乾乾
定价：18.00元
出版社：春风文艺出版社
书系：陌上花开书系

内容简介：
一个深切贯彻了暴发户女儿的身份，一个抵死呈现了当朝武状元的气质。看史上最"胡扯"女主如何插科打诨称霸状元府。亦看天下最"痴情"男主如何见招拆招吃定"小霸王"。
有人造孽便有人遭罪，莫问悔不悔，这年头儿骨头贱谁也怨不了谁。

花火工作室年度青春笑忘书
献给15岁张扬跋扈28岁低眉敛目的土匪你。
与五月天，苏打绿；刘若英，光良，
艾薇儿一起歌颂少年国度

书名：《九月少年蓝》
作者：月下箫声
定价：18.00元
出版社：春风文艺出版社
系列：少年蓝书系

内容简介：
如果在那个九月湛蓝的天空下，他不曾遇见林旭，如果在溜冰场上，他不曾带着她；如果在情动的夏天，他不曾开口坚定说爱她……可是没有如果，他们一起走过高考这座独木桥，复读让他们两地相思，而两个人的差异，终让彼此走远，在没有她的异国，才知道自己得到的原来并不比失去的多。

花火灵气女生居筱亦，360°论证
你绝无被爱情遗忘的理由
——连【林黛黛】都找到了如此优质男，
大家还愁什么呢？

史上最脱线女主林黛黛遭遇妖孽新贵尧烨，
赖定贼船不放手！死缠烂打+搞定美男全攻略，
恋爱绝不将就，就是非你不可。

书名：《贼船，等等我》
作者：居筱亦
定价：20.00元
出版社：珠海出版社
系列：全城热恋书系

内容简介：
大四毕业生林黛黛做梦也没有料到在招聘会上遇见的极品男居然会成为自己的代课老师，此后课堂上林黛黛就开始了和尧烨斗智斗勇胆战心惊地学习生涯……青梅竹马的路子墨回来了，林黛黛心中的天平开始倾斜，尧烨大感危机之下更是穷追不舍，一曲三人追逐戏热闹开场……

继顾漫之后，再现萌派大神
花火工作室有史以来最甜蜜动人的"爱情白皮书"
2010年最具温柔杀伤力的笨熊爱情手记，
谁说脱线笨熊的杀伤力只可摘得一朵烂桃花？

书名：《桃花天里熊熊过》
作者：啦乱
定价：18.00元
出版社：珠海出版社
系列：全城热恋书系

内容简介：
作为警察小姐，为民分忧也是一件危险的事情，尤其是面对一个失业失恋失志的三无青年，一个娇气得要命、自毁人生的纨绔子弟！而撞上这一株妖孽桃花也算是上天感动于她赤诚暗恋的奖赏了……
和他们擦肩而过的人——
他的大钻石前女友：原来分手以后，她还是没有比他幸福。她的小暗恋帅先生：我是你猜不到的不知所措，你是我想不到的无关痛痒。

魅丽文化图书目录

魅丽出品 花火 必属精品

耽美大神"连城雪"的转型巨制
花火百万热销书系"一爱倾城"压轴收官之作
引领2010青春文坛热潮，
强势回归纯真童话
浪漫唯美星座爱情+花火最萌男主角

书名：《蔷薇纪年静谧时》
作者：连城雪
定价：18.00元
出版社：春风文艺出版社
系列：一爱倾城书系

内容简介：
富家女梁希小时候最大的梦想，是长大后能穿着自己设计的婚纱嫁给左轻川。表白遭遇失败，家庭横生变故，天之娇女瞬间变得一文不值……分别五年后，如今只是一个普通服装设计实习生的梁希却在送衣服途中与左轻川狼狈重逢……
是痛苦的相爱，是生不离死不弃？还是默默的离开，祝你幸福？

小狮从来不曾为同一篇文写两次推荐！
只因它惊艳了《花火》！
只因它比《兰陵皇妃》更值得期待！
陌上花开系列主打作品：如云美男，你爱谁？

书名：《闲花弄影》（上）、（下）
作者：苏非影
定价：全册36.00元（上册18.00元+下册18.00元）
出版社：春风文艺出版社
系列：陌上花开书系

内容简介：
单纯爽落的山寨女当家苏闲花，自幼失去父母，在二当家秦韶的保护下无忧成长，悠游生活，隔三差五地解决寨内一些鸡毛蒜皮的小事儿，惟愿与青梅竹马白念尘相守一生……
时光漫散，岁月老去。是谁默守了年华，不要名，不要利，只要与她相濡一生，白首不离？

向日葵

开过夏天

阮绵绵○著

北方联合出版传媒（集团）股份有限公司
春风文艺出版社

© 阮绵绵　2010

图书在版编目（CIP）数据

向日葵开过旧夏天／阮绵绵著．—沈阳：春风文
艺出版社，2010.10
　　ISBN 978-7-5313-3836-9

　　Ⅰ．①向…　Ⅱ．①阮…　Ⅲ．①长篇小说—中国—当代
Ⅳ．① I247.5

中国版本图书馆 CIP 数据核字（2010）第 186718 号

向日葵开过旧夏天

责任编辑	王　平　　尹明明
责任校对	王恒霖
封面设计	熊琼工作室
内页设计	梁旦旦
选题策划	花火工作室
特约编辑	夏玉琼
幅面尺寸	145mm×210mm
字　　数	263 千字
印　　张	9.25
版　　次	2010 年 10 月第 1 版
印　　次	2010 年 10 月第 1 次

出版发行	北方联合出版传媒（集团）股份有限公司
	春风文艺出版社
地　　址	沈阳市和平区十一纬路 25 号
邮　　编	110003
网　　址	www.chinachunfeng.net
购书热线	024-23284402
印　　刷	湖南新华精品印务有限公司

ISBN 978-7-5313-3836-9　　　　　定价：18.00 元

常年法律顾问：陈光　版权所有，侵权必究　举报电话：024-23284391
如有质量问题，请与印刷厂联系调换。　联系电话：0731-88282222

如果，第一个遇到你的人是我。

那我不会选择离去。

留下一个你在岁月的光影中靠着回忆慰藉。

留下一个你在灯火辉煌的江畔流泪。

如果那个人是我，如果那时的青春岁月初见你的人是我。

我们的人生，会不会不一样？

当时空变幻，三年五载之后，同样的疑惑会不会出现在另一个人身上？

当我们懵懂的时候，初见的那个人为什么早已经消失在茫茫人海？

一百年的时光里，连回忆也会腐朽。

人生若只如初见，留得住的又有什么？

如果，那一年，梧桐树下的光影中，我们没有相遇。

如果，所谓人生的初见，不是对你，也不是对我。

如果，时光的河流，足够冲刷掉每一个细节的记忆。

那么，现在的你，是否还记得某年某月的那一个初见？

你忘掉了你的，我，忘掉了我的。

所谓人生，没有初见。

而记忆深处灼灼盛开的关于向日葵的时光，却依然让我想要追寻花开最初的方向。

没有一种花，比她宿命而向上；没有一种花，追寻得如此悲伤。

当我终于能够微笑着坚强，向日葵也开过旧时光。

绵绵

2010年6月23日

目录
CONTENTS

XIANGRIKUI KAI
GUO JIU XIATIAN
向日葵开过旧夏天

Chapter 01
在回忆的尽头，狭路相逢

　　他变化很大，已经不是记忆中的模样，一副高高在上的样子，眉眼疏离而冷漠。

　　时间，改变了容貌，改变了性格，改变了一切。

　　怀揣仅有的希望，像玻璃茶盏上氤氲的水汽，升到空中，然后幻灭……

　　她匍匐在地，他高高在上。

Part01 后果

安小草坐在商场外的栏杆上，盯着不远处CK牛仔裤包裹下的屁股，目不转睛。

气温降到零摄氏度，冷，从内到外。她戴着口罩，遮住半张脸，栗色的刘海儿很长，盖住灵动的眼睛，让人看不出容貌。

屁股的主人离安小草只有五米远。裤子合身的剪裁，勾勒出钱包的轮廓，很勾引人。安小草心里痒痒的，手在棉衣口袋握成拳。

她盯着他，男孩在寒风中静静地站着，背影高而挺拔。他穿了件短款的单薄外套，立体剪裁，越发显得身体修长。

行人穿梭，他纹丝不动。他在等人，她在等时机。

时间过得很慢，一秒一秒，景物似播放器卡住的画面，在安小草眼中分解。

好时机还没到，可是男孩接完电话后动了。他的腿很长，几步就走到商场另一个出入口。身边人来人往，他没有注意自己后面跟着个小尾巴。

看着那个入口，安小草咬了咬嘴唇，心里犹豫起来——那地盘不归李叔管。

但偏偏，机会在这个时候来了。

迎面走来一个漂亮甜美的女孩，男孩冲她招了招手，衣服向上带起。火石电光间，安小草下定决心，出手。

李叔常常夸奖安小草是个有天赋的孩子，她的动作迅猛又轻巧。

只是，安小草的天赋是花了别人十倍的苦工换来的。勤能补拙是真理。在开水中夹了多少盘豆子和肥皂片，才换来这样的迅速，轻巧又准。

等陈墨反应过来钱包不见时，安小草已扬长而去，消失在涌动的人海中。

杜依依看到陈墨招手后又落了下来，朝后兜拍去，眉头轻皱，旋即又恢复平静。走近挽住他的胳膊。"怎么了？"她不解地问。

陈墨抬手摸了摸耳朵，不着痕迹地从她的手臂中脱离开，微微一笑："被小偷光顾。我要去警局备案，然后挂失证件，抱歉，今天不能陪你选礼物了。"

"啊！怎么会这样？"杜依依一跺脚，小脸拉了下来，红艳艳的嘴巴嘟起来，有说不出的失望，"那就先不买了，我陪你去吧。"

陈墨摆了一下手，深黑色的眼瞳孔像一汪秋水，波澜不惊。声音仍是一贯的沉稳清朗："这事情我解决就好，天气很冷，如果不买东西，你还是先打车回家吧。"

杜依依还待说什么，陈墨招手，一辆计程车刚好在身边停下。

她不情不愿，可性子骄傲，又不能死皮赖脸地缠着他。好不容易凭父母关系，借口买礼物才约他出来，却被一个小偷搅黄了。上车时将门甩得很响。

陈墨从来不将身份证放钱包里，哪里需要去办理什么挂失。

走到地下停车场，滴的一声遥控开锁，天气冷，汽车发动好一会儿才逐渐热起来。

他双眸微闭，靠在真皮坐椅上，听着车内的电台，面上看不出一丝表情。电台恰逢广播寻物启事，他睁开眼睛，想到什么似的，嘴角扬起一抹玩味的笑。拿出手机，拨了一个电话。

安小草不知道，她以为幸运得手，其实是灾难的开始。

蹲在后街的墙角打开钱包，她直接奔里面的钞票而去，掏出来捏在手里，多少有点儿失望。凭手感就晓得，最多不超过二十张，数了数果然是。

两千块钱，其实也不少了。这年头带现金出门的人越来越少，大家都朝高科技发展，卡片无数，方便快捷，可郁闷了安小草他们。掏完现金，她将钱包顺手丢进身边的垃圾桶。

能挣点儿是点儿吧，这票干完，今天的任务总算完成了，只是回去还要上交大头。想到这里安小草悲催了，为什么像这手感好还有钱包的屁股，这年头越来越少了呢？

"安小草"其实只是个小名，大名安乐，芳龄二十岁。起名字的时候，这个牌子的卫生巾还没声名鹊起，可后来这个名字却让她很是郁闷。

她老觉得这名字多少带点儿晦气，于是对外介绍总用小名。

安小草，虽然低贱，但好歹生气勃勃的。她一个小偷，还能指望什么惊天地泣鬼神的好名字呢？

过地下通道的时候，她又看到那个瞎眼睛的婆婆。灰白的头发像扑了一层厚厚的石灰粉，蹲在热力井盖上瑟缩着身子。

这片儿活动的三教九流，安小草心里多少也有个底。她知道这个婆婆是真的乞丐，没帮没派，老被人欺负。

叹了一口气，从兜里掏出一块钱，也不直接丢进她碗里，而是去买了三个热馒头，跑过来塞到她怀里。

回到贼窝，太阳也快西沉。她是白班，晚上那班由别人负责，实行早晚倒班制度，李叔这点还是很厚道的。地盘就那么大，谁都想要肥羊，羊少狼多，也是要分配的。

房子朝北，冬天有点儿阴森，下午更是照不到一点儿阳光。安小草的屋子住了四个人，两个架子床，上下铺，和学生宿舍似的。

人人憎恨小偷，其实这也是一门苦活儿，天下没有白吃的午餐。这门手艺，安小草学了两年才正式出师。一直都是小打小闹，只能勉强糊口，原因是她不够狠。

将钱仔细码整齐，这些天的赚头勉强够明天医院的支付了，安小草稍微有点儿心安。

　　屋子里没人。其他几个不晓得去哪里浪荡了。这倒方便了安小草，她把钱藏在枕芯里，反正明天要用，睡一觉起来，枕头还算安全。

　　贼窝都是贼，这里有规矩，自家偷了算本事，怨不得别人。

　　没到晚饭的时间点，天还亮着。安小草躺在床上发呆，直到门被推开，神游太虚的思维才被召唤回来。

　　进来的是同屋的小玲，说李叔有事情找她，让她赶紧去前屋办公室。

　　安小草心里咯噔一下，警钟响起。一股不祥的预感，让她头皮微微发麻起来。

　　小玲用眼神监督着她。安小草急忙爬起身子穿好衣服，纤细的身子被灰色的棉衣裹得臃肿起来。出门前眼光故意朝床底张望了一下。

　　安小草并没有离开。她先在外屋蹑手蹑脚绕了一圈，算好时间，推开屋门。

　　进门果然一眼看见小铃撅着屁股，趴在自己床下仔细寻觅着。安小草嘴角一咧，走过去朝她屁股拍了一巴掌。小铃一个趔趄，头磕在床沿上，扭过头狠狠地瞪了她一眼。

　　安小草水灵的大眼睛闪着幸灾乐祸的光，声音很清脆："别瞎费工夫啦，钱我自个身上带着呢。"

　　小铃爬起来，悻悻地走开，嘴里嘟囔着："看你能得意多久！"

　　安小草也不理会，乐呵呵地出门了。

　　按理说她应该将钱取走，可这一行赃物都是暗地里摆弄的。自个儿的藏钱地方，当着别人的面暴露出来，就是示弱，难免被人看低。

钱在枕头里，多少不安全，但她给了小铃心理暗示，倒也暂时能放心。只是李叔很少突然找她，安小草有点儿担心。

她定了一下神，伸手从墙角弄了点儿灰，蹭在脸上，又将栗色的短发扒拉几下，乱糟糟像鸡窝一样盖在头上。乍一看，倒像个男孩一样。

前院的办公室没几步路就走到了。她小心翼翼地敲了敲门，听到一声"进来"后，才推门而入。

屋子里除了李叔，还坐着几个客人，烟雾缭绕。

安小草不敢过多打量，低眉顺眼地站在一边等李叔开口。

李叔伸手将烟斗在桌上笃笃磕了两下，也不叫安小草坐下。烟熏得她的眼睛眯了起来。

倒是客人先开口了："李哥，瞧你把人家小姑娘吓的，腿都打战呢，看起来招人疼。"

安小草的刘海儿很长，遮住眼睛，一时看不到表情，身子倒是配合这声音抖了两下。在弱者面前要扮强，在强人面前要扮弱。这点儿道理，她从小就懂。

安小草偷偷地瞄了眼说话的人，这一眼瞧得很清楚，顿时心脏就像猫爪子撩拨下的小老鼠，不受控制地怦怦乱跳起来。

说话的人是南区的刘达。去年几个区一同聚会时，她远远看过他一眼。那是出了名的凶狠好色之徒，听说好几个人就是废在他手下的，由于臭名昭著，所以一直刻在脑海中。

李叔板着脸说话了："安丫头，下午你是不是在南区下手了？"

安小草的脸一下煞白，怎么怕什么偏偏来什么？既然找上门来，就是证据确凿，在这里撒谎抵赖只能让后果更严重。

安小草清楚事实，什么都没说，先直直地跪了下来，扑通一声，瓷砖地冰凉，膝盖生疼。

李叔看见她默认，气得一拍桌子，茶盏跳了起来："刘哥的地盘，你也敢下手？这两年白给你吃饭了！"

她瑟缩着身子，不停地磕头道歉："我错了，我跟人跟过去，一时瞎了眼没注意地方。师傅，我再也不敢了。"

刘达远远地看去，女孩趴在地上像只垂死挣扎的小兽。原本脏兮兮不怎么起眼，但低头露出一截颈项，灰色衣领的映衬下，却显得异常白皙。不由得心里一动。

安小草压根就是一个小卒。

李叔主管东区，毕竟年纪大了，性子也软下来，势力早不如当年。刘达觊觎地盘良久，时不时找个借口过来骚扰，这下逮到把柄更是紧揪不放。

他不动声色地站起来，朝安小草走去。

"李哥，这丫头交给我调教一天，不算过分吧？"刘达笑了，露出一口白牙。

Part02 诱饵

就在安小草陷入危机的时刻，陈墨刚刚回到家。

陈智琛在客厅擦拭心爱的象棋，看到儿子进来，不由得兴起，招呼着他对弈。

九横十竖三十二子，一整套金丝楠木填金浅刻福寿纹棋子，正面刻填红黑二色楷书，笔力雄健，充满了厚重的历史感。

陈墨打开吊灯，稍显昏暗的室内立刻明亮起来。

家里暖气开得很足，他脱掉外套，上身只穿一件单薄的棉质衬衣，灯光照射下，熨烫服帖的领子散发着素雅的蓝。顺手将外套递给前来倒茶的吴妈，也不多话，坐下来摆棋。

他修长的手指飞速在棋盘上落下，很快棋子归位，楚河汉界，分庭对峙。

陈墨执起手。

老的深谋远虑，小的工于算计，片刻之间难分高下，厮杀颇为惨烈。

天色渐渐暗了，水晶吊灯散发着柔和璀璨的光，越发照出陈墨眼若星辰。他薄唇微微一抿，看出父亲设局上的破绽。仍然不动声色，举棋绕过。

电话响了。

"我爱洗澡，皮肤好好，哦哦哦哦，带上浴帽蹦蹦跳跳，哦哦哦哦，美人鱼想逃跑……"可爱的歌声回荡在屋子里。陈墨举炮的手顿住了。

陈智琛听到这音乐有些惊讶——这可不是儿子的风格。

陈墨面不改色地掏出手机，摁了通话键。

听筒那边传来同学孟行的抱怨："老大，怎么这么久才接电话？"

陈墨拈着棋子，眉头微微一皱，开口道："小五，你改的音乐很喜庆，我不介意多听一会儿。"

电话那端的抱怨立刻停止，咳嗽了一下，声音变得正经起来："下午你让我办的事情都好了，晚上让电台广播吗？"

"嗯，注明时间地点，一定要说内有珍贵照片，捡到者定有重谢。"

挂掉电话，陈智琛好奇地问："什么珍贵照片丢了？"

陈墨落棋，这一子略有偏颇，显然暗地让了父亲一手。他抬手指了指客厅墙上的全家福，看到父亲有些不解，他却只是微笑着，并没有解释。

"捡到"是心理暗示，"重谢"则是诱饵。罪犯总会重回现场，想要报酬的也多半就是扒手本人。陈墨布了一局，他一向遵守"人不犯我，我不犯人，人若犯我，十倍还之"的十六字箴言。

天色已晚，是时候结束战局，他卖了一个漏洞给父亲，后者逮住机会，一记绝杀。

"将！看来姜还是老的辣，儿子，你还要多多锻炼啊！"他哈哈笑道，面上显露出几分得意。

陈墨低头开始收拾棋盘，让老爷子高兴高兴，总没有错。

正喜滋滋摸下巴的陈智琛，听见儿子开口道："爸，我准备搬去公寓住段时间。"

心情大好下，也没怎么阻拦，大手一挥："只要你妈同意，这事情我就不管了。"

甜枣策略很有效，他要的就是父亲这句话。

同一时间，安小草正陷入空前危急中，浑然不知有人以她为鱼，放下了诱饵。

入行后，她一直小心警惕。没想到第一次犯事，是栽在自己人手上。

冬天的地板寒意浸骨，她浑然不觉地趴着。听了刘达要人的话，呼吸凝滞起来，大气也不敢出。男人狼一样的目光，似乎透过层层衣服，烙在她脊背上。

安小草不由自主地抖了起来，这次绝对不是假装。

她抱有一丝期望地抬头看向李叔，灵动的眼睛泛起水光涟涟。她从不软弱，眼泪不过是博取同情的武器。

他是自己的师傅，夸赞她有天赋的师傅，应该不会眼睁睁把自己交出去吧？调教一天，傻子都知道是怎么回事！

李叔窝在坐椅上，不自在地别过头，避开安小草炙热的目光。

他心里思忖着，刘达年轻力壮，手下的虾兵蟹将也远远多过自己，犯不着为了一个徒弟和他反目。

安小草顿时生出跌入谷底的绝望。刘达一把将她拉起来，像拽一个破布娃娃，扯得她手臂断了似的疼痛。

"李哥，这娃儿我今天带走教育教育，明天给你送回来。"他笑眯眯地说。也不等李叔回话，招了一下手，身后上来两个跟班，一左一右将安小草架起。李叔拉下脸，颜面多少有些难看，可最后也只是看了她一眼，依旧没有开口阻拦。这个世界就是弱肉强食，谁强听谁指挥，面子永远比不过自身利益。

送回来？不过是笑话罢了！

一行人架着安小草往外走，刘达走在最前面，他的步伐轻快，像迫不及待享用美食的饕餮。

院子内的厨房飘散出饭香，她恍惚地抬头，看见小玲倚在门框边，幸灾乐祸地看着她。目光冰冷，没有丝毫同情。

也好，她才不需要什么同情。攥紧拳头，指甲深深陷入手掌。她在心里反复告诉自己，忍吧，只要忍耐，就有机会逃生。

只要活着，没什么过不去的坎儿。

出了院子，刘达的车停得很近，只有几步路的距离。他却突然止住脚步，转过身来。

安小草脸色在墙灰的遮掩下并不明显。她缩着胸，头垂得很低。

刘达伸出两个手指头捏住她的下巴，他的指头坚硬得像老虎钳子，小小的脑袋被迫仰起。她看到一双细长的眼睛，像蛇一样闪着贪婪的光。

他盯着她的脸，那种滑腻腻的感觉蔓延到皮肤上，她不由自主地起了战栗。

仔细地用袖子擦掉她脸上的灰，露出原本白皙的皮肤，再将遮拦眼睛的头发别在耳后。一张漂亮水灵的脸出现在众人面前。他满意地点点头。

"上车，押回去好好调教。"他发号命令。

左右被牢牢架住，眼看就要往车上塞，安小草还没找到机会逃。

就在几乎绝望的时候，突突的摩托车声由远及近，呼啸而来像一阵风，车子上是一个熟悉的身影。她眼睛一亮。

"雷子哥，救我！"她大喊了一声。

听到她的叫喊，摩托车像豹子般冲过来，左边的跟班慌忙躲闪，放开了钳制她的手。

安小草左手得到自由，立马捏紧拳头朝右边的人挥去，正中眼睛，那人吃痛放开手，直接一巴掌招呼上来，狠狠地扇在她的脸上。

顿时嘴角破裂，条条红痕浮现。

安小草顾不上脸颊抽痛，机灵地拽着男子的衣服，一个翻身，轻盈地跃上了车。

男子一脚踩住油门，绿色的摩托车飞快地蹿出去，空气中只留下阵阵胶皮的恶臭。

刘达不是吃素的，立刻扭身上车，跟班也慌忙地钻进去。

一场追逐拉开帷幕。

男子仗着摩托车身小轻便，专门朝小巷道开，一路上颠簸，快把安小草颠散架了。她紧紧地抱住男子的腰，害怕一不小心被甩下去。

好几次，汽车眼看就快要追上，她的心紧张得怦怦跳——就像第一次偷窃时，跳得那样混乱。

摩托车一路左拐右蹿，直到从细碎台阶的坡冲下去，才终于将尾随者甩掉。

安小草长舒了一口气。

车子又驶出好远，在一家小商店门口停了下来。

天色已经全黑，身处之地已经是偏僻的郊外。低矮的建筑稀稀落落，颜色灰败，只有路灯闪烁着柔和的橘黄色光芒。

男子脱掉安全帽，露出脸来。男子的面部轮廓很深，有点儿西方人的立体。饱满的额头，挺拔的鼻梁，炯炯有神的眼睛，年纪看起来比安小草略微大些。

一场激烈的追逐后，在大冬天，仍有汗水顺着他的头发往下流。他们靠得很近，安小草能闻到他身上淡淡的烟草气息。

"发生什么事情了？"他问，眉头一皱，伸手朝她嘴角摸去。那一抹干涸的血迹很是乍眼。

"啊，疼！"安小草倒抽了一口气，可怜兮兮地说，"今天出门明明有拜神，可还是走了霉运。"

他哈哈一笑："那今后不用拜什么鸟神，有困难，你就喊我，我保管立马出现！"

安小草很感激地说："谢谢你，雷子哥。"他微笑着揉了揉她的短发，柔软服帖。

这个女孩外表柔弱，却独自撑着一片天。遇到危险，也只是这样轻描淡写地说走霉运，叫人没办法不心疼。

他停好车，也不锁，准备买个创可贴，于是拉着她朝商店走去。

"对了，你怎么今天突然来找我？"安小草边走边问。李天雷脚步顿了一下，没有转身，声音从前面飘过来："今天医院打电话来，让我转告你，明天务必过去一趟。"

走进商店，听到这样一句话，才刚刚虎口脱险的安小草，心又狠狠一缩。

钱都在贼窝枕芯里藏着，明天就是医院交费的最后期限，她这样逃跑，怎么可能还妄想回去拿钱！

为什么不将钱随身携带？安小草很想抽自己……

商店很小。店内只有一个捧着茶缸焐手的老头，脏兮兮的柜台上摆着一台老式收音机。

老头专心致志地听着广播，对进来的他们视而不见。

暗自懊恼的安小草，杵在柜台前，盯着自己的脚尖，帆布鞋上贴了一个卡通小猪，遮掩住后面小小的洞。

"现在插播一则寻物启事，陈先生于今天下午四时一刻，在新天地广场南门，不慎将钱包丢失。钱包为黑色Gucci，内有珍贵照片，如有拾到者，请与1×××880816联系。定有重谢……"

Part03 上钩

不慎将钱包丢失……内有珍贵照片……定有重谢……

就像安小草曾经暗示别人那样，在她穷途末路之时，听到这样一则广播，也被其中的信息暗示了，心里顿时生出一丝希望。

她能耐冻耐饿，能一无所有重新来过，但医院不能等，她需要钱。

"雷子哥，你现在载我去一个地方，可以吗？"安小草想起了后街的垃圾桶，恨不得自己能时空穿越。

下午四时一刻，新天地广场南门，黑色的Gucci钱包——这不就是她越界偷的那个吗？还上广播寻找，真是有够笨的！

不晓得重金能有多少，但钱包是名牌，还有什么珍贵照片，想来失主应该出手阔绰……安小草像饥饿的鱼，失去了平常冷静的判断力，就差眼睛里冒出"¥"的字样。

季天雷二话不说朝外走去，车子上只有一个安全帽，他取来给她戴上。帽子很大，套在头上松松垮垮，像个大头娃娃。他不禁莞尔，屈起食指在外壳上轻轻敲了一下。

商场后街。

模糊的灯光下，垃圾桶被倒了个底朝天，两颗脑袋凑在一起，扒拉着一地垃圾。

季天雷捏着鼻子，手拿卫生筷四处扫荡，一不小心挑起了一个废弃的保险套，脸刷地红了。可惜安小草只顾埋头寻找钱包，巷子昏暗，看不到身边人的表情。

塑料袋、竹签、吃剩的残羹冷炙、形单影只的袜子、甚至还挑出一条丁字裤……她越翻脸越臭，心里爆开三字经。

"安小草，没有就算了吧。"季天雷丢掉筷子，伸手拉住她的胳膊，"明天我想办法弄点儿钱，先把奶奶的住院费交了。"

她半晌没有吭声。人情欠了总归要还，她怕自己还不起，平白拖累了朋友。

可是，医院怎么办？她不能眼睁睁地看着奶奶被丢出来，治疗是不能中断的，没钱一切都是屁。

左右为难之际，安小草不禁心里恼火起来，将手中横扫垃圾的竹竿往地上一丢，狠狠地踩上去。不想脚一歪，踏上旁边一块白色的泡沫板，裂成两半。微弱路灯照耀下，露出钱包一角。

安小草急忙蹲下身子捡起来，定眼一瞧，赫然就是下午摸的那个，她欣喜得像中了五百万元大奖一样，拽住季天雷的袖子蹦跶起来。

"找到了，找到了！有救了！"橘色灯光下，她的笑容如此灿烂耀眼，季天雷不由得看呆了。

安小草特地跑到摩托车的前灯处打开钱包。偷钱的时候只顾上钞票，这下倒要好好看看，什么珍贵的照片，值得重金酬谢。

透明的塑料膜下，一家三口的合照出现在眼前，前灯的白光很刺眼，她看得一清二楚。

安小草愣住了。

陈墨已经准备睡觉，刚走出浴室，正擦拭头发，电话响了。打开一看，是陌生来电，他摁了接听键。

"请问是陈先生吗？"听筒传来一个女孩的声音，怯怯的，像阴暗角落一朵半开不开的小花。

"嗯，我是，你哪位？"

"我听到广播，好像捡到的钱包是你的……"

鱼儿上钩了？陈墨眉毛微扬，有些不确定，这样软软的声音，还是一个女孩。

电话那边没等到他的回应，有些着急："陈先生，是黑色的Gucci钱包吧？里面还有一张全家福，我是在新天地附近捡到的。你在广播里说，有重金酬谢……"

陈墨打断她的话："稍等，我现在比较忙。"他悠闲地靠在墙边，把玩着胸前的玉佩，细腻的羊脂玉在灯下闪着柔和的光。

鱼儿上钩了，就让她先紧张紧张。他像猫捉老鼠般，戏弄着。

电话那头片刻安静，似乎在想什么措辞。

时间差不多，也该收线了，鱼儿咬钩太久也会逃跑吧？

"明天，约个时间，你把钱包给我送来吧，酬劳见面商议。"他先开口，掌握主动权。这个贪婪又愚蠢的小偷，他倒要看看长什么样子，敢在太岁头上动土。

安小草挂掉电话，从小商店走出来。

季天雷觉得她的神情有些恍惚，走过去拍了拍她的肩膀："干吗不用我的手机打，几毛钱也不占我便宜，你至于吗？"

安小草摇了摇头："不是和你见外，而是不想留下把柄。我一直没有电话，医院那里也留你的联络方式，就是怕李叔他们知道。"

她其实心思缜密，可惜碰到道高一尺魔高一丈的陈墨，注定要狠狠地栽一个跟头。

安小草将钱包紧紧地捏在手中，刚才和失主约好了时间地点，明天下午。就算顺利弄到钱，可是还是有些晚，也不一定够。

"雷子哥，我有事求你。"她犹豫很久，憋出来这句话。

"说吧，只要我能做到。"

终于还是开口问他借了四千块钱，并仔细保证一周之内一定归还。像她这样一个小偷的保证，也许这个世界上，只有季天雷一个人能相信。

她要对得起这份信任。

"小草，你住的地方，是不是回不去了？"

"嗯。"

"那你今后住哪里？"

她没有吭声。那里也不过是暂时的栖身之地，早晚她都要离开，只是没有想到会这么突然。她也只能安慰自己，没有这样的契机，还不晓得什么时候才能下定决心。

晚风凄冷，她打了个哆嗦。季天雷将外套脱下来往她身上披，安小草一躲，笑嘻嘻地说："我哪里有那么柔弱，雷子哥，不用担心，我可是小草！"

到哪里都能生存的小草，野火烧不尽，春风吹又生。

"我任职的那家拳馆，二楼有个杂物间空着。可惜我没拿大门钥匙，只能等明天过去收拾，你先凑合着住吧。"他看着单薄的安小草，有些心疼。

她听了很高兴："雷子哥，我欠你的人情，怎么还啊？！"

他伸手摸了摸她的脑袋，柔软的发丝在手里，顺顺滑滑，心突然就跳得很快。傻丫头，这些都是我心甘情愿的。

这些话，嘴拙的他说不出口。他觉得一无所有的自己，还没有许下承诺的资格。但是，总有一天，他会让她幸福，他在心里默默发誓。

安小草听不到他的誓言，挥了挥手："雷子哥，太晚了，你早点儿回去休息吧，否则你妈又该担心你了。明天见！"说完便蹦蹦跳跳地往前走。她不走，他就不会走，她不能一直拖累他。

身后，传来季天雷的叫喊："丫头，今晚你怎么办？要不先找个旅馆凑合一晚？"

她头也不回，小手朝后摆了摆："不用担心，我人气很高，随便找个姐妹，都可以收留我！"

寒风瑟瑟，吹得她的棉衣像面包一样鼓起，渐行渐远，最后变成一个黑色的小点，消失在夜色中。

这个夜晚，安小草在地下通道，捡了几张报纸，蜷曲着身子半坐半倚在墙边。她从来没有随便可以找到的姐妹。住旅馆是要花钱的，她不能事事都依赖别人。

她一直在做坏事，说谎话，真不是一个好女孩，活该有这样的报应。她想。

翌日一早，从季天雷那里拿了钱，安小草直奔医院。

没问钱是怎么凑来的，她不敢问，害怕自己会不忍心。有些人情欠了可以还清，有些会是一辈子的债。

医院缴费大厅热闹喧哗，人来人往和自由市场有得一拼。有什么别有病，没什么别没钱，她却两样都占齐。

当年，就是在这里，她怀揣着仅有的一点儿钱，带奶奶来看病，被小偷摸了去。

几年之后，角色倒置，她踏入职业扒手的大军。可即使因为完不成任务被痛打，她也始终没有在医院偷过钱。那些是救命的钱，丢钱时候的绝望，她永生难忘。

因为她不够狠，活该被李叔当成弃子。

交完费，还剩下一百多块钱，她仔细地折好贴身放起来，这是她现在仅有的财产了。

奶奶不是安小草的亲奶奶，却是她在这世上唯一的亲人。

安小草的妈妈据说在她出生的时候就难产死了，安小草的爸爸在她十来岁的时候，离家出走，再也没回来。奶奶是她的邻居，孤寡老人，如果没有奶奶安小草活不到现在。

她似乎生来就是欠债的，讨走了妈妈的命，逼走了爸爸，后来连奶奶也生病了。也许，这就是传说中的扫把星。

奶奶老年痴呆很严重，脑袋里有块橡皮擦，把所有的记忆统统擦干净，根本就不认识安小草。

其实忘记一切并没有什么不好，那些抛弃她们的人，根本没必要记住。可是，奶奶却连她也忘记了。

奶奶以前是多么温柔慈祥的老人，可现在却像个坏脾气的小孩。

护士说老人容易大便干燥，安小草来的时候特地买了两根香蕉。熟透的芝麻蕉，很贵。她在小碗里捣成泥，拿起勺子挖起来喂到嘴边，奶奶吃了两口不乐意，挥手一把将碗打翻。

碗扣在地上，香蕉泥倒了出来，黏糊糊的，安小草蹲在地上半晌没动。

奶奶嘴巴里嘟嘟囔囔，无意识地一会儿叫妈妈，一会儿叫女儿。

奶奶是有个亲生女儿，可是二十多年前，就抛下她走了。安小草想将奶奶摇醒：你身边只有我，就算喊破喉咙，他们也不会回来看你。

可她说不出口。

一股热流似乎从脸上流进心里，灼热得火烧火燎，她摸摸脸，没有泪。

从医院出来，已经到中午。

安小草掏出空钱包，阳光下那张熟悉的照片，越看越觉得刺眼，很想抽出来撕碎。可等下还指望用它来换钱，她没办法下手。

多少年了呢？已经记不清了，那时候自己还是个孩子，她阖起双眸，想这些干什么呢？都已经过去了。

都过去了……

Part04 重逢

安小草在一家简陋的小饭馆，狼吞虎咽地吃着面。

碗很大很深，面里只有点儿油泼辣子和葱花，桌子上遍布陈年的油污，黑褐色的点，像虫子的尸体。她却吃得很香，吃完了又喝了满满一碗面汤，只需要三块五毛钱。

快到约定的时刻，安小草动身。

这片是所谓的富人区，紧邻着横越城市边缘的河流，被人称做水岸豪宅。沿着河畔，远远望去的别墅都是气派的三层单体建筑，独门独院，幽静私密。

数着门牌，安小草在一个熟悉的号码前停了下来。

雕刻花纹的铁门将她隔在另一个世界，富贵呈暗红的漆色像陈年的血迹，记忆像一块贴在永不会痊愈的伤口上的创可贴，撕开后发现伤口依然血肉模糊。

她按响了门铃。

下午父母都去参加一个宴会，只有陈墨和吴妈在家。

监视器的画面出现一个女孩，栗色的短发遮住半边脸庞，她低头抚摸着大门的花纹，看不清模样。

陈墨关掉监视器，按了开锁，大门缓缓地自动打开。

吴妈在客厅门口摆了一双拖鞋，鞋面上是雪白的绒毛，软软的。

安小草看着鞋子，没有弯腰。脚上那双帆布鞋，对比着越发显得肮脏，鞋尖上的卡通小猪贴纸不晓得什么时候掉了，透出小小的破洞。

她没有换鞋，径直走进来。吴妈看着地板上的脚印，皱了一下眉。

客厅的装修风格变了，已经不是当年那种，但安小草还是一眼看见墙上那张超大的照片。一家三口靠在一起，女主人优雅，男主人儒雅，中间的小男孩眉眼如画，温馨得如此刺眼。

切，有钱了不起啊，安小草很想扭头就走，可是，有钱，真的了不起。

陈墨坐在棕色真皮沙发上，双手在胸前交叉，微微侧着脑袋，打量着这个陌生的女孩，巴掌大的脸被头发挡住一半，露出的半边脸却极白。

她看起来有些紧张和迟疑，不过没有电话里感觉的怯懦。

房间很热，有淡淡的熏香味道，像是荷花的清香。吴妈尽忠职守地端上一杯茶，碧绿的叶子在玻璃杯中慢慢舒展，氤氲的水汽丝丝上扬。

安小草也不坐，直接掏出钱包放在茶几上："陈先生，这个是不是你丢的？"

他变化很大，已经不是记忆中的模样，一副高高在上的样子，眉眼疏离而冷漠。

他一定不会认得自己，安小草撇了撇嘴，自嘲地想。也是，若不是因为身后这张熟悉的照片，她照样也认不出他来。

时间，改变了容貌，改变了性格，改变了一切。

冤家路窄，狭路相逢，这话原来没错。多年之后，再次遇见他，她依然走霉运，原来扫把星也有相克的人。

陈墨点点头，站起来，两指捏起钱包，他不喜欢别人居高临下地看着他。他抽出相片，又不紧不慢地将卡一张张拔出来，做完这些，他将表面有些污迹的钱包，丢进桌角的垃圾桶。

"你可以走了。"他抬头，眼神冰冷。

安小草一愣。贴着裤缝的手握起，她对上他的目光，脱口而出："那酬劳呢？"

陈墨嘴角一扬，笑了，可笑起来却带着说不出的嘲弄味道："拿了两千块钱，还不够吗？"

他低头看了一眼她的鞋子："也是，小偷怎会不贪婪？可惜，又蠢又脏。"

她的呼吸急促起来，拳头攥得没有一丝空隙。

她应该转身离去，可最终没有管住自己的嘴。

"你有证据证明是我拿了你的钱？还是不过想赖账，说什么重金酬谢，全是放屁！"

这小偷居然还有几分胆色，敢厚颜无耻地挑衅，陈墨眉毛轻蹙。

"证据？要不要去警察局，看看钱包上除了你我的指纹，有没有第三者的？"他吓唬她。

安小草说不出话来，像被人紧紧勒住脖子，连呼吸都不能够。

她不是清白的人，又怎么可能理直气壮？她应该逃走，却浑身僵硬，不听使唤，半步都挪不开。

怀揣仅有的希望，像玻璃茶盏上氤氲的水汽，升到空中，然后幻灭……

　　陈墨看着半晌没有开口的女孩，知道自己猜中。

　　他虽然性子冷淡，却也很少如此尖酸刻薄，可偏偏因为一段往事对小偷深恶痛绝。

　　他看到她仰起头，头发顺滑地散在两侧，露出黑白分明的眼睛，一汪秋水般清澈，目光却像被威逼而走投无路的小兽，虽有些仓皇，更多的却是倔犟。

　　她并没有像他预料的那样，夺门而出，反而挺起肩膀站在那里。这个场景让他觉得很熟悉。

　　他摇摇头，怎么可能……如果是她，想必死也不愿再踏进这大门吧。

　　不过，她逞强的样子，却不让人讨厌，反而，引起了他的兴趣。

　　想起那个幼稚的赌约，他脸上浮起一抹玩味的笑，看来不用去费心找人，这个女孩，拿来对付梁洛那群人不刚好吗？反正送去讨的就是羞辱。

　　他一直掌握主动权。悠然地开口。

　　"放心，你偷窃的事情，我可以不追究，相反，我还可以给你钱。"他从抽屉里掏出一沓钞票，扬了扬。

　　"不过你要帮我做一件事。"

　　她被这突然的转机弄得有点儿晕，但红彤彤的钞票在眼前晃悠，像美味的点心。迟疑了一下，开口问道："什么事情？"

　　"等下你陪我去个地方，配合我演场戏。撒谎骗人，是你们这种人最拿手的吧！"

　　她瞪圆了双眼，他看到她眼中一闪而过的愤怒。

　　这样不懂得掩饰情绪，只会让人更想羞辱，况且，他的字典从没有"怜悯"二字。

"这些钱，足够了吧？"

他抬手将钱扔向她，钞票像蝴蝶般轻飘飘地飞扬，撞在她身上，散了一地。

从头到尾，他不过想看她难堪。钱，他不缺，尊严，却容不得挑衅。

她看了一眼满地的红色，目测了一下大概有两千块钱，比她预期的"酬谢"要多很多。

她抬起头，很想高傲地说"别以为有几个臭钱，就可以任意践踏别人的自尊"，可话憋在嘴边，说不出来。

安小草，你装什么装，自尊算个什么东西！你忘记了吗？多年前，就在这里，你早就亲手把它脱下来踩在地上了。

她慢慢地蹲下身子，光可鉴人的地板上映出她的脸，却极平静。她将钞票一张张捡起来，渐渐地在手中有了厚度。

她匍匐在地，他高高在上。她抬头，看见他明亮的眼睛闪过一丝不屑，后退一步，像被什么恶心到似的。

安小草的手停在钞票上，青色的血管在白皙得几近透明的皮肤上，清晰地浮现，她垂着头，他也不说话，只是站在那里，眼神却是轻蔑的，像一把利刃。

她最终还是将钞票全部捡起来。

在同一张全家福幸福完美的背景下，同样的羞辱和不堪，多年后，安小草再一次经历。只是这时她早就明白，自尊在生存面前，一文不值。

犯的错，总要有偿还的一天，她是活该的，不得不承认。她想，是那个叫命运的东西，太龌龊。

她捡起了钱，便是应承了他的要求。

陈墨并不觉得自己是冷漠刻薄的人，谁会对偷了自己钱的人笑脸相迎呢？

他拿起车钥匙，看了一眼身边的女孩，随意地问了句："你叫什么名字？"

"倪婕。"她想了一下，胡乱编造了个名字。

不管他记不记得，她的名字，还是不要在这里提起为好。安乐，平安快乐，离她太遥远。她是安小草，从那年开始。

曾经，她被冤枉丢了自尊；现在，她用自尊换来他的钱。她小偷的烙印已如同身上的胎记一样，永远洗不去。

倪婕——你姐？他在心中咀嚼一下，立刻明白过来。也是，小偷嘴里，怎么可能有真话，他嗤笑。只是，什么时候都不忘记占便宜的人，偏偏有这样一双倔犟清澈的眼睛。

"去哪儿?走吧！"

"演戏，先要有行头。"他上下打量着她，目光似能将她穿透。

经过打扮后的安小草，栗色的短发略微修剪，刘海儿斜下，一直到耳边打了个卷，露出饱满的额头和一双楚楚动人的眼睛。莹白如玉的脸上，腮红一扫而过，自然中显出几分娇羞，抹了唇蜜的嘴唇像发散诱人光泽的果冻。

衣服是湖水一样的蓝，配合她如水的眸子，让人沉溺。

陈墨有一丝闪神，但很快恢复。

外表再迷人有什么用？内在依旧是品行不良，贪财肮脏。

是他，最讨厌的种类。

华灯初上。

夜晚的魅力在于它让世界变得模糊起来，不管是容貌或者身份，都能掩藏在昏暗中。女人可以变得妖冶，男人可以变得狂放。

夜猫KTV。

招牌上用霓虹灯管扭曲成细腰猫咪的巨大图像，红色眼眶狭长地微眯，绿色眸子在夜晚中勾魂地闪烁。

安小草不自在地一手揪着衣服，另一只手紧捏着纸袋——里面装着她那身灰色的棉衣和破旧的牛仔裤。

她站在大堂的水晶灯下，觉得很冷，不光是因为穿得单薄。身边来来回回男人们打量的目光，像能将人穿透般，肆无忌惮。

他去停车了。她应该趁这个机会溜走，反正钱已经到手，不是吗？

她和他讲什么道义……理智在脑袋中大喊着让她逃跑，可身体不知为何却像被定住的树桩，一动不动。

就在她迟疑的时刻，机会错失，陈墨进来了。他看着她手中的超大纸袋，皱起了眉头："这垃圾你还拿着干什么？"

安小草没有吭声，走到前台将衣服存了起来。开玩笑，让她穿这样一身漂亮衣服充场面还可以，平日这样打扮，她会冻死。

她跟着他，亦步亦趋，他走她走，他停她停，像个小尾巴。

电梯咚的一声打开，豪华装饰的轿厢一半是透明的，平稳上升后可以俯瞰城市。一派灯红酒绿，歌舞升平的景象。然而有多少阴暗的角落隐藏在黑夜中，不是用眼睛能看得到的……

陈墨凑过来，在她耳边轻轻说："你哪怕装也装得有档次点儿，别老跟在身后，一副职业扒手的德行。"

电梯里有服务生，他在耳畔的低语只有她听得到，呼吸带起的暖风吹得耳朵痒痒的，话却像一根刺，深深地扎进心里。

你在意什么？他说的句句都是实话。

安小草深深地吸了一口气，微微一笑，迈步向前，和他并排而站。伸手挽住他的胳膊，轻声回了句："这样够不够档次？"

出乎意料，陈墨并没有嫌恶地甩开她，演出从这里开始吧，他想，淡淡地看了一眼她的手。

安小草的手指纤细修长，指甲圆润饱满，指节却有冻伤。红色微肿的地方，像艺术品上的瑕疵。很碍眼。

走出电梯，服务生毕恭毕敬地在前引路。迷宫一样的走廊，暧昧的暖色系灯光，这是一个安小草完全陌生的世界。

脚下七寸的高跟鞋，像随时会要人命的凶器，她却聪明地将陈墨作为支点，抬头挺胸，走得极为平稳。

推开包厢的门，里面震耳欲聋的音乐排山倒海地迎面扑来。

安小草眼皮一跳。什么啊，有钱没地方花，跑这里来买神经衰弱吗？

包厢极大，灯光昏暗，里面坐了很多人，在灯光闪烁下，像无数鬼魅，看不清模样。

陈墨素来讨厌这样的场合，但今天却做了一回主角。

一进门，里面立刻哗然。探究的、挑衅的、欣喜的……各种目光迎向他们。

陈墨不动声色，一一点头示意。这些人不是随便忽视的对象，每个都有来头，这个圈子，玩的就是家世背景。

有人将音乐关掉，有人将中心的灯光调亮，鬼魅消失了，安小草重回人间。

孟行走过来拉了一下陈墨的衣袖，低声说："老大，我还以为你会带杜依依来，你这唱的是哪出啊？梁洛他们不是省油的灯，无聊抽风，摆明找麻烦的，你要小心。"

他不甚在意，嘴角一弯："小五，你不也是来看热闹的吗？"兵来将挡，水来土掩，他从来不是什么好欺负的人。

"陈墨，别以为随便带个妞就能把我们打发了。"一个长得很抽象的男人迎面而来，表情阴冷，怀里搂着个穿着火辣的女孩，化着夸张妖艳的浓妆。

"对！不过迟到的要先罚酒三杯再说。"又有人插嘴挑事。

大理石桌台上早有人摆了一排玻璃杯，三分之二的啤酒泛着泡沫，上面架起略小的杯子，里面却是倒了金黄色的洋酒。手指一弹，小酒杯像多米诺骨牌般碰撞跌入啤酒中，泡沫四溅，立刻有人起哄喊："罚酒！"

陈墨连瞄都不瞄一眼，直接将身边的安小草推了出去。她踉跄了一下，但很快站稳。

所有的人都安静了下来，目光全部射向灯光下，酒台前的她。

女孩耀眼的美丽中带着一抹矛盾的纯真。安小草刚刚在门边，大家其实并没看清楚她的模样，现在站在中心位置，立刻吸引了全场的视线。

孟行拉了一把陈墨："老大，你从哪找来这样的极品，以前怎么没见过？"

陈墨不语。

安小草挤起一个笑容，看着眼前满满一圈陌生人，心里那个郁闷啊。好吧，拿人钱财，替人消灾。她很有一番酒量，倒也不发憷，不就是替人挡个小酒嘛！

她很快急中生智地开口："他感冒了，出门的时候才吃过药，喝不了酒。那个，要喝的话，我可以替他吗？"

听到这话，一群无聊又八卦的人马上沸腾起来。梁洛推开怀中的女孩，朝陈墨走来。

"喂，你有没有一点儿男人的担待？让女人替酒，"他嘲笑道，转头对上安小草，"你考虑一下换个男人吧，还不如跟我。"

安小草咬了咬嘴唇，撒谎不眨眼："你不是自个有女朋友的吗？当面劈腿可不是厚道男人干的事！他虽然不能喝酒，但生病都不忘赴约，难道还不够朋友？"

本来准备帮梁洛搭腔的男人，退缩起来，生怕开口在美女眼中落个"不够朋友"的罪名。

梁洛可不是好脾气的人，听了安小草夹枪带棍的话，脸色顿时阴沉下来。本来就是他挑的事端，当然不肯这样善罢甘休，这下也收起怜香惜玉之心，开口道："好，你要接这场子替酒，就不是三杯这样简单！"

满满六杯酒端到面前，看着都有点儿恶心。安小草扭头看了一眼陈墨，后者神色淡漠，看不出喜怒。

也罢，吃人嘴软，拿人手短。她欠他的，这次还清，就不再有什么瓜葛。

举杯，仰头，酒液从嘴角流下，一路蜿蜒顺着下巴，滑过锁骨。一次一杯，她喝得很平稳，不急不缓。

包厢很安静，能听见咕噜的吞咽声。目光都集中在她身上。

第四杯、第五杯，终于，最后一杯也空了，她轻轻地放在桌上，手有点儿颤。

陈墨走过来，握住她的肩膀。她扭头微微一笑，目光有点儿迷离。一群男人叫嚷着"爽快"，纷纷鼓起掌来。

这样的结果，显然不是梁洛乐见的，他的弟弟梁渭还躺在医院，虽然责任不能由陈墨承担，但他也不愿轻易放过。

"啧啧，这么能喝，你不会花钱雇了个陪酒女来充场面吧？"梁洛恶毒地讽刺。

陈墨没有理会他的出言不逊。人群明显分两圈而站，陈墨一拨，梁洛一拨，左右为营，各自为阵。

他与梁家兄弟结怨已久，自知不是这么简单能化解的。

梁渭是个同志，极阴柔的性子，向他表白被拒绝后酒后驾驶出车祸入院，可这关他什么事情！梁洛追杜依依很久，她却偏偏老缠着自己，这又变成他的错了。

同性恋他没兴趣，对杜依依他也没兴趣。

可梁洛这个二世祖每天闲得无聊，四下散播谣言，说他是gay，玩弄男人感情。他身边又一直没有女人，倒也有人觉得几分可信，弄得圈子里男人看他的眼光都有些奇奇怪怪。

这次聚会，是梁洛提出的，说什么只要他带来确定的女友，梁渭这档子事情，就算了结。可陈墨知道，他不过是想让自己难看。

陈墨还知道孟行他们开了赌，赌他能不能带女人来，赌金不小。赢钱他不会拒绝，但这不是最重要的。

来这里，陈墨最终的目的，是要钓条大鱼。

他看上的招代理的游戏项目，持有者是梁洛这个圈子的朋友，平常和他没什么交往，这次聚会却是一个极好的机会。没有永恒的朋友，只有永恒的利益，他深信自己的方案一定能打动合作对象。

陈墨准备在毕业前搞定这件事，父母并不知道他搬出去住，仅仅是计划的第一步。

他的人生只有自己能主宰，再也不想被别人掌控。

梁洛和陈墨家世相当，彼此都很熟悉，又是一所学校的同学，素来熟知性子冷淡的他，仰慕者虽然不少，但迄今明里表白的，也只有自己那个傻瓜弟弟和杜依依这个傲娇女。

没想到半路杀出个安小草，梁洛不禁气得咬牙切齿。

"别以为你随便带个妞来，就能糊弄我们！谁晓得她是不是你的女人！"

"你要怎么证明？难道学你一样当众搞车震？"陈墨不屑地说。梁洛前段时间被偷拍，闹得家里鸡飞狗跳的，这话说得他脸都绿了。

知道陈墨素来有洁癖，梁洛不怀好意地看了一眼安小草："是不是假冒伪劣产品，不试用谁知道呢？起码kiss不算过分吧？"

马上有好事者跟随着起哄，"亲亲"的喊声乱成一通。那条"大鱼"也颇有兴致参与其中。

"那么，接吻算是赢得证明？"他的目光射向梁洛。后者不由自主地点头。

安小草头很晕，但意识却极清醒。人影恍惚间，她感觉自己被陈墨拉了过去，他温暖的身子压住她的，她被迫后背紧紧地靠在墙上。

墙角不似酒台那边明亮，黑暗中，他捧起她的脸，慢慢靠近。

他的呼吸喷在她脸上，痒痒的。他的眼睛像闪亮的星辰，在面前放大，高高的鼻梁碰到她的鼻尖。

他的唇近在咫尺，眼看就要覆上她的。她应该怎么做？反抗？可她拿了他的钱，她有义务配合他演戏……

不就是嘴对嘴嘛！安小草英勇就义般地闭上眼睛。

他贴得很近，双腿夹住她，背后一片冰凉，身前却像着火一般炙热。他的拇指微微滑过她的面颊，她胳膊上起了小小的战栗，不由自主地又睁开眼睛。

面前的男人调整好角度，定格在她面前，薄薄的嘴唇离她似乎只有几毫米。然后，数秒之后，他侧过头，掉转到另一边，同样的定格。

她愣住，旋即明白了——这只不过是一场借位表演……

Part06 诈赌

　　墙角黑暗，从背后看，他们是一对激情拥吻的情侣。包厢里一阵欢呼，只有孟行靠得近，从侧面看出了几分端倪。

　　陈墨放开安小草，咬了咬下唇，调整呼吸节奏，转过身子后，倒有几分意乱情迷的样子。

　　他也不说话，紧紧地抓住她的手腕，带到身前来。安小草觉得胃一阵翻腾，脑袋却异常清醒。

　　伸手捂住嘴巴，借着遮掩，抿掉了上面的唇彩。

　　演戏，她擅长。撒谎，她也拿手。

　　他没有占她一点儿便宜，这不是好事吗？像他这种骄傲的人，即使表演，也不会牺牲自己。对她而言，珍贵的吻，他应该是不屑一顾吧！

　　偷偷地瞄了一眼身边的男人，安小草暗自腹诽，这家伙要色相有色相，要演技有演技，不去当演员真是可惜了。

　　陈墨带她到沙发前坐下，在众人探究的目光中，神情自若地用牙签叉了一块苹果递到她嘴边，满脸宠溺的表情。

　　装！安小草在心里鄙视了一下，却配合着张开嘴咬住。吃完后娇嗔道："亲爱的，我还要吃那个。"

　　抬手指向香蕉。

　　身边那些男人不怀好意地笑了，安小草不知道他们笑什么。香蕉热量高，她折腾了半天，肚子空空，早饿了。

　　陈墨站起来掰了一根，仔细地剥开递过去，香蕉皮像枯萎的叶子搭在手背。

安小草张嘴轻轻一咬，又甜又香。上午还觉得吃香蕉是一件奢侈的事情，可现在吃到嘴里，却突然苦涩起来。

孟行一副"受不了"的表情，倒忘了刚才看到的"真相"，笑嘻嘻地揶揄："老大，你是不是没喂饱嫂子啊？"

陈墨不悦地皱起眉头。安小草摆在身侧的右手被人狠狠一捏，回过神来。

梁洛端起酒杯含沙射影地讥讽："陈墨，你该不会随便找个应召女来搪塞我们吧？"

安小草狠狠地瞪过去，目光如炬，正要开口反驳，却被陈墨制止。

"大家都知道，我的品位一向和你不同。"这句话一个脏字不带，却像个巴掌扇在梁洛的脸上。安小草扑哧笑了，更是火上浇油。

梁洛黑着脸猛地站起来，举起手挥向她，被陈墨一把抓住。他挡在安小草的面前，阴影投射下来，罩住了她。

众人拉架的拉架，打圆场的打圆场，气氛很尴尬。

梁洛知道陈墨不是轻易能动的人，真正闹起事来，自己绝对吃力不讨好。暂时压下了火气，顺着台阶，悻悻作罢。

安小草很想趁火打劫，混乱中摸走这个长得讨厌，说话也讨厌的家伙的钱包，又怕事情败露，偷鸡不成反蚀一把米，左右思量，还是没有动手。

倒是悄悄将爆米花上的贴纸撕下来，拍在他衬衣后面，自个儿看着偷乐。

陈墨顺着她的目光看过去，瞅见梁洛领子下面一个圆圆的商标，黄色的玉米图案在白底衬衣下很打眼，嘴角不由自主地弯起了弧度，冷漠的面庞立刻生动起来。

梁洛不知道自己被人小学生似的恶作剧了吧，眼见讨不到什么好，坐了一会儿觉得没意思，想到"君子报仇，十年不晚"，甩了甩袖子拉着身边的女孩先行离去。

包厢里又重新和谐起来。

音乐放大，灯光变得昏暗。三三两两的人坐在一堆，扯着嗓子闲聊，也不嫌累。安小草无趣地坐在一边，听一群男人高谈阔论。

今天来的这些人，只有孟行和梁洛同陈墨是一所学校的，其余则是同个圈子脸熟的人，年纪大不了多少。陈墨虽然很少和他们玩乐，倒也时常在父辈的应酬场合碰面。

包厢里的女孩不少，个个漂亮妩媚，依偎在男人身边，乖乖地端酒递水果，时不时配合着娇笑。

安小草无聊地打着哈欠。倒是身边的孟行凑过来找她说话。

"你叫什么名字？多大啊？哪所学校的？"开口一连串问题。

安小草皱了一下眉头，开玩笑地说："先把证件拿出来。"

看到孟行一脸蒙样，嘿嘿笑道："你问这么多，我还以为你警察临检呢。"这话说得孟行也乐了。

他长相斯文，笑起来脸颊上有个小酒窝，倒挺可爱的。安小草却不知道，这是个专门损人不利己的主儿，一肚子鬼主意。

"我叫倪婕，其他个人资料保密。"她微微一笑，撒谎眼睛都不眨，刚好半斤对八两。

"你爸妈能耐啊，给你起这么个占便宜的名字。"他道破她的用意，也不恼，"反正你是老大带来的，我总要叫声嫂子，也算不得你占我便宜。哈哈！"

这声嫂子，叫得安小草脸烧了起来。偷偷瞄了一眼陈墨，他正很认真地和一个年纪略长的男人谈话，瞧都没瞧这边。

不知谁拿了骰子在盅中摇晃，音乐再次关小，灯光却还是昏暗。骰子的声音在她耳边响起，很是亲切，一圈人围在那边玩起"拔牙"来，笑得嘻嘻哈哈。

孟行随便问了一下安小草要不要过去玩，她拒绝了。"拔牙"是太低段数的游戏，没什么技术含量。不过她眼珠一转，倒主动开问："你玩不玩押大小？"

　　孟行一愣："比大小喝酒？"

　　安小草摇摇头，眼睛晶晶亮："喝酒多没意思，有点儿彩头的那种。"论起玩骰子，她可不比偷钱包逊色。

　　谈完合作计划，陈墨轻舒了一口气。谈事情，酒桌和声色场合，永远要比正经地拜访来得事半功倍。

　　最终目的达到，陈墨准备起身离开。扭头看到一边，才发现，不知不觉间，自己带来的女伴身边围了一圈人。

　　大家都聚精会神地盯着一处。女孩纤细的手腕摇着骰盅，灵巧地上下翻腾，清脆的声响后落在桌上。酒桌变成赌桌，她俨然一副庄家的样子，手边堆了一沓粉红色的钞票。

　　孟行挽着袖子大声嚷嚷："我就不信连着十把开大，我还赌小！"

　　"大大大！"

　　"小小小！"

　　人声鼎沸，脸红脖子粗。倒是中间的女孩神情自若，轻声吆喝："押定离手，准备开了。"

　　骰盅被缓缓地掀开，一个五点，一个四点，仍是大。孟行眼睛红了，也顾不上叫嫂子："有鬼，肯定有鬼！你这丫头下来，换我当庄，你来压！我就不信一把都赢不了你！"

　　安小草正待迎战，再席卷点儿钞票，却被人一把揪了出来，抬头对上一双清冷的眼睛。

　　"小五，我有事情要先走了，改日再玩吧。"

　　孟行悻悻地看着安小草，这小妮子肯定搞鬼了，他倒不在乎输的这点儿小钱，关键十把连赔，面子过不去。可陈墨既然开口，他也只能作罢，寻思以后再找机会捉弄她。

一群人虽然有点儿扫兴，但很快又围成一圈，自己玩了起来。

安小草慌乱中拿起桌上的钱，被陈墨毫不留情地拖了出去，手腕生疼。

包厢的门在身后关闭，像舞台落幕，表演时间结束，他和她都不再需要假装。

他放开手，也不说话，大步走到服务区，从台子上抽出一张湿巾，仔细地将抓过她的手擦拭了一番。

她跟在他身后，看着他将雪白的湿巾丢进垃圾桶，紧紧握住拳头。

陈墨扭头看见女孩眼冒火焰地瞪着自己，皱了一下眉："钱你也赚够了吧？还不走，等着人请吗？"

安小草，戏演完了，你已经不欠他的！还站在这里干什么？像个傻瓜一样，凭什么让他这样羞辱？她心里骂自己。

五米外，电梯的门咚的一声打开了，朝下的箭头闪烁着。她抓好时机，朝他小腿上狠狠地踢去，活该他选了这双七寸高的利器，不用白不用。

陈墨从来没有这样吃瘪过。

毫无预料地挨了一脚，疼得腰都弯了下来，等他愤怒地抬起头，罪魁祸首早已经趁机冲进电梯。

电梯门缓缓闭合。安小草在缝隙中朝他做了个鬼脸，清脆地大声说了句："再见！"

再见，是再也不见的意思。这辈子，不！最好下辈子，都不要再遇见！

陈墨愣住，记忆中也曾有一个人，对他说过"再见"，口气如出一辙的决绝。他们就真的，没有再次遇见。

在洗手间换了衣服，除了头发短了点儿，她又变成原来的安小草。

坐在马桶上，一张张数着钱，怎么数都不会多出来一张。作弊连着十把开大，赢了孟行一千块钱，还有陈墨给的两千块钱，现在只差一千块钱就够还季天雷的账了。

她低头走出格挡，这也算是绝处逢生了。钱不会从天上掉下来。

辗转到拳馆，已经午夜。安小草没让季天雷接，一来城里禁摩，二来实在不想欠他太多。

拳馆生意并不好，招牌破旧，离城区也很遥远，周边黑黢黢的，冬天尤其显得阴森。远远看见一个模糊的人影倚在门边，黑暗中只瞧见烟头红点闪烁，她加快了步伐。

"雷子哥！"她清脆地叫道，"外面这么冷，你出来干吗？"

她记性极好，不是第一次来，不会摸不到地方。

季天雷拉开门，里面露出灯光，映出他的笑脸，暖洋洋的。

"大男人怕什么冷！我没事出来透透气。"他没责怪她的晚到，语气更是轻描淡写。

馆内像个小型仓库，中间是标准的拳击场地，手套护具散落一地，凌乱中越发显得冷清。

二楼的杂物间印象中很脏乱，没想到上去一看，却被收拾得很干净。安小草什么行李都没有，然而房内床铺棉被都是崭新的，连脸盆牙刷都一应俱全。

她半晌说不出话来。

小小的空间能听到彼此的呼吸声。灯光下他们的影子并排站立，一个高大，一个娇小。

季天雷有些不自在，他是一个性子爽朗的人，最受不了这样的安静。搓了搓手笑嘻嘻地说："安小草，你先安心在这里住，有我罩着，谁敢欺负你，看我不揍扁他！"

她抬头，橘色的灯泡下，他的额头饱满，浓眉大眼，本是极英俊的容貌，眉毛上却有浅浅的疤痕，看起来一副跋扈不羁的痞子样。

她知道他不过是这片街区的小混混，打架惹是生非是常有的事情，没干过什么好事，但对她而言，他是好人。

她从兜里掏出钱塞给他，季天雷一愣。

"这里是三千块钱，先还你，还有一千块钱可能要等些时候了。"她有些不安地说。

他知道她不想欠自己人情，只得默默收下。没有问钱她是从哪里弄来的，他倒不在乎钱干不干净，只怕询问会刺伤她，看她难过，他也难受。

安小草那么聪明怎么会不知道季天雷对自己存的那点儿心思。

一个男人能对女人好，不是亲人，无非就是喜欢。他没说白，她也就装傻。

她能给他什么？无非是拖累，她不想害了他。

对的时间遇到对的人，才会有幸福的爱情，而她，从来没走对过路。爱情，不过是一件奢侈品，摆在柜台看看很美丽，她却没有购买的能力。

将季天雷赶回家，躺在陌生的房间里，有一只小小的飞虫在灯泡周围盘旋。能有这样的栖身之所，对她来说已经万分幸运。

她的脑袋里现在只有"赚钱"两个字，再容纳不下其他……

Part07 孤勇

一周的时间很快过去了，安小草有点儿像热锅里的蚂蚁。

城东和城南她不敢再去，那地盘鱼龙混杂，虽然来钱的可能性大，但保不准会被刘达和李叔发现，她还想留一条小命给奶奶送终。

虽然季天雷说会帮她打听一下工作，可也不能在一棵树上吊死，总得自己也琢磨琢磨生财之道。只是这些天窝在拳馆，谋杀无数脑细胞，却始终没想出个快速赚钱的妙招。

拳馆在安小草住进来后变得干净整洁起来，她不好白住，趁着有时间，勤快地帮忙打扫，倒也赢得了馆主的喜爱。

白天看一群男人打拳，大汗淋漓，安小草摩拳擦掌地跟着学了几招健体防身的招式。每每运动下来，肚子却饿得更快，钱包也更加干瘪。

安小草很想自己变成一只冬眠的熊，不吃不喝能过完这个冬天。就算她变成熊，奶奶怎么办？一想到奶奶的住院费，安小草又无比忧伤。

这天，天气晴朗，阳光妩媚，难得暖和起来。安小草打扫完拳馆，准备出去溜达一圈。

闭门造车是没有用的，也许在外面晃晃，能碰到什么掉馅饼的好事也说不准，她自我安慰。

安小草一路低头瞎逛，不知不觉走到大学城附近。几所高校比邻而建，校门气派，校牌锃亮。由于还没到寒假时间，进进出出的学生络绎不绝。

美院门前车道上停了一辆银灰色的奥迪TT，显然刚刚清洗过，干净明亮。车窗摇得很低，孟行在里面无聊地嚼着口香糖。

他这几天没什么课，美院离他们学校不远，于是天天溜过来，守在门口，看看美女。

美女没发现几个，倒是路边低头徘徊的安小草，刚好撞入他的视线。

这真是踏破铁鞋无觅处，得来全不费工夫。

连赔十把的记忆犹新，那天晚上，分明瞧出他们两个不过是演戏。事后他刻意询问过，被陈墨轻描淡写地撇清了关系。既然不是兄弟的女人，怎么捉弄倒也无妨。

他眼珠一转，鬼主意立刻涌上心头，推开车门，大步朝她走去。

安小草还在做着捡钱的白日梦，浑然不知曾经招惹过的人带着一肚子坏水，朝她步步逼近。一只手拍上了她的肩膀，她吓了一跳。扭头，看到一张似曾相识的脸，带着安全无害的笑容。

"嘿！真巧，倪婕，原来你是美院的学生啊！"孟行装出一副原来如此的表情，搭讪的技巧，他向来熟稔。

安小草没有否认，倒不是虚荣，只是觉得和他没什么好说的。她诈赌赢了他的钱，平白遇到，哪里会有什么好事。

"嫂子要去哪里？我送你一程吧？"他转着钥匙圈，笑嘻嘻地说。

安小草皱起了眉头，后退了一步，淡淡地说："我哪儿也不去，不用麻烦了。"

孟行耸了耸肩膀："那刚好，我在等女朋友，正无聊呢，你什么时候有空，我们再玩玩押大小？"

他信口开河，若有熟人在肯定嗤笑：孟行的女朋友？还不晓得生没生下来呢！

安小草撇撇嘴，她才不上这个当。孟行看她不吱声，暗自没趣。

"你是美术系还是设计系的？我认识个美术系的教授，在找模特，听说报酬还不错，你有没有合适的同学给介绍一个？"

哼，不相信提到钱还不上钩，孟行眼珠滴溜溜地转着。

他是个眼光毒辣的主儿，一眼看穿安小草的软肋，他觉得世上哪里有不贪财的女人，就像没有不好色的男人一样。

安小草眼睛亮了起来。报酬不错？听起来像个诱人的馅饼，可是未必有这样的好事吧？

心里思忖了一下，问了个关键性的问题："模特有什么要求吗？"

孟行嘿嘿一笑："没什么要求，能坐着不动就行，不过长时间保持一个姿势也挺累人的。要不，我把他电话留给你，你有合适的对象，直接打电话给他就行，就说我介绍的，报酬肯定不会少。"

安小草推说忘记带手机，孟行跑去车里拿了一支笔，直接将电话号码写在她的手上，一副古道热肠的样子。

写完倒也没怎么纠缠她，看看手机说时间到了，要去接女朋友，挥手再见，发动汽车直直开进校内，一溜烟儿不见了踪影。

他将车停到一个隐蔽的地方，下车打了个电话。欲擒故纵的策略，他跟着陈墨也学了不少。

安小草在学校门口秃了叶子的梧桐树前徘徊很久，左右思量，最终还是下定了决心。

钱真是可怕的东西，多少人为之铤而走险，她本来就一无所有，就算那些有钱人拿她开涮，她又能损失什么？

舍不得孩子套不着狼，穷途末路的时候，她只剩豁出去的孤勇。

她去公用电话亭，拨了手心的号码。

孟行就是一个损人不利己的主，他当然不会真心给介绍安小草赚钱的美差。可和他只有一面之缘的安小草并不知道，即便做好最坏的打算，现实却远远比想象更残酷。

瞬息万变的时代，手机绝对是方便快捷的联络工具。

没多久，接到预料中的回复电话后，坐在车里等待的孟行，开心地笑起来。想到快乐要分享，他紧接着拨了陈墨的号码。

陈墨此刻却不像孟行那般好心情，因为他家里来了个不速之客——杜依依。

新开发那块土地的批文，是她父亲的杰作。自然，她是他父母眼中的娇客。她没什么不好，身材样貌家世背景都是拔尖，他却不喜欢。

不喜欢的原因很简单，归根到底在于那只叫Kitty的猫咪。粉红色的装饰品从手机到包包，是她的最爱，也是他的大忌。

他讨厌一切粉红色东西，更讨厌猫——外人不会知晓，像他这样的男人，居然有严重的恐猫症。

孟行的电话如同及时雨，将他从视觉的折磨中解救出来。借口有事，他抓起风衣，婉言道歉后离家而去，也顾不上身后母亲的不悦，健步如飞。

限速50的标牌在眼前一闪而过，但市内车辆较多，速度再也快不起来。他扭转了方向盘，也不管双黄线禁止掉头，一个转向，朝二环驶去。

孟行所谓的捉弄，他再清楚不过什么意思。只是他不知道，自己这么急匆匆赶过去，究竟是要看热闹，还是要阻止。

虽然她偷过他的钱，还狠狠地踹过他，可她毕竟是他带出去，向众人介绍的"女朋友"。

况且那种事情对女孩而言，太过不堪……

冬天虽然是四季中最残忍的时光，万物凋零，但依然会有阳光温暖照射的时刻。

有赚钱的希望，安小草的心里开始暖洋洋的，脸上自然也多了灿烂的笑容。

按照电话里的地址，她找到了画室，只是不在美院里，而是学校后面不远处的独栋小院，招牌醒目，布置得也颇有艺术氛围。

安小草虽然觉得事情慢慢靠谱起来，仍没放松警惕。

画室并没像预想中有很多学生，空空荡荡，桌椅凌乱，画架随意摆放，落地窗户透着明亮的光。招待她的男人看起来很年轻，样貌极普通。

"干过这行吗？"

安小草摇摇头。

男人指了指台子，示意她坐上去，帮她摆了个姿势，行为举止倒也不过分。

"能长时间保持这个姿势不动吗？"他问。

安小草点点头。

"一小时三十块钱。"他递过来一床白色床单，"你去洗手间把衣服脱了披上吧，露出锁骨和脚踝就行，冲孟行的面子，我给你的可是裸模的价格。"

安小草愣了，裸模？

看出她的迟疑，男人摸摸下巴说："这是艺术，你不用想太多。"

安小草握紧床单，柔软的棉布，轻易地皱成一团。

"同学，你到底做不做？不做我再找人！美院裸模也不过这个价格，那可要当着一群学生不穿衣服的！"男人开始不耐烦了。

为了钱，你什么没干过？又有什么不敢干？她心里自嘲地说。

"洗手间在哪里？"她问。

房间很暖和，她慢慢地解开衣服，一件件褪去，只剩内衣内裤。拉下胸衣的带子，塞在一边，裹上床单，倒也看不出来。她并不害怕，即便有危险，她带着秘密武器。

坐在台子上，她像个梦游娃娃，消瘦的肩膀裸露在空气中，锁骨凸显，整个人散发出干净纯真的气息。

男人舔了舔嘴唇，调整画布，倒没什么异常举动。

她的目光不停地移，落地窗外有一只灰色的鸟停在树梢，很安静，尘埃在阳光的照射下舞蹈。

时间一分一秒地过去，缓慢。始终悬在半空的心渐渐安定下来。男人起身倒了杯水给她，示意她可以休息一会儿。

安小草握住水杯，没有喝。男人看着她，似乎有点儿失望，让她坐回台子，自己转身走到门口。砰的一声，将门反锁起来。安小草一惊，跳下台子。

向日葵
丹迪夏天

"你锁门干什么？"

他挑挑眉，笑了："你说我想干什么？"朝她走来，步步逼近。

"我是你朋友介绍来的！"

"是啊，他特别叮嘱我要好好'照顾'你。"

伸手将床单狠狠一拽，她跟跄着差点儿跌倒，稳住身形时，单子已被扯开。娇小的身体暴露在空气中……

Part08 不堪

画室不远处，停着孟行那辆奥迪TT，他有点儿懊悔给陈墨打了电话，现在没有热闹看，只能在这里吹冷风等人。

车子从远方风驰电掣地驶来，精准地在他身边刹住。陈墨也不拔钥匙，直接推开车门走下来。

"她在里面？"他问。

孟行点点头，反问道："老大，你是来看热闹，还是来抢人的？"

陈墨面无表情地说："你说呢？"

孟行挠挠头："你的心思瞬息万变的，我哪猜得准。"

陈墨也不理他，径直朝画室走去，孟行尾随跟上。没走几步，陈墨停住转过头。

"你在这里等着。"

孟行哀鸣一声："不是吧！"被冰冷的眸子瞪了一眼，立刻噤声，乖乖走回去对手指。好戏上演，没有眼福，是多么可悲的事情，他是唯恐天下不乱的人，却独独听陈墨的话。

院落很安静。

陈墨大步走进去，没有丝毫迟疑。

他一向不管闲事，但这事多少和他有些关系——若不是他带她去聚会，她不会得罪孟行，也不会面对这样的捉弄。

屋内几个房间空无一人，最里面的被人锁住，他推了一下，没有推开。直接转到后院。

落地窗明亮，将他与她的世界分割开。

他止住脚步，透过玻璃，屋内的一举一动清晰地映入眼帘。

她的内衣早在拉扯中滑落，纤细的手紧握着胸衣的钢圈，本应圆钝的一端闪着锋利的光。

刀片等常用工具都丢在贼窝，只有这件特制的防身武器，贴身携带。保护的套子抽掉后，趁着男人毫无防备，立刻派上用场。

"闭上眼睛！"她用尖刺抵住男人的喉咙，命令道。金属冰冷的刺破皮肤，鲜血从上面滴落，在地上开成一朵妖艳的花。

她一脚将意图侵犯自己的男人踢跪在地上，伸手将他脖上的领带抽下来，俯身单手缚住他的胳膊，打了个死结。接着撩起衬衣罩住他的头，动作干净利落。

陈墨站在窗外，不动声色地看着眼前出乎意料的画面。当目光扫过女孩腰侧，看到小小铜钱形状的胎记时，停滞不动，黑漆的眸子越发深沉起来。

女孩像一株柔韧的杂草，以绝不屈服命运的姿态挺立。

她浑然不觉自己正被人注视，也没急着穿衣服，而是伸手将男人口袋中的钱包掏了出来。抽出所有现金后，将皮夹狠狠地甩在他身上。

转身正待拾捡台子上散落的衣服，目光不期然地对上了窗外的陈墨。

他背对阳光静静地站在那里，身上似镀了一层柔和的光边，越发显得玉树临风。

他与她不过数米距离。日光翻过高高的树梢，穿过玻璃，刺得她眼睛突然一黑，只觉得那颗心蓦地沉了下去，一如多年前那个夏日炙热的午后。

　　往事重演，她越发不堪。

　　她迅速抱起衣服挡在身前，重新举起右手的钢刺抵住男人的前胸，无声地威胁着窗外的人。

　　她不敢大声叫喊，害怕招来其他的同伙。本应是受害者，现在却一副劫匪的模样，只想逃脱了事。

　　可惜，陈墨从来不是会被威胁吓唬住的人。

　　扫视了眼院子，走到花盆旁，拎起下面一块垫高渗水用的砖，在安小草错愕的目光中，直接拍向玻璃。

　　不同于安小草的矫捷灵动，他的身体里似乎蕴藏了巨大的力量。玻璃哗啦啦碎了一地，阳光便毫无阻拦地跟他一起，闯进来。

　　"你站住！"安小草的声音拔高，握钢刺的手抖了一下。她的想法很简单，就是逃离这里，却不巧遇到最不想看见的人。

　　陈墨并不理会，直直地朝她走来。

　　"别过来！"

　　他的步伐没有丝毫凝滞，带着强烈的压迫感。

　　"你再过来我就动手了！"

　　"杀了他你就是凶手，和我有什么关系！"

　　"他是你朋友！"

　　"谁告诉你他是我朋友？"

　　说话间已经和她近在咫尺。她却没有下手。不够狠心是她一直犯的错。

　　他握住她的手腕，衣服散落了一地，她极力反抗，像一条濒死的鱼，钢刺划过，在他手背上留下一条长长的血痕。

他的力气很大，又带着防备，很快将她双手反剪在背后，她困在他怀中，动弹不得。

"陈少，救我！"地上的男人发出兽一样的哀鸣，他看都不看一眼。

环抱住她的胳膊，自身后掰开她的手，将利器一把甩到了墙角。

她张嘴狠狠地咬住他的肩膀，热气透过衣服连同痛楚一起传过来，陈墨眉头微蹙，一只手覆上了她背后的蝴蝶骨。

"安乐，松口。"他说。

这个名字多年没有人叫起。她愣了，嘴巴里泛起一股腥甜。

他的手拂过她的脸颊，按住她的肩膀，将她轻轻地推开。

淡蓝色的衬衣上渗出嫣红的血迹，他低头看了一眼，没有理会，而是俯身将地上凌乱的衣服拾起，她怔怔地站着，似乎忘记在他面前裸着身体，像丢失灵魂的梦游娃娃。

内衣带子穿过她的手臂，遮住她的美好，他在后背扣起，动作缓慢而笨拙。

她的皮肤在阳光下，白得有些透明，能看见细细的血管，他的手毫无遮拦地滑过，像高温熨斗，异常灼热，烫醒了她。

她夺过衣服，也不避讳，在他面前一件件穿起来。自他叫那个名字的时候，她就知道，他已然认出她。

那又怎么样？他们少年时的情谊横跨了时间的长河，再加上那件事情，被彻底地击碎。她不会天真地以为，他还惦念从前。

"先离开这里，我们再说。"

待她穿好衣服，他握住她的手腕，也不管地上求救的男人，径自带她走出去。她没有反抗，她欠他一个解释。

路边孟行无聊地蹲在地上画格子，看见他们愣了一下。

"老大……"

"你惹的事情，你自己善后。"他淡淡地说，不辨喜怒。打开车门，将她推进去。绕过车身，走到另一边。

他俯身拉过安全带，将她困在坐椅上，然后按下了车锁。

车子缓缓驶出，慢慢加速，景物在身后飞快地后退，一如记忆。

如果不再见面，如果见面不曾相识，过去的故事就会渐渐淡去，如同海上的泡沫般，最终消失在有限的生命中。

而现在，记忆翻腾起来，他似乎看到一个个肥皂泡争先恐后地升到空中，薄而透明的壁膜上，闪烁着岁月无法遮掩的印记。

她从开始就知道他是谁，尤其这点，他不能忍受。"毫不知情"这四个字敲到他心上，便产生不受掌控的烦躁。

他没有说话，空气似乎凝滞起来。

她用手抠着带子上防滑的装饰，直到指尖感到一股疼痛，蔓延开，席卷全身。终究是她沉不住气："你要带我去哪里？"

他并没有回答，依旧是波澜不惊的表情，仿佛车厢里只有他一个人，而她，不过是一粒无须理会的尘埃。

她看着他的侧面，整齐的鬓角，挺拔的鼻梁，坚毅的下巴，无法和记忆中的那张脸重叠，全是陌生。

他不会比刘达更可怕，然而她的心里，却涌上难以言说的感觉。

他的影子，承载了她的一段过去，那段记忆对她而言，有的只是惨痛的纪念价值。她宁可脑海中有奶奶那样的橡皮擦，把这一切都干净地抹去。

车开到江边才停下来，一路上，他什么都没有说。

她以为他会问，当年那块玉佩，是不是她偷的。她在车上就想好了说辞，所有人都认为是她拿的，那就当是吧，反正她后来偷的东西多了，也不差这一件。

可是，他没有开口质问，依旧许久的沉默。

车厢狭小的空间，发动机的轰鸣停止，越发显得安静。

这安静让她感觉窒息，于是伸手去拔安全带，却怎么样也拔不开，并且越拽越紧。他在一侧看着她和一根带子搏斗，拉起手刹，然后在旁边轻轻一按，安全带弹开了。

她抬头瞪过去，像一只煮熟的虾子，满脸通红，额角渗出汗渍。

"这样耍我很好玩吗？"她控制情绪，极力压低声音，可是依旧掩盖不住的愤恨，从胸腔里一字一字迸出。

"安乐，究竟谁耍谁玩？"他蹙了一下眉，肩膀一阵抽痛。

那么狠的一脚踹在他的小腿上，这么狠的一口，咬得皮开肉绽，她，不曾有一点儿犹豫。自始至终，她只把他当陌生人，而且是陌生的坏人。

"别叫这个名字！"

"那叫你什么？倪婕？"他轻哼一下，"或者，连安乐这个名字，也是假的？"

她垂下头，双手在身侧紧紧攒起，也是，她什么时候真实过……她叫安乐，却对所有人说自己是安小草，慢慢，她把这个名字忘记，她就变成了安小草。

她抬起头，再没有不安和迟疑，朝他伸出双手："要么你就把我送警察局，要么，就放我走，叙旧什么的，免了。"

"叙旧？"他在嘴里重复了这个词，旋即嘲笑道，"相逢对面不识君，我们，有什么旧可叙？"

他总有本事一而再，再而三地激怒她。他以为她是他爪下的老鼠吗？可是，她没有那么脆弱的心脏，她是只要有一点儿根，就能顽强倔犟生长的草。

048

"那好，我可以走了吗？"她不欠他什么，轮不到他判定生死。伸手去拉车门，却无论如何也打不开。只能恨恨地望着他。

他似乎惊讶她的厚颜无耻，挑挑眉："你以为，我费尽周折，带你来这里，就是让你走这么简单？"

她实在讨厌这样疑问句的对话方式，讨厌面前这个捉摸不透的男人，更讨厌脑海中慢慢浮现的往昔。

砰一声，他按了开锁，拉开车门，示意她下车。

江边是笔直的岸堤，通往看不到的远方，岸上没有行人，只有干枯的柳树，细长而柔弱的身体，像一排排悲哀的观众。

她揣测着奔跑的速度，在这样毫无遮拦的地方，跑不过他那辆四驱车，她打消了逃跑的念头。浪费体力毫无结果的事情，还是不做为妙。

冬季的枯水期，江面很低，但没有结冰，水混浊，是泥土的颜色。他看着宽阔的水面，微微一笑。

"放你走，可以。"

她对上他的眼睛，他看到她眼中一闪而过的欣喜。

"你从这里跳下去，我们就一笔勾销。"

Part09 溺水

起风了，吹起江面涟漪阵阵，波纹蔓延开，一圈一圈，像等待鱼儿的网。

这种损人不利己的事情，应该是孟行才能想出来的，斤斤计较捉弄人并不是陈墨的风格，可他神色自若，看不出一丝玩笑的痕迹。

安小草双臂抱团，一笔勾销？她早不欠他什么！凭什么由他这样指手画脚。跳江？她又不是杜十娘，脑袋也没有抽风。

他看出她的不以为然，她似乎并不知道，他从来不做没有把握的事情。

他说的话，向来是肯定句，自有方法让她妥协。

陈墨从兜中掏出手机，指尖摁了几下，出现一段视频，递到她面前。

安小草低头，入眼的是她用利器抵在男人胸前威胁的画面，她的一举一动隔着落地窗被拍得清晰异常，包括掏钱包和绑人的那幕……

她以为进了警局，他空口无凭，最多告她个小偷罪名那么简单吗？

"刑法规定，以暴力、胁迫抢劫公私财物的，将处三年以上十年以下有期徒刑。"他收回手机，关掉视频，"这个证据你还满意吗？"

她抬头看着他，他满意地看到她眼睛中的错愕。小事可以化了，也可以化大，要看如何操作，这个世界不辨黑白的事情太多，不差这一件。

"我那是正当防卫！"

"谁相信？"

他想看她惊慌失措的表情，就像很久以前，她看过他的一样，他想还回去。谁叫她该死的，用毫不在乎的口吻，对他说：叙旧，免了。

这个"旧"偏偏他记忆深刻，深刻到看着她，一股脑儿地涌上来。他想惩罚她，对他重要的事情，为什么她可以这样轻描淡写地忘记？

包括这个地方，他们少年时第一次遇见的地方，难道她没有一点儿印象？

他不过是想吓唬她，视频在她面前播完，收回后就按键删除了。

然而安小草从来不是一个能被轻易威胁住的人，和他骨子里的强势相反，她是逆境中成长的孩子。她日日在危险边缘游荡，自保是家常便饭，又怎会被一个小小的视频吓倒呢？

几乎是本能地伸手去夺，手机被他高高举起，一脸戏谑。

她发起狠，一脚踹向他的腿骨，陈墨早有防备，轻松地闪过，他不会吃两次同样的亏。

　　女人的力气终究敌不过男人，很快她被他缚住双臂，扭转身子，圈在他的怀中，却不是脉脉温情的画面。一个气喘吁吁，一个眉头紧蹙。

　　"好，我跳。"贴在他胸前的脸烫得厉害，没有羞，只有愤。随着呼吸热气喷在他身上，隔着薄薄的衬衣，带起一股暖风。

　　陈墨猛地松开桎梏她的手，向来不喜欢和人这么接近，却一再为她破例。

　　在他眼中，人生是一个棋盘，他擅长站在高处，判断走向后，杀伐决断。他讨厌任何出乎意料的事情，可她，显然打乱了他掌控的节奏。

　　而这颗不受控制的小卒，正毅然决绝地向江边奔去。她跑起来像矫健的小鹿，短发在风中飞扬，灰色的背影看上去异常悲凉。

　　跳江并不是他期望的结果。他要的，是她的服软、屈从与哀求。

　　"站住！"

　　她充耳不闻，他追了上去。指尖在空中和她的衣服堪堪错过，只快那么一步，在他面前，一闪而下。坠落。

　　平静的江面溅起朵朵浪花，水波渐渐荡开，又渐渐平复……

　　水很冰，不到零度，寒意却是侵入骨中。湿的棉衣更是像石头一样沉重地将她往下拖，她呛了一口水，泥沙灌进嘴巴，是一种说不出的腥味。

　　他明明叫了自己，她应该就势停住脚步。安小草闭上眼睛，一片黑暗。在强者面前要扮弱，她向来熟稔，她又没有大脑抽风，心甘情愿地跑去江里洗澡！

　　然而，岸上的男人，绝对是她的煞星，她正待停住脚步，却因为惯性向前又冲了步，猛地停下来时绊住了脚，以狗啃屎的姿势，毫无悬念地跌了下来。

该死的，她太久不来，忘记岸堤上有防汛时浇注的石头！

屏住呼吸，安小草奋力向上划，手臂因为骤然寒冷而僵硬。接着，她悲剧地发现，小腿抽筋了——因为突如其来地掉落。

下落的冲力很大，肺部的空气渐渐呼出去，没有新鲜的氧气供给，慢慢像炸裂一样痛楚起来。

"安乐，你就是一条活蹦乱跳的鱼，真想把你丢给四喜。"岸上那人，变成少年的模样嘲笑着，可是，有这样会在水中淹死的鱼吗？

而四喜，那只老猫，早已经不知去向。

她拼命挣扎，腥臭的江水从嘴中灌入肺里。她少时曾因为玩闹害他跌入江中，所以清楚地记得，他，是不会游泳的，也断不肯跳下来营救她。

她想，就这样结束没什么不好，她真的累了。

恍惚间，一只强有力的手揽住她的脖颈，贴近的身体让她感到温暖。最后的意识里，她看到一张脸，模糊异常。

陈墨呼了一口气过去，她的唇像冰一样寒冷，呈现出青紫色。

虽然有水的浮力，可他泳技实在一般，费了九牛二虎之力，才将她拖上岸。冷风，立刻无处不在将湿透的他包围。她毫无知觉地躺在地上。

"安乐，醒醒！"

他打着寒战，俯下身子，轻拍她的面颊。她像个熟睡的孩子，一动不动。

陈墨低头靠近，她气若游丝，心跳已隐约不见。他急忙单腿屈膝跪在地上，将她搬起俯卧于大腿上，江水混合着泥沙从她嘴中缓缓流出，他用衣袖擦拭干净，又重新将她放平。

陈墨捏起她的嘴角，深吸一口气，他的唇覆盖住她的，气息朝她口中吹去，一次、两次、三次……却像无用功般，她长长的睫毛盖住眼睛，眨也不眨，脸上露出颓败的青灰色。

他急躁起来，用力朝她的胸肺处击打。

许是上天注定她大难不死，这一下刚好将她肺部的积水呛了出来，她狠狠地咳嗽了几声，渐渐地缓过气来。

他将耳朵贴在她心脏旁，听那微弱的怦怦声，整个世界仿佛都安静下来了，只有这一下接一下的心跳声，像最美妙的鼓点。

他尝过溺水那种恐怖绝望的滋味，他曾把这个归咎于她。然而，他比谁都清楚，那不过是场意外，况且是她救了他。数年之后，他学会了游泳，角色倒置，如今换他救她。

他想，一笔勾销真是一语成谶，变成他还她的。

他将她抱上车，打开制热系统，调到最大，车厢里慢慢地温暖起来。他剥掉她的外衣，污浊的江水顺着真皮坐椅流下去，他没有在意，发动车子，开去最近的医院。

急诊室。

医生和护士不停地穿梭忙碌，检查结果万幸并无大碍，倒是输氧点滴全上。

"来，伤口包扎一下。"女医生处理完病例，扭头，指着他的肩膀，衬衣上是红色的血迹，被江水浸泡后，又慢慢渗出。

"小两口吵架用不着这么暴力吧！"女医生边打预防破伤风的针剂，边好心规劝。

"年轻人相互让着点儿不就完了，闹到打架跳河，至于吗？"

"人家小姑娘，多可怜！为你都寻短见了，就算分手，也要等她情绪稳定啊！相爱一场也不容易。"

女医生越说越起劲儿，陈墨皱了一下眉头，但此刻人为刀俎，我为鱼肉，聪明理智的人是不会开口反驳的，以免再遭皮肉之苦。

女医生以为他是听了规劝，下手倒是轻快些，消毒，纱布，几下子伤口就包扎好。

"可能以后会有疤，等伤口好了买点儿什么除疤的药擦擦，不过肩膀也没什么大不了的，男人嘛。"

衣服还是湿漉漉的，来时匆忙，根本无暇顾及，现在独自站着，江水的腥味混合着医院消毒水的味道，让他很难受。

因为包扎，陈墨的衬衣敞开了大半，露出半截平坦的胸膛。小麦色的肌肤，透过玻璃窗折射的微光，呈现出细腻的光泽。

虽然衣着不整，可他看上去却没有半点儿难堪，进出的小护士，路过时都偷偷瞄一眼这个倚墙站着打电话的男孩，有两个看上去比较清闲的护士躲在一边窃窃私语。

"难怪他女朋友宁可跳河也不愿分手，他长得好帅！"护士甲眨着眼睛。

"切，这种男人最花心了，没有安全保障。"护士乙一脸不屑，却扭头又看了一眼。

讨论声音虽小，可一字不漏地传到陈墨耳中，他挂掉电话，只抬头冷冷一眼扫过去，交头接耳的小护士立刻噤声。

安小草已被送至观留室，他推开门走进去。简单的临时病床，支架上挂着葡萄糖水瓶，透明的液体顺着输液管一滴滴下落，护士给她换了病号服，盖上被子，她安静地躺着，面色苍白，细细的手腕露在空气中，有些发青。

没多久，孟行进来，手里拎着几个纸袋，递过去不解地问："老大，你要的衣服，怎么没一会儿工夫，你就折腾到医院来了？"

陈墨也不解释，将女式的那套取出来放在床头，把钥匙抛向孟行："你去车上等我。"

孟行挠挠头，想开口说什么，最终憋住，转身离去。

陈墨拿着男式的去洗手间更换，穿上干爽的衣服，冰凉的身体渐渐地有了温度。

明明是要惩罚她的，可自己却总是跟着吃苦头，从很早前认识她时起便是。

少年时的事情不禁浮现在脑海里，包括他们最后见面的场景。

他摸了摸胸前的玉佩，家传的本是一对，龙凤呈祥，他自小带着凤纹古玉，而龙纹的那块已不知去向，他一直不相信是她偷的。但时光荏苒，当年那个倔犟得宁可在他家脱光衣服显示清白的女孩，再次重逢，却偷了他的钱包。

她为了钱，卑微得任人摆布，扮出一副可怜的样子，临走时却狠狠地踹了自己一脚。

她为了钱，陷阱也义无反顾地往下跳，从小偷又升级到劫匪，明知是旧日相识，依然咬伤他。

他在任何人眼中，虽然年轻，可依旧是沉稳而强势的，独独到她这里，讨不到一丝便宜。

没有缘分的人，不会相遇，他们的缘分，不是好的，只能算是孽缘。

他看了她一眼，也许一笔勾销是对的，不再见面，对他们，都是好事。

病房一片静谧。白色的床单，淡蓝色的病号服，她的袖子挽起，露出一截胳膊，暗红色的暖水袋很扎眼。陈墨觉得自己应该走了。就像在江边说的那样，他们谁都不再欠谁，各走各的人生路，如此这般，再不相见。

他站起身，掏出钱包，皮子沾水后有些暗沉，他把卡拔出来，现金和钱包一起放在枕边崭新的衣物下面。

车内，孟行无聊地听着广播，看到陈墨拉开车门坐进来，有些忐忑不安。

"老大，我是不是做错了？"

陈墨看了他一眼，反问道："你知道你做错什么吗？"

孟行试探地问："使坏太出格，老让你给我收拾烂摊子？我真以为那妞和你没什么关系。"

陈墨摇摇头。

"你错在不应该告诉我。"

她有足以自保的能力，反而因为他，受到更大的伤害。

Chapter 02

爱情，是她心里永不会发芽的种子

这个"旧"偏偏他记忆深刻，深刻到看着她，一股脑儿地涌上来。

他想惩罚她，对他重要的事情，为什么她可以这样轻描淡写地忘记？

包括这个地方，他们少年时第一次遇见的地方。

难道她没有一点儿印象？

Part01 依赖

安小草清醒过来时，天色已暗。

她觉得口干舌燥，头脑昏沉，看看四周的环境，立刻明白，自己被人送到医院。房间没有人，长长的帘子将病床和外界隔开，消毒水的味道迎面而来，是她最讨厌的气味。

落水的记忆很快恢复，一失足成千古恨的悲剧最终没有酿成，她知道自己这条小命是保住了。

她那件狗熊般厚实的棉衣，不见了踪影。倒是枕边整齐地摆放着一叠衣服，从内到外一应俱全，柔软的天鹅绒质地精良，摸起来很舒服。

到底谁救了自己，又把她送来医院治疗呢？她有些好奇，落水的时候江边只有他们两个人，他，是不可能的。也许自己命不该绝，后来有人发现，这么冷的天，真是好人。

她很想谢谢救命恩人，但是，突然想起来，看病就诊是要钱的，而自己，身无分文外带负债累累，第一个念头马上变成悄悄溜走。

"你醒了啊？"护士推开门走进来。

她点点头，这不废话吗。睁这么大眼睛，又不是梦游。

护士并没开口催她缴费，安小草稍稍安心点儿，只要不提钱，随便什么废话她都欢迎。护士年纪很轻，看起来和她像是同龄人，却不晓得为什么用同情的目光看着她。

小护士欲言又止，最后还是拿出体温计，安小草顺着她的指示张开嘴叼住。

"小姑娘，想开点儿，两条腿的蛤蟆少见，两条腿的男人到处都是。"小护士宽慰地劝解。

安小草嘴里含着东西，想开口又说不出话，一阵呜呜。

小姑娘？大姐你几岁啊！安小草悲催了，她怎么就想不开了？

小护士想说"天涯到处是芳草，何必单恋一枝花"又怕触到病人的伤心处，所有经典名言在脑袋里打了个圈，哪句都觉得不合适，最后还是用行动表示同情，拍了拍她的肩膀，顺手抽走她嘴中的温度计。

"37度，体温正常，等下去拍个片子，没问题的话等下就可以出院。"小护士转身，最后又来了句，"我能理解你的心情。"

安小草纳闷起来，难道护士眼睛刁钻到看出自己没钱缴纳诊费？

她也不敢多话，只想找个机会偷偷溜走，虽然这种做法太不厚道，可是，她真的要钱没钱，这番折腾"要命一条"也已经丢了半条。

安小草躲在被单下，偷偷换上衣服，尺寸很合适，柔软贴身。衣服下面居然有一双袜子，她拿起来，袜子下面有一个黑色的钱夹。

谁把钱包放这里呢？难道是好心人？难道是在她之前的病患遗留下来的？安小草暗自揣摩着这两种情况的可能性，最终判断均为零。

她打开钱包，数了数，二千块钱。

最近她和这个数目很有缘，不小心越界偷了陈墨被内部审判，是这个数字；去陈墨家被羞辱，也是这个数字；现在，天外飞仙，出其不意的横财，居然还是这个数字！

她捏在手中，心里犹豫了一下，理智和情感激烈的混战后，最终将钱包归拢到了怀中。是福不是祸，是祸躲不过，反正最差的都经历了，人们不都说"大难不死必有后福"吗？她也该时来运转了。

按理说有钱她就能大摇大摆底气十足地从医院走出去，可是，这钱虽然是白来的，但揣在自己兜里，想往外掏却很肉疼。

她每个月都要往医院贡献将近四千块钱，那是无奈之举。她深知在医院哪怕随便开点儿药，都动辄上百块，一百块钱节省点儿够她生活半个月呢！于是，逃跑开溜，成为她的首选。

安小草很轻松地从医院溜走，倒了两趟车，回到拳馆。

拳馆灯火通明，有些反常。平常晚上这个时段，锻炼的人很少，尤其冬季，晚饭时间，基本上就闭馆了。

安小草有些疑惑地走进去，馆主老刘和几个年轻的教练都在，看见她进来，老刘走上前有些着急地抱怨："你这丫头，这么晚才回来，跑去哪里了？"

安小草不想让人知道自己下午发生的那些倒霉事，随便编了个谎，说是找朋友玩去了，聊天高兴得忘记了时间。

老刘皱了一下眉，不悦地说："天这么晚了，雷子一直找不到你，很着急。他说下午看见刘达的人在附近转悠，担心你发生什么事情，大晚上的把我们都叫来了。刘达那家伙是混黑道的流氓，又是盗窃团伙的头子，这边做生意的好多都吃过他的苦头，你怎么和他扯上关系？"

安小草实在难以启齿，只能默默地低着头。她，也不是好人。

"我们都不是惹是生非的人，练拳是强身健体，又不是用来打架的！雷子不听劝，自己跑去打探，你赶快给他打个电话吧，迟了我怕出事！"老刘说。

安小草急了，季天雷怎么这么冲动！她赶紧借了个电话拨过去，无人接听。

她顿时无措起来，刘达是个狠角色，招惹他绝没有好下场，悄悄躲了几日还是被打探到，看来此处也不能久留。

她只乞求雷子找不到地方，毕竟，干他们这行的狡兔三窟，一个月换几个地方也是常事。

"雷子哥，我没事，你回拳馆来。"她飞快地发了条短信，心急如焚。

好在过了一会儿，电话响了起来，手机屏幕上闪烁着"季天雷"三个大字，安小草长舒了一口气。

接完电话，安小草先让一干人回去休息，老刘看出她的为难，倒也没有逼问，只是语重心长地对她说："丫头，谁都有过去，好与不好都得自个儿扛着。别人能帮一时，帮不了一辈子。我是粗人，说不出个一二三四来，你自己好好琢磨吧！"

人渐渐地走光了，场馆重新冷清起来。

晓草安静地坐在拳击台上，地上散落着护具，她俯身拾起一个手套站起来，红色的皮革上有长期使用的污渍，戴在手上，像个丑陋的面包。

她走到一旁的训练区，挥出去一拳打在沙袋上，被反弹开，手有些发麻。她使劲儿又打去，沙袋荡开狠狠地撞在身上，她没有闪躲开，于是苦笑了一下。

生活就像这个沙袋，你不去打它，它不会平白无故地还击你。可是当你有必须出手的理由，又怎么能顾忌报应会回到身上？

她很清楚，如果她能选择做个好人，就不会去做坏人。谁都不想提心吊胆地过日子，可是她有选择吗？

她有。她可以选择不背负沉重的包袱，独自一个人开始新的生活。

她不是没起过一走了之的念头。丢下奶奶，去另一座城市开始新的生活，对她而言是一种解脱。父亲就是这样丢下她的。

狠狠心没什么做不到的，况且奶奶现在压根不记得她，不认得她……

为什么狠不下心？也许正因为她和奶奶都被亲人抛弃过。安小草清楚地记得，当初没有奶奶，就没有今天活生生的自己；现在，没有自己，奶奶又能依靠谁活下去？

馆长老刘说的话再清楚不过，她不怪他，谁都有自保的本能，无端被牵连到别人的是非中，并不是好事。这个世界没有多余的同情，她能依靠的，只有自己。

而季天雷，她没有立场让他如此付出，她周围是泥泞的深潭，她知道季天雷伸手想要将她拉出来，然而，她惹的事背的债，不是他能应付的，她若把他当成救命稻草紧紧抓，最后他会跟她一起沉下去。

她心里已经拿定主意。

季天雷进来的时候，看见安小草正在整理护具，地板明显拖过，水溆溆的，走前凌乱的场地被收拾得干净整齐。

"别整了，明天学员一来又会搞乱的。"他走近，带着外面一股凉气，额头上却有细密的汗珠，显然一路赶得急。

安小草好笑地看看他，递了条毛巾过去："照你说的，今天吃过饭，明天就不用吃了，多好！"

他接过擦了一下脸，捏在手中打着转，安小草很想他开门见山，哪怕数落追问痛骂都好，是她让人担惊受怕，活该如此。然而他却不问也不骂，从兜里掏出个东西抛给她。

她接住一看，是个手机，老款式的诺基亚，七八成新的样子。

"没手机确实不方便，你知道小郭吧？就老和我一起玩的那个瘦子，他最近倒腾二手货，什么都有，我打听消息时顺手拿了个，也不值钱。万一有什么事情，你按一号键，我就能立马出现！"

他笑嘻嘻地说，两道浓浓的眉毛下一双眼睛晶亮，泛起柔柔的涟漪，眯得弯弯，像夜空里皎洁的弦月。学着电视里超人的姿势，将胳膊抬得老高。

"拯救地球！拯救美女！"

本是很搞笑的画面，安小草却觉得鼻子酸酸的。可能，江水灌太多了。

"今天是我沉不住气。你也知道，我脾气一向急躁。"他挠了挠头，像自责又像解释。

"我回家时看到一个贼眉鼠眼的家伙，在附近转悠，听见他向小商店的吴嫂打听你来着。晚上打电话，刘师傅又说……"安小草打断他的话。

"嗯？"

她掏出钱递过去，粉红色的一沓，他没有接，只是低头凝视她。

她穿着一身崭新的衣服，看上去合身又清爽。上面的刺绣品牌标志他认得，前几个月，小郭泡妞送人家生日礼物，趁着打折，买了这家店里的T恤，极其普通的款式，标价上千元。

一件穿一季就不流行的衣服，是三克黄金的价格。

她的手伸在半空，见他不接，只好将钱塞进他口袋。

"雷子哥，你看到的那个家伙，不是刘达的人。我从前告诉过你吧？我爸抛下我去外面赚钱，现在有钱回来找我了，你看，我穿的新衣服就是他买的！"

她眼睛一眨，谎话随便能掰出好几条，衔接、转折顺畅得比真话还有逻辑。

他不会知道，我说的话，全部都是谎言，安小草心里想。就这样欺骗一个对自己好的人，你不会良心不安吗？安小草手在背后握紧，不会。如果说真话让人受伤，还不如用谎言去守护。

"我要搬去和我爸一起住了，拳馆这里太冷太小。"她装出一副很开心的样子。

"欠你的钱现在还清了。雷子哥，谢谢这些天你的照顾。"安小草将手机还给他。

"我不喜欢这款的，我爸会给我买个新的，触摸屏的那种，到时候我给你打电话。"

她不会打电话，她不会再见他。

她不能去依赖他，她的过去，只会让超人和怪兽搏斗。可是，怪兽却不是一拳就能打倒那样简单。

Part02 选择

季天雷没有料到安小草说走就走，干净利落，等他翌日再到拳馆时，杂物间已经人去楼空。

所有他添置的东西，她都整齐地摆放好，一件也没有拿走。

枕头上放了一张字条——

雷子哥，我走了。放心，我会好好地生活，你也一定要幸福。安小草。

季天雷一拳捶在床沿上，薄木板搭的床架并不结实，哗啦啦塌了一块下去。

他在社会上混了不短的时日，真话和谎言岂能分辨不出来，他又不是傻瓜。哪里那么容易凭空冒出个爹，她不过是找个借口离开，他却不忍心拆穿。

她，真的有地方住吗？

季天雷抓起外套朝外走去，老刘在后面叫了一声。

"雷子，不上班往哪里跑？"

他扭头："叔，我请假，晚上过来。"

朋友小郭的店开在南郊灯饰城附近，店面不大，可内容丰富，都是二手货，季天雷曾戏称他是正宗的"二道贩子"。

进去的时候小郭正聚精会神地对着电脑，灵巧的双手控制着键盘和鼠标，液晶显示器上是3D游戏精美的画面。

听见有人进来，他头也不抬。

"要什么自己随便看！"

季天雷一掌拍过去，打得他头一偏，手上动作一缓，游戏角色立刻被BOSS攻击得直流血，他嘴里正骂骂咧咧要发火，扭头一看，脸色刷地变了。

"哥，你怎么来了？"

季天雷掏出钱甩在柜台上："四千块钱，你点点，车钥匙给我。"

前些日子为了凑钱，把心爱的摩托车抵押在这里，如今要四处找人，没有车肯定不方便。

小郭关掉游戏画面，站起来端茶倒水，殷勤无比。

"哥，你先坐。"

"我还有事，你继续玩你的，把钥匙给我就行了，车就在后院老地方停着吧？"

小郭挠了挠头，偷偷地瞄了一眼，欲言又止的样子让季天雷有些疑惑。

"你今天怎么了？有什么事就直说！"

"哥，我今天起晚了，我妈看店，背着我把车给卖了……"

季天雷上前一把揪住他的领子，眼睛愤怒得能喷出火来，手指用力得有些泛白。小郭捂着脸不敢看他。

他最终还是将手松开，颓然地说："小郭，我们认识时间也不短了，你不能这样背后捅我一刀，你知道那车对我的意义。"

小郭知道扯谎没用，低下头，羞愧地说："哥，对不起，实在是我没出息。"季天雷追问究竟，小郭死也不肯开口，只说这事情都怪他，他会想办法再弄一辆。

季天雷一看小郭这态度，心里明镜似的清楚起来。能让小郭这样的老油条吃瘪的，来来回回也就那么几个人。他不说出来是不想让自己惹事，然而季天雷越想越憋屈。

这个世界上他本没奢望拥有太多，可珍惜的却依然一个个离开。不管是安小草还是摩托车，难道他就这样窝囊得什么都保护不了？

他本来心急火燎地想去找安小草，他知道她奶奶在医院，即使不知道是哪个，但只要有一条线索，他也相信能很快将她找到。

找到之后呢？他能给她什么？金钱、权力、名誉，他统统没有，这样的现实让他在一瞬间开始恨自己，恨自己不够强大。

他脸上泛起一丝苦笑，他居然好意思扮演什么超人，他连自己都拯救不了，还妄想做别人的守护神。

幸好，他并不是一无是处。现实如果是欲望丛林，他也可以化身为猎豹，只要有速度和锋利的爪牙，就能厮杀出一片战场。

他想，可能一切都是冥冥之中自有天数，注定他要走什么样的路。

"小郭，车我不要了，明晚上你跟我去东街。"

小郭一愣，握水杯的手轻轻地颤了一下。季天雷认识安小草后，就没去地下拳场，今天发生什么事情了？

"哥……"

"别啰唆，你还把我当哥，就过来。"

陈墨在浴室褪去衣服，手臂上蜿蜒的划痕已经结痂，只是肩膀上那一口咬得委实有些深，抬抬胳膊也会感到疼。

他表面上看起来斯文有礼，事实上并不虚弱，腹部的肌肉很结实，那是长期锻炼的结果。

打开花洒，温热的水流顺着身体飞溅而下，因为有伤，他洗得很快，略微冲了冲就拿起浴袍。

门铃响了很久。浴室的水声太大，他没有听见。等到他穿好浴袍出去开门，孟行在外面等得都打瞌睡了。

房间很新，显然刚刚开始住人，装修风格简洁硬朗。孟行是头一次来，倒没有好奇地四处参观，先将手中的一扎啤酒放在茶几上。迎面而来一阵酒气，显然他来之前已经喝了不少。

陈墨皱皱眉："你怎么找来的？"

孟行耸耸肩："鼻子下面一张嘴，怎么，不欢迎？"

陈墨也不理他，俯身在抽屉里摸出一把水果刀，孟行看到急忙做了个躲闪的姿势。

"老大，你不至于杀人灭口吧，我可是专程来赔罪的！"

陈墨瞥了他一眼，手腕轻巧地转动，刀尖将啤酒罐上的塑料封皮划开，拿起一罐丢向孟行，自己也拿了一罐，食指用力拉开，丰富的泡沫冒了出来。抿一口，苦涩的滋味。

"我很浑蛋是吗？奇怪，我这样的坏蛋应该和梁洛臭味相投才是，反倒跟着你屁股后面打转。"孟行狠狠地灌了下去，酒液顺着嘴角流出些，滴在光洁的地板上。

陈墨低垂头，看不出表情："喝完回去睡觉。"

孟行将铝罐咔嚓一声捏成果核状："哥们儿今天心情真不好啊，你就不能换个温暖有爱的表情？"

陈墨又抛了一罐过去，坐下来靠在一边。

孟行嘻嘻地笑着："这地方看上去不错啊，我也弄一套搬过来和你做邻居吧！"

"少来，我懒得天天给你收拾烂摊子。"

孟行舒服地窝在沙发上，仰头喝着酒："其实这样吃喝玩乐混日子也没什么不好，我越不成器有人越高兴。你身边没有比较级，也没人和你争，你体会不到那种心情。"

陈墨安静地听着他发牢骚，没有接话。孟行的家庭背景比较复杂，在家中经常受到排挤。

陈墨喝了一口，啤酒顺着喉管流下去，所到之处一片冰凉。他隐藏得太好吗？以至于所有人都觉得，他什么都有，不需要去争取去努力。

孟行喝得烂醉，折腾到吐完让他打电话叫人送回去了。

安乐的事，他没有道理去责怪孟行，毕竟是他告诉孟行，他与安乐毫无瓜葛。他从来没有想过，这么大的城市，他们能一再相遇。

比这出格的事情，孟行也做过。他从来都是事不关己，高高挂起。这次出面阻止，反而惹得一身腥。也许，错的是他自己。

房间温暖，扭开床头的加湿器，白雾扬在空中，丝丝氤氲。

楼层很高，他不喜欢房间太黑暗，睡前没有将窗帘拉起，月光从窗外洒进，在欧式的大床上印下斑驳的痕迹。

最近他感到很疲惫，梦中眉头也紧锁。他无意识地将身体蜷曲起来，一种防御的姿态。

陈墨做了个噩梦。

也不算梦，只是往事在梦中模糊地重现。破碎的片段，从后往前。

先是少年的自己站在江边，一只硕大的黄猫向他张牙舞爪，江中有个扎羊角小辫的女孩，一脸微笑地朝他招手，黄猫步步逼近，他步步后退，最终掉了进去。

水很深很黑，他什么都看不见，没有呼吸，只有静悄悄的死寂。

他在黑暗中快要喘不过来气，突然听到一声猫叫。他睁开眼睛，自己变得更小，手臂上紧紧缠着麻绳，嘴巴也不知道堵了什么东西，只能发出微弱的呜呜声。

一只黑猫在他身前，眼睛发着绿油油的光，他很害怕，黑猫似乎能看出他的恐惧，越发肆无忌惮地盯着他。

他听见警车呼啸而过的报警声，尖锐刺耳。他很想有人能救自己，可是房间四处是腐朽的味道，混着猫的骚臭。

黑猫离他越来越近，跳上他身上，爪子锋利。

他感觉自己瞳孔放大，心跳停止。

他听到一个男人正穷凶极恶地咆哮："两个选一个，你们自己挑！"

他们怎么选择的？他头疼欲裂。不是想不起来，而是，不想去想。

都过去了，一切都过去了。他对自己说。黄猫和黑猫都不在了，谁也不能再伤害他……

Part03 黑拳

傍晚的Z大校园，即使是寒夜，仍有浓情蜜语的情侣出来散步。两两相携而过，空气中留下爱的气息。

学生餐厅，安小草收拾完最后一张餐桌，捶了捶腰，托着下巴看风景。

路灯把人照得只有个轮廓，再鲜艳的色彩也被黑暗吃掉大半。

和她年龄差不多大的收银员羡慕地看着外面路过的男女，走过来伏在桌子另一端，直皱着眉头叹气。

"怎么了？"安小草不解地问。

"瞧瞧他们，那才是生活啊！"这句话说得荡气回肠，听得安小草直想笑。看来每个人羡慕的事情都不一样，自己觉得现在已经非常不错。

时间过去得很快，她在这里已经工作半个月。找个地方生存，对她来说，是再简单不过的事情，只要用心去找，天下之大，怎么可能没有容身之处呢？

庆幸的是，她并没有拖累朋友，奶奶的病情也逐渐稳定，工作虽然辛苦，倒暂时无忧。

临近熄灯的时候，进来两个女孩，其中一位穿着粉红色大衣，身材苗条，乌黑的秀发柔顺地垂在背后，小巧而白皙的脸上五官精致。

美女啊，安小草不由得多看了两眼，觉得很面熟，可又想不起来在哪里见过，可能是在这里就餐过，她没怎么在意。

女孩开口要买两罐可乐，可刷卡系统早就关闭，收银员不高兴地说："去超市买吧，我们这打烊了。"

女孩有些不乐意，旁边另一位拽了一下她的衣服："依依，跟你说这么晚餐厅不可能卖饮料，你偏不信。"

"这边不是离教室近嘛，我可懒得跑超市去，那里太远。"她掏出钱包，粉红色的Kitty猫，抬头问向收银员，"付现金不行吗？"

收银员抬头瞥了她一眼，带着袖套的胳膊扭到背后，呛声道："有钱了不起啊？说了不卖。"

女孩脸气得和钱包一样红，安小草知道收银员不过是因为忌妒心作祟，长相漂亮的女学生来买东西，她态度从来都不怎么好。

安小草不想把气氛搞那么僵，上去说了几句圆场的话，谁知道她犟脾气上来，死活就是不卖。

杜依依到哪里都是众星捧月，何曾受过这样的窝囊气，碍于家教修养又不能破口大骂，心里极其憋屈，抬手指着她信誓旦旦地说："我就是有钱怎么啦，你信不信我明天就让你从这里消失，到时候你想卖都没地方卖！"

收银员有个在餐厅做大厨的舅舅，所以才落个轻松的美差，对女孩这话表示出极度不屑。

安小草心里却咯噔一下，她向来擅长察言观色，也知道很多人好面子喜欢说大话吹牛皮，但这个女孩说话的样子，透着绝对的笃定。

她不想自己牵连到无妄之灾中，偷偷从内柜拿了两罐可乐拢在袖子里。

粉衣女孩一脸气愤地离开，安小草借口上厕所追了出去。

"同学，等等。"安小草拦住她们。

女孩有些诧异地回头，安小草将饮料递过去，微微一笑解释道："她今天身体不太舒服，脾气差了些，别介意，两罐饮料你给五块钱现金就可以。"

女孩接过饮料，脸色虽然稍微缓和了几分，但语气还是强硬："不舒服也不能这么说话啊，我是顾客又不是劫匪，有她这么卖东西的吗？你回去让她做好心理准备吧，我杜依依从来说话算数。"

翌日一早，只有结算时才来的餐厅老板出乎意料地现身。

没多久，收银员哭哭啼啼地抱着行李从后门走了，安小草看得很清楚，心里还来不及有什么感慨，老板就宣布由她接替工作。

安小草愣了。无论如何这样和钱打交道的差事，轮不到她这个才进来半个月又毫无关系的人。

老板没有任何解释，只是拍了拍她的肩膀说："好好干。"

安小草心里自嘲，这真是把钱袋子交给小偷保管，新手上路，头一回。不管怎么样，收银的工作比服务生要来得轻松，工资还能高些，倒是天上掉下来的好事。

安小草长得漂亮，又常常面带微笑，笑起来的时候眼睛跟弯弯的月儿似的，很讨人喜欢，买东西的人也越来越多。

再次见到杜依依，已经过了一周，还是在餐厅打烊的时刻，安小草值班锁门，其他人都陆续走完。

拿着大门的锁正往外走，她迎面走来，穿了一条粉红色的毛呢裙，裙摆是一圈雅致的蔷薇花朵，领口带着两个毛茸茸的小球，看上去很可爱。

"买一罐可乐。"她从兜里掏出五块钱。

安小草放下锁，钻进柜台拿了一罐可乐递给她。

"谢谢。"两个人异口同声，说完相视一笑。

安小草觉得自己这句话说得很不厚道，毕竟踏着别人的眼泪，她得了便宜，但事情不是她希望的，也无须背负愧疚感。

"请你喝。"安小草没有收钱。

杜依依接过饮料打开喝了一口，倒没有急着离开："你叫什么名字？"

"安乐。"这是她在餐厅用的名字。

杜依依小口地喝着可乐，安小草也没催，靠在柜台旁微笑地看着她。

"我看你和我年纪差不多，怎么没上学啊？"她有些好奇地问。

安小草不想说太多，用了最平常的理由："学习不好，没考上。"

"我也学习不好。"杜依依抱怨着，"最近期末考，大家都忙着复习，也没人陪我玩，真无聊。"

安小草觉得这女孩挺有意思，虽然看起来骄傲，但性子直爽，笑着问："你都玩什么啊？我倒是有时间。"

杜依依听这话来了精神："除了学习，玩什么都好啊！比如在教学楼女厕所装鬼，比如到情人坡小树林装风纪组的老师……"

安小草愣了一下："你的爱好，真特别。"

杜依依叹了一口气："最近这些，都没什么乐趣，要不是为一个人，我早出国了，可惜他从来都不答理我。唉，真没用。"

这些话在熟人面前是难以启齿的，但她在安小草面前说出来，倒不觉得有什么，因为陌生，又不在一个圈子，反而能说更多心里话。

杜依依很少来学校，每次来都是陈墨有课的时候。可惜陈墨快毕业了，出现的次数更是屈指可数。

若说有多喜欢，她自己也不清楚，人不就是这样吗，越是得不到的，越想拥有，爱情也一样。

自从那日跳水救人，陈墨持续很多天入睡后多梦，冰冷的江水像打开记忆的一把钥匙，将往事串起来再揉碎，整晚反复地折磨他。

到后来梦里黄猫黑猫出现的次数少了，扎小辫一脸天真笑容的安乐却渐渐地长大，变成KTV那个漂亮得令人窒息的安乐。

她每晚以不同的姿态在他梦中定格：卑微时，她匍匐在脚下捡钱怔怔地出神；机灵时，她摇着骰子搞鬼镇定自若；狡黠时，她溜走狠狠地踹他一脚留下个鬼脸；坚强时，她举起凶器反抗得干脆利索……

他什么都能掌握得很好，偏偏梦境不受控制。他觉得自己心里有条绷住的弦，被一双无形的手慢慢上紧，这种感觉，他非常厌恶。

孟行经常不请自来，每次来必定带一打啤酒，今天倒是出人意料地空手前来。

打开门，他也不进来，一脸微笑地靠在门边，手里抖着两张票："老大，走，和我去看点儿新鲜的东西去。"

"你除了找我，就不能找别人吗？"陈墨抬手看看表，已经晚上十点多，料想不会是什么好事。

孟行摸了摸鼻子："我朋友很多啊，可老大不是独一无二嘛！我的痛苦都拿来给你当快乐分享了，这样不求回报为哪般啊？！"

陈墨懒得理他，走进里屋换掉家居服，穿了件米色的休闲衬衣，外罩蓝色的V领毛衫，干净简洁。

孟行在旁边打趣："瞧瞧这线条，简直是艺术品。"

陈墨瞥了他一眼："想要我陪你去，就别惹我。"

冬日萧瑟的夜晚，街道上行人很少，车辆都是呼啸而过，更显清冷。

陈墨没有开车，坐了孟行的奥迪TT，有人当司机他自然乐得清闲。

孟行停好车拉着他走进地下通道，热力井盖上半卧着一个老太太，面前摆着破旧的瓷碗，里面是零零碎碎几张毛票。

孟行瞧也没瞧往前走，他却停下脚步，拿出钱包，将零钱全部掏出来丢进碗里。孟行扭头乐了："老大，那些都是骗子，你不会同情心泛滥吧？"

他没有理会孟行的调笑，只是觉得白发苍苍满脸沟壑的老人，看上去真的很凄凉。可是，他的字典里，不是从来没有"怜悯"这个词吗？

他觉得心里好像有什么东西，随着童年梦境的出现，不受控制地分崩离析……

孟行倒没怎么在意他的反常，凑过来说："你知道'死亡之旅'吗？"

他听到问话回过神来，点点头。这是本地出名的地下拳赛，以血腥和残酷著称。

孟行笑嘻嘻的眼睛眯起来，脸颊上深深的酒窝看上去很可爱，说的话却完全和他无害的表情相悖："今天是'死亡之旅'的决赛杀戮战，我搞的可是贵宾票！"

进入内场的程序复杂繁琐，几乎堪比登机，随身携带的打火机，手机和软性饮料都被封存在塑料袋中，等离场后再领取。

保镖将内场的门打开，他们走进通往黑暗世界的罅隙，长长的甬道过后，眼前出现高耸而偌大的拳台，四周是沸腾的人群。

"我们先去押注。"孟行拉了拉他。

投注台上是参赛选手的简介，分四组晋级决赛，都有不同的赔率。

孟行草草过了一眼，把赌注压在了上届的冠军身上。陈墨一个个看过去很仔细，目光停在了最后的名单上：季天雷，24岁，一米八三，代号黑豹。

Part04 不眠

通往前台的铁门紧闭，狭小的房间只有一个排气口与外界相连。场外的声音穿透进来，像原野呼啸的风。

季天雷漫不经心地靠在墙边缠着白色的护腕，密密匝匝，一圈又一圈。

空气凝滞般沉闷，他的身影在灯光下拉长，手中的绷带却慢慢变短，小郭终于憋不住，开口。

"哥……"这一声过后却是欲言又止。

季天雷抬起头，坚毅的脸上露出一丝微笑："放心。"

这两个字说得掷地有声，小郭心里越发难受起来。这不是表演赛也不是正规竞技啊！这是生死的战场，一踏出去，便难以预料。

半个月前，季天雷决意要参加比赛，他苦口婆心劝阻未果，终于眼睁睁看他走到这一步。

地下拳场没有投降的白毛巾，没有裁判的数秒，没有规则，没有侥幸，踏上去只有血的噩梦。所有参赛者关心的不过是两件事情：生存和金钱。

然而往往最终的结果是两样都永远地失去……

季天雷目光坚定地看着他，伸手拍了拍他的肩膀："小郭，不要搞得生离死别的样子，我一定会胜！"

一定会胜利地活着回来，因为有人我想让她幸福。

季天雷从兜里掏出一枚光洁的硬币，将正面"1"字放在嘴边轻轻吻了一下，紧紧地握在手中，这是幸运女神给他的护身符，会保佑他一路向前。

他仿佛看到她巧笑倩兮的脸，大拇指轻轻一蹦，硬币在空中划过一道银色的弧线，他伸手接住，正面。

"正面就下手，背面就闪人，安全系数很高的！"曾经，安小草就用这样的方式来选择目标。

"为什么正面下手？"

"正面是一啊，人人不都想拿第一吗？多吉祥的数字，背面是菊花，当然要捂着屁股溜了。"

他从来不介意她有什么样的过去，命运无法选择的时候，只能大步向前。现在，到了他选择的时刻。

场外传来尖叫声，结束的铃声响起，黑色的铁门打开。

季天雷举起食指走出去，我会努力，不管付出任何代价，一定要，给你幸福。

所以，就算在我不知道的地方，请耐心等待一会儿，我会找到你，有一句话想要对你说。

餐厅员工宿舍，婆娑的树影透过窗户映在水泥地上，异常狰狞。

夜，很宁静。电话响起，就显得格外急促。有人被打扰清梦，迷糊地嘟囔抱怨。

安小草揉了揉眼睛爬起来，她离桌子最近，伸手去接，长长的线绳缠绕在桌角。

黑灯瞎火，就着月光去解，却越缠越乱，只得提着听筒，身子凑过去，不小心撞到了手肘，又酸又麻。

没等她询问，电话那端职业又程序化地开口。简单的几句陈述，和她息息相关。

恐惧是一瞬间迸发出来的，她跳到地上，赤脚，却没有感觉到冰凉。

听筒里传来一阵挂断音，她晃过神，抓起衣服胡乱穿上，推开门就往外冲。冬夜凄寒，冷气迎面扑来，她打了个寒战。

病危通知……抢救……几个关键的字眼在脑袋中无限放大，突发而猝然。

医院，ICU玻璃门外，安小草执着缴费单，目光游离。几分钟前，主治医生面对她时，是责怪的眼神。

"没人看护，半夜喝水的时候栽倒在地，颅内出血。"

她无力辩解，浑身发冷。白纸黑字上的金额对她而言，是那样遥远。签手术同意书时，笔画寥寥的两字却似耗尽她所有的气力。

她捏了一下手臂，真实的疼痛，这是噩梦，可惜她不在梦中。

投币电话，在门诊楼缴费大厅的转角，破旧的成了摆设，她拿起来，听筒内还有杂音。

摸出一枚硬币，哐当一声沉到底，清脆。

现在，不是选择的时刻，兜兜转转，她还是逃不开，始终要亏欠他吗？一次、两次……他能帮自己多少次，她要用什么去偿还，这些却来不及思考。

电话响了很久，一首音乐播放循环，缠绵悱恻，她无暇欣赏。

两遍、三遍……握住听筒的手渐渐发白。她自找的不是吗？那样一声不响地走掉，凭什么以为别人还会在乎，还会帮她。

她靠着墙，无力地滑坐在地上，听筒金属的连线垂着，像一条僵硬的蛇。

手机无声地振动，凌乱的衣服盖在上面，休息室一片冷寂。

半决赛已经开始。

拳场的中心灯光璀璨，后台的甬道狭窄，直通聚光灯下，拳台高耸。亢奋的人群围在四周，尖叫声宛如呼啸的海洋。

淡淡的血腥味飘散在空气中。上一场，代号屠夫的拳手一记强劲的高扫踢击中对手头部，强壮的男人轰然倒地，再也没有起来。

孟行紧张地握着拳头大喊，他所有的赌注都压在屠夫身上。

"我赌他能走到最后！"孟行冲一旁安静的陈墨挑衅，"你押的那个什么黑豹名不见经传，肯定是要赔的！"

陈墨不在意地摇摇头："你要不要和我再赌一场？"

孟行的眼睛亮晶晶："谁怕谁，先说彩头。"

"我若赢了，你家在CBD的写字楼整层低于市价百分之五十，租我三年。"

孟行被口水呛了一下，陈墨扬着眉，英俊的脸上挂着一抹捉摸不定的笑："怎么，不敢了？"

孟行搓搓手："谁说不敢！"他估算了一下赌注的价格，手心沁出细密的汗，有点儿后悔和陈墨抬杠。

可男人永远是来好面子的，一言既出，覆水难收。

"既然这样，如果我赢了，要你身上那块玉，还有你现在住的那套单身公寓。"他思量将彩头说大些，等待陈墨反悔。

那块玉，陈墨从不离身，他虽然不会辨识，但想来价值不菲，不料陈墨欣然点头。

孟行心里有些忐忑，但更多的是刺激。屠夫是上届冠军，保持了35战完胜的记录，这一点，他很有信心。

聚光灯刺眼，身穿比基尼的举牌女郎妖娆地环绕场地一周。

季天雷越过护绳登台，身材高大魁梧战神般的屠夫，离他几尺之遥。手臂肌肉像馒头一样突出，野兽般凶残的目光看着他。

他毫不畏惧地举起食指，台下响起一片嘘声，两人光看体形显然就不是一个级别。

没有裁判，主持人的介绍也不过寥寥数语，孟行不知道陈墨的笃定来源于何处，难得一向缜密的人也有头脑发热的时刻，孟行觉得自己赢定了。

季天雷环视一周，目中透出冷酷的光芒，陈墨的位置就在场侧的护栏外，不经意间两人目光相对，他愣了一下。

不容他多想，战斗的铃声敲响。

人们睁大眼睛盯着拳台，期待一场更为血腥残酷的搏击。这是他和屠夫的首次交锋，据说迄今没有人能挺过屠夫的绞杀。

季天雷立在台上，像一棵盘根错节的树，他没有复杂花哨的姿势，真正实用的搏击技术是千锤百炼的，力量本身不能说明任何问题，只有胜利才是重要的。

他不同于这些半路出家的拳手，他有着良好扎实的功底，这一切源于家传，是自小吃苦训练的结果。

他敢来，就不会拿自己的生命开玩笑。

陈墨胜券在握地站起来，拍拍孟行的肩膀。

"我出去透透气，比赛结束你来外面找我。"

孟行目不转睛地看着拳台，信心满满地说："你不会是出去后悔吧？"

陈墨淡然一笑，扭头离席。

自师傅去世，两年没有见过季天雷，他已经沦落到打这种比赛的地步吗？陈墨摇摇头。

他不打算再进去，这样的场合，叙旧还是免了。领取随身用品，手机刚从塑封袋子掏出来，铃声就响起来。

"我是安乐，别挂电话，听我说完……"

安小草对数字很敏感，11位数的电话号码，听两遍就能牢牢记住。

寻物启事广播后，陈墨的电话号码并没有从记忆中删除。她原本以为，是再也用不到的，然而世事难料。

他有钱，她需要钱。哪怕是最后一根救命稻草，她也想尝试着拉一把。

开口没有预料那么艰难。

"求你！"

电话那头听见呼吸声，他片刻没有回答。

"给我钱，我什么都可以给你。"

安小草听见嘈杂的叫喊声，旋即被他清朗的声音覆盖。

"好，我去找你。"

拳台上，屠夫瘫倒在地，鲜血从他嘴角溢出。全场观众沸腾起来，咒骂声，混杂着口哨似要掀翻地下拳场的顶楼。

季天雷紧握着拳头，主持人举起他的右手，幸运的硬币从他松散的绷带护腕中滑落，一路滚到了角落……

Part05 天命

重症监护室前，陈墨停下脚步，透过自动门，看见一个蜷曲的身影。

她靠在蓝色坐椅的一侧，抱着双膝屈坐在地上，头低垂着，栗色的发丝遮掩住所有的表情。

"求你……"

"给我钱，我什么都可以给你。"她在电话里这样说。

他本应不予理会的，落水后他已选择放手不再相见，然而听到这样一句含义隐晦的话，加上每晚出现的梦，有点儿莫名的泡沫在他心里翻滚……

陈墨隔着玻璃静静地看着她，比所有梦境都来得真实，却偏偏感觉更加模糊。他并不着急进去，他想先整理一下自己的思路。

她有什么？

他要什么？

碰触地面的身体将寒冷直传到心里去，安小草觉得这样的冷能让自己清醒些。

时间过得异常缓慢，她豁出一切拉住的救命稻草还在路上吗？或者，他只是随口应承，然后把她当成无聊的玩笑，已经昏昏睡去？

想到这种可能，她心脏一缩，猛地抬起头。

陈墨恰恰推门走进，看到那双睁大的眸子，瞧见他的刹那，像灯花一爆，瞳孔明亮起来，闪现出惊喜的光，初升太阳般耀眼。

安小草嗖地站起来，腿有点儿发麻，歪了一下才站直，她顾不上这些，直截了当地开口。

"钱……"

她的脸上写满了焦急，陈墨掏出卡，递过去，她接住，几乎有点强夺的架势，迅速朝缴费大厅跑去，扭头留下一句话："等我。"

陈墨嘴角一扬，在心里默默计数，一、二、三……

果然不出十秒，安小草匆匆跑上来，气喘吁吁："密码……多少？"

陈墨没有回答，定定地看着她，反问道："什么都可以给我？"

安小草咬了咬嘴唇，用力地点点头，哀求道："告诉我密码，时间不等人，你要什么手术后我都答应！"

陈墨并不理会她的心急火燎，清朗的声音不疾不徐："明智的借贷都是先立协议后付款。"

"我什么都答应！"哪怕再让她跳河也无所谓。她的声音带了一丝颤抖的尾音，眼睛有一层薄薄的水雾，是他从来没见过的软弱。

等待，加上"救命"这样的限定词，就变成一件残酷的事情。

陈墨怎么会不知道她心急如焚，可仍不紧不慢地从墙上意见簿撕下一页空白纸，动作轻缓，垫在手上行云流水地写了几行字，递给她。

安小草连看都不看，直接签了大名。

"安乐。"他摇摇头。

"还要怎么样？"她越急躁他越淡定，可她却不敢出言不逊。密码密码！

"你的名字太多变，不可靠。"

她举起食指狠狠一咬，然后迅速朝纸上的落款处摁去，一抹猩红，煞是刺目。

他皱了皱眉："你签了协议，以后什么都是我的，伤害自己的事情，没我的同意，也不能做！"

安小草处于情绪崩溃的边缘，她深深地吸了一口气："密码！"

"手机号码的最后六位。"他这次回答得干脆利落。

安小草扭头就跑。

陈墨摇摇头，果然是关心则乱，趁着她离去，拿出手机拨了几个

电话。

手术室的灯亮起来，短短的时间里，麻醉师和主治医师也都到位了，安小草握着拳头，身体有些颤抖，牙齿将下唇咬得泛白。她害怕奶奶这么大年龄，最终熬不过去。

一杯热水递到她面前，她缓缓地抬起头。

"尽人事，听天命。"他说了句不算安慰的话。她接过杯子，有些烫手，终是说了句："谢谢。"

长夜漫漫，一分一秒都在折磨人。

陈墨看看表，没有开口离去，只是随意地站着，却和周围保持距离。

安小草靠着墙，脑袋一片空白，手中的热水慢慢变凉。

终于，手术室的门开了，她急忙挺身，水从杯中晃出，洒了一地。

医生却是走向陈墨，摘掉口罩："手术很成功，麻醉解除后，病人可能还会持续半昏迷状态，接下来三天是危险期。"

陈墨点点头："谢谢。"

"应该的。"医生很客气。

天色大亮，奶奶重新被送到ICU，安小草像被抽掉了脊梁，浑身无力。

"走吧。"陈墨拉住快要滑倒在地上的她。

她抬起头，脸色苍白，眼里全是迷惘。他放开手，皱了一下眉："回去休息。"

安小草摇摇头："我哪里都不去，我要等奶奶醒过来，你走吧，等危险期过了，我去找你。"

陈墨不置可否地看着她："你以为在这里不眠不休地熬上三天，你奶奶的病就会好？别忘了，你现在一切都是我的。"

一切，思想、灵魂，还有身体。

"可是……"

"没有可是！"他将车钥匙抛给她，"底下二层B区，自己找车，去车里等我。"

她捏着钥匙，身体却不听使唤，他一眼瞪过来，是不容置疑的强势。最终，她拖着疲惫的身子走到电梯口，人为刀俎，我为鱼肉，不过如此。

总算，奶奶还活着，没有比这更庆幸的事情，其他一切，都无关紧要了。

电梯门咚的一声开启，她走进去，轿厢比普通客梯长一倍，异常空荡。

门缓缓闭合，下行。

同时，另一边的向上攀升的电梯打开，季天雷大步踏出来。找了三家医院的病房，都没有他形容的人，这是第四家，他有些急躁。

噩梦的黑夜过去，他赢得了奖金，足够支撑起她的天空。

病房前台，陈墨让护士将病人家属的电脑资料替换成自己的，一旦出现状况，也好及时联络。看病除了需要钱，也需要关系。

她把一切都抵押给自己，像贴上私人所有物的标签，他就适当尽点儿心力。

修改完资料，陈墨开始挑选特别看护，与其让她独自强撑，不如找个专业的。

旁边有人询问护士，声音熟悉得让他愣了一下。

季天雷也未曾预料会在医院看到陈墨，爽朗地打个招呼："师弟，好久不见！"

陈墨微微一笑，昨晚不是才见过吗？没有挑明，打黑拳那种事情，并不光彩，而是耻辱，师傅在世的时候，是决不允许的。

两个人的生活圈子没有半点儿共同，一时间也不知说什么好，季天雷看着父亲生前最喜欢的小徒弟，有点儿感慨。

据说是为防身，陈墨曾下过一段苦功跟着父亲学习搏击，可在季天雷看来不过是玩票性质，偏偏父亲对他赞不绝口，还累得自己频受责骂，那不是多么美好的回忆。

父亲去世后他便没有消息，枉费生前对他那样照顾有加。想起这点，季天雷心里多少有点儿愤愤不平，学武之人多尊师重道，于是接下来的话倒有些责怪之意。

"师弟，我家的场馆已被刘师傅盘下来了，过些日子是我父亲的祭日，你要有空，就来拳馆。"

陈墨点点头，顺手拿起前台的纸和笔，将自己的号码写下，递给季天雷："你若有什么需要，可以打电话找我。"

这句话本来说得很真诚，但季天雷听起来却觉得分外别扭，小小的纸片捏在手中，起了皱。

陈墨选好看护："有人在等我，就不多叨扰了，代问师母好，我会抽时间过去看望她。"

寒暄这种事情本来就尴尬，季天雷巴不得他早点儿离开，自己好询问安小草的下落，于是挥手道别。

陈墨扭头离去。

"请问这里病人家属有没有叫安小草的？"

陈墨最后听到这样一个问句，嘴角扬起一抹笑，师兄找的人名字挺有意思，倒像安乐能编造的风格。

车里，安小草歪靠在坐椅上，整晚心力交瘁，终于撑不住迷糊地睡去，陈墨轻轻拉开门坐进去。

几缕乱发遮住她的眼睛，他伸手拨到耳后。她的皮肤细腻，因为疲惫有淡淡的眼圈，长长的睫毛像道纱幕。有洁癖的他发现，触摸她并不会让自己觉得讨厌。

他将她的坐椅放平，动作轻缓。发动车子，打开暖气，汽车的性能很好，噪音很小。

车是孟行的，他从地下拳场直接开来，那家伙估计后悔得要吐血吧，百分之五十的租价够他头疼好一阵子，这点，还要谢谢自己的师兄。

车外阳光明媚，他心情大好。

生活就应该这样，在计划的轨道中，平稳地前进。

他扭头看了一眼熟睡的安乐，随着呼吸，胸膛微微起伏。

她的一切，都将是他的……

Part06 占有

这一觉睡得无比沉，挣扎撑开眼睛时，她不知道自己身在何处。头脑一阵眩晕，浑身碾过似的疼痛，她半撑着手坐起。

"醒了？"

安小草闻声侧头，反应生生迟钝了半拍，这才将记忆衔接上。

医院，手术，协议。

"下车吧。"陈墨说话的时候带点儿漫不经心的味道，语气却是不容置疑。

她不动，皱着眉看他："这是哪里？"

"我住的地方。"简单清爽的答案。

086

"……"

"难道，你需要我来开车门？"

下车时，他从后座拎出一个纸袋，便不再理她，径自往前走。

跟着他的步伐，从地下停车场直接走进电梯间，安小草仍不知道这是哪栋建筑，但显然不是她熟悉的他家别墅，这点让她稍稍好过些。

电梯逐渐攀高，她低头看着脚尖，镜面的侧壁复制着她的动作。陈墨想起演戏那天，她挽住自己胳膊时的微笑，机灵狡黠，脸皮厚得肆无忌惮。

他给过她机会，她偏一再招惹。修长的手指在密码盘轻按几下，门锁啪嗒一声弹开，她的心也跟着着声响，沉了下去。

安小草，没什么大不了的。你一无所有，死都不怕你还怕什么！她一遍遍告诫自己。然而，世界上需要逃避的事情太多，常常，能面对死亡也不一定是种勇气。

陈墨从鞋柜翻出双拖鞋，男士款，丢在她脚下。她乖乖脱掉鞋子走进去。

"去洗澡。"他步骤明确地指挥着。

洗澡、吃饭、休息，才能恢复整夜的疲惫，最初，他是这样想的。显然，安小草却误解，死死地咬着嘴唇，泥塑般杵着。

他一夜未眠，却不显憔悴，只看侧面也能感觉到锐利的压迫感。他脱去外套，随手递去，动作自然。

她接过挂到衣架上，抿抿嘴，终于开口恳求："再给我三天时间好吗？"

陈墨一刹那就反应过来，她所怕何事，狭长的双眉轻挑，身体上前，逼得她节节后退，直到背脊抵在墙上。

他伸手撑在墙上，嘴角一扬，嘲笑的意味尤为明显："你胡思乱想什么？！"

不再理她，陈墨甩手走进浴室。

薄羊绒背心、衬衣、休闲裤……一件件褪去丢在脏衣篮内，浴镜里的男人宽肩窄臀，英俊挺拔。

她竟敢嫌弃他？这个认知让他三分好笑，七分窝火。

莫名其妙的恳求反而提醒了他，开始思考她的投资价值回报。

打开水龙头，水流哗哗，往下巴涂抹雪白的剃须泡沫，U字形覆盖，他握着刀架，锋利的刀片贴面滑过，露出光洁的肌肤。

他的手轻缓沉稳，心中却思绪万千。

他把她带回来，不可能是因为看她在医院神情恍惚，更不可能是同情和怜悯！他这样说服自己。

没有回报的事情他从来不做，乘人之危才是他的风格，不是吗？

他双眉紧锁，将花洒的水流调到最大，走进水幕中。

房间一片静谧。她坐在最靠外的沙发上，显得很局促。

他走出来，发丝带着水珠，晶莹地落在地板上，顺手取过茶几上的遥控轻按，窗帘立刻自动闭合，将阳光阻隔在窗外。

"去洗澡。"旧话重提。

她站起来，双手在体侧捏着："没有换洗的衣服……"

她似乎偏爱灰色，整个人像隐在迷蒙的雾气后，只有睁大眼睛的时候，才会迸发出强烈的存在感。

陈墨喜欢那双眼睛。明亮，如水般清澈，出现在梦里的时候，如星星一样璀璨。

他从茶几旁拎起纸袋丢给她，衣服吊牌俱全，是她熟睡时顺路买的。

"牙刷……"

他握住她的胳膊直直带到浴室，抬手指去，砰地将门关上。

男人给女人买衣服，为的就是脱去它们。这是孟行经常挂在嘴边的泡妞感言，这个时候突然想起来，他倚在墙边，听着水流声，眼神暗了下去。

他是男人，当然有欲望，却不曾这般明显过。

他翻出昨夜匆匆写的所谓协议，可笑，她看都没看，他想，这一场如此荒唐的交易，居然会是他的所作所为，捏成一团丢进墙角的垃圾桶里。

然后又弯腰拾起来，摊开，上面的血迹已经干涸，像颜色淡了的朱砂印，最终走到书柜前，抽出一本书，夹进去。

她洗得很快，关掉花洒，擦干水迹，匆匆地套上衣服，脸上因为热气染上一丝红晕。

要用身体吗？终于走到这样一步，也没什么值得珍惜的，躲躲藏藏的日子里，她早就厌倦且疲惫，随便怎么样吧，像他那样的人，不过是一时兴起，想看她难受而已。

走出去，陈墨静坐在沙发上垂着头，宽屏的荧幕上画面无声地播放，像是睡着了。

她走近，不知道如何是好，或者先离开？

刚移动，他便抬起头，目光对上她如水的眼眸，他的眼睛很亮，似没有微尘的海水，沉溺般地吸人，他站起来，她不由自主地后退两步。

"我有这么让你害怕？踹我的勇气哪里去了？"他在她的注视下，轻笑，薄唇微启。

"给我一点儿时间，我想看奶奶醒过来。"她闪避他的眼神。

"我给你时间，谁给我时间？"他迅速贴近握住她的肩膀，势在必得。

医院自有人照料，她去不过是平添伤心，等待的滋味会把坚强意志的人生生摧毁，况且她看上去是如此在乎。

分心是最好的疗伤药剂，对他们而言，都是。

他要用她驱逐梦魇的折磨，况且，她也需要暂时的缓解，来忘记那些生死边境上的等待。

陈墨伸手一拉，她被压在他的胸膛下，他的鼻子高挺，撞上她的，眼睛，带着隐忍的欲望。

他居高临下，目光顺着她的脸，掠过胸口。手指抬起捏紧她的下巴，低头。

他的唇滚烫，先是缓缓厮磨，接着惩罚性的啃咬，吃痛的声音还没出喉咙，她不过微微张开唇瓣，他的舌头便顺势滑了进去，放肆地旋动，她闭上眼睛，身体微颤。

同款沐浴乳的香氛将他们包裹在一起，她无论如何也想不到，会有和他唇齿相交的一天，太遥远的记忆潮水般上涌，这个人，所做的一切，只是想让她恨吧。

他滚烫的吻蔓延到颈上，带着压抑释放后的疯狂。本能的驱动，不用经验也可以做得很好。

她身上有和他相同的味道，他玩耍一样，在她的皮肤上印下一个个吻痕，像专属品的标签。他买的衣服，纽扣一颗颗由他亲手解开，她下意识地闪躲，被他紧紧圈在怀中。

"什么都可以给我，是你自己的承诺。"他的声音变得有些喑哑，在她耳边响起，带起暖风。

她停止了反抗，逆来顺受的模样他却不喜欢。

他是故意的，扯开她的衣服，欺身上前，深黑色的眼眸盯着她，修长的手指滑过她的肌肤。

"不要在这儿。"她终于开口。

陈墨将她横抱起，一脚踢开卧室的门，抛到床上。

床很软，她的身体却莫名地疼。

"也是，上床本应该在床上。"

他的手掌肆意地游移，炽热的吻烙在她白皙的肌肤上，触感柔软紧致。她紧紧地咬住下唇，半点儿声音也不发，他的抚摸一路向下，按上肋骨旁的胎记。

"安乐。"他叫她的名字，这只是开始。

他将自身的衣服迅速褪去，他的高大越发映衬她的娇小，他毫不在意地压在她身上。

她闭着眼睛，被动地承受一切，他半撑起身体，伸手握住她的手腕，桎梏在头顶。

"睁开眼睛。"

他不喜欢她的逃避，他的肩膀上有她咬伤的痕迹，她让他疼，他还回去不是应该的吗？

如他所愿，她睁大双眼看着他，眼瞳夜一般漆黑，中间映着小小的他。汗水从他脸颊滑落，恰恰跌进她的眼睛，火辣辣地疼。她觉得世界末日也不过如此，却依然倔犟地紧咬牙关。

他以为自己掌控全局，然而，感情永远不是这么简单的事情。

Part07 痛楚

安小草以为世界上唯一能依靠的人，只有自己，可是她把自己也卖了。

交易，无论什么条件她都能承受，可是心里的难受，却无法掩盖。身体的疼痛，更是直白。

他像一把利刃，轻而易举地将她劈开，而她必须心甘情愿，逆来顺受，偏偏她做不到。她从来没有和一个男人如此接近过，唇齿相交，肌肤相亲，像跌进旋涡中的迷梦。

　　第一次，没有爱情，记忆中只有痛楚，还有淡淡的须后水味道，说不上的淡香，像一层纱幔将她裹起，是陈墨的味道，像他的人一样，强势地沾染在她身上。

　　江边会被猫恐吓落水的少年，在时光雕琢中，早无昔日半分相似，有的是不属于他年龄的犀利和冷漠。

　　"我想去医院。"安小草抓紧床单。

　　他的眼睛退去激情时的迷蒙，淡淡地看过去："你想走进去还是躺进去？"一夜未休加上激烈运动，她不去探病而去治病还差不多。

　　门铃响起，他穿起浴衣开门，预约的外卖送来了，时间恰到好处，精致清淡的四菜一汤。他拎进来，摆在餐桌上："吃饭。"

　　她顾不得浑身乏力，套上衣服，以为吃过饭后，就能放她走，匆匆几口下肚，食之如蜡。他用餐很斯文，目不斜视，专注认真。

　　将餐盘收拾干净，安小草极其疲惫，并没再开口说话，只是目光执拗地看着他。明明没有交流沟通，他却能看懂她想要说什么，无非是要离开，他心里嗤笑，亲情就这般让她奋不顾身？

　　陈墨看看手表："八小时后，送你去医院，现在，我要休息。"

　　季天雷寻找一天，毫无所获地回到拳馆，总觉得有什么细节被他忽略，否则偌大的城市，不可能找不到一点儿线索。

　　他知道安小草善于隐匿，否则刘达那个眼线众多的盗贼头子，早就将她捉到。刘达不知道医院的入手点，茫茫人海，无所斩获情有可原，可自己同样也找不到，不由得感到十分挫败。

　　拳馆冷清，寥寥几个学员，护具又是凌乱地四处散落，他没有心情去指导训练，打了几个招呼，独自走到二楼的杂物间。

　　床铺还是老样子，他时常留宿这里，期望有一天她会回来，拿点儿遗忘的东西也好，可她遗忘的只有他的心。

房间狭小，呼出的气变成白雾。"这里太小太冷。"走的时候她这样说，他不相信那是心里话。

他坐在她睡过的床上，放松下来，肌肉酸痛，撩起上衣，肋骨处一处明显的淤青，比赛时不慎被高抽腿扫到，若不是闪避得快，只这一下，就足以让他永远起不来。拉过被子，他和衣躺在床上，思绪难平。

安小草是以逃跑的姿态闯进他的世界，没想到，离开他时，她仍是在逃。

两年前，他父亲刚刚过世，势单力薄祖业支撑不下去，认清现实和改变现实总有差距，终日跟着一群小痞子在外厮混。

初夏雨夜东街后巷，因为鸡毛蒜皮的口角，他和一群小痞子打架，下手不知收敛。

警车来的时候，他有些后怕，拔腿就跑，没想到漆黑的巷道，无端蹿出来一个人，和他撞了个满怀。

那天是安小草第一次下手，夜班，接应的人偷懒跑去游戏厅。逃跑，在看到警察变成本能。

月黑风高，警车呼啸声越来越近，他无暇顾及，左顾右盼地寻找藏匿之处，一只手拽了一下他的衣服。

他跟着她躲在四只并排而立的垃圾桶后面，阵阵恶臭熏得他胃里一阵翻腾。

"你是哪边的？"她捂着鼻子问。

哪边？他住在南郊，于是开口说："南边。"

她便以为他是南区的人，拍了拍他的肩膀："放心，我不会告密。"

认识她时，他不是好人，她也不是；他在逃，她也在逃。可现在，即使逃跑，她也不在他身边……

他，还能找到她吗？

夕阳已经沉下去，房间光线昏暗，陈墨睡得很香甜，呼吸浅而绵长，半截被子压在身下。闹钟响起的时候，他不悦地皱紧眉头，没有理会。

安小草从沙发上爬起来走进卧室，俯下身子轻推了他一下。

"时间到了。"她低头说。

陈墨缓缓地睁开眼睛，伸手按着额角，坐起来笑道："我以为你会趁我睡着了溜走。"

她是想跑的，可是门锁打不开。她知道他是故意的。

医院，是陈墨最讨厌的地方，充满生死离别。他倒没有食言，休息了半日，晚饭后带她回到这里。

"我自己进去。"

他刚想说什么，电话响起，他松开抓她的手："三天后，给我电话。"

冬日夜幕降临得很快，城市霓虹闪烁，倒一扫白日的灰败。从医院出来，驱车到了约定的酒吧，陈墨将车钥匙抛出去，孟行苦着脸接过。

"老大，你消失一天搞什么？"

"女人。"

孟行一副"别开玩笑"的表情，陈墨微微一笑，原来他说真话的时候反而没人相信。

考虑到孟行要开车回去，他只叫了瓶百威，孟行倒毫不在乎的叫酒保拿出存的黑方威士忌，对着苏打水和冰块，在玻璃杯中轻轻摇晃。

时间尚早，酒吧冷冷清清，独独他们两个大男人喝酒，看着有些奇怪。

"你成天跟着我，也不怕梁洛说你是gay。"陈墨难得开起玩笑，满意地看着孟行被酒水狠狠地呛了一口，还边咳嗽边放大话："他敢乱说我先把他弟弟做了。"

"梁渭？"陈墨挑挑眉，这是他们圈子唯一公开承认的同性恋。

孟行无语，要说起来陈墨还真是少有幽默感，他隐射的只是一个器官而已。

"对了，梁渭车祸后你去看过他吗？"孟行突然想起了这事。

陈墨摇了摇头："我干吗要去？和我又没有关系，我连他住哪家医院都不知道。"

孟行调笑道："梁渭好歹也是被你拒绝后伤心出事的，你这么无情，我看，爱上你的男人女人都只有一个词形容。悲催！"

陈墨不置可否地喝了一口酒。爱情？太遥远太梦幻的词。

"真想看看你坠入情网的样子，不晓得会不会也很悲催。"孟行还是损人不利己的德行。

陈墨自有整治他的办法，开口就戳住他的软肋："百分之五十的租金，什么时候给我协议？"

孟行哀号一声："老大！兄弟你也算计，你家不是新圈了块地吗？锅里肉都满了还惦记着别人的清粥。"

陈墨抬起头，柠檬色的射灯投在脸上，眸子越发显得晶亮，嗤笑道："我家？不提也罢。"

他不把那当成家，就什么都没有。他要的，是自己能掌控的筹码。

"百分之五十我真搞不定，再说你要写字楼干什么？"孟行只有在他这里才不怕丢面子，出尔反尔。

陈墨并没有回答，也不指望他能干脆利落地敲定，毕竟这不是个小数目。

"百分之七十。"孟行咬咬牙，"你也知道家里本来就不待见我，再低我就无能为力了。"

陈墨微笑着举杯向他碰去，叮咚一声："小五，谢谢。"

三天，短暂又漫长。

安小草不知道自己在执著什么，坚持什么，到了一定年龄，器官衰竭，病痛缠身，早早离去未尝不是件好事。可她偏偏不放手，死死想要守住的，也许只是最后一点儿亲人的温暖。

再难她都没有抛弃，她做到了，看，守住一个人有什么难的？

她终日守在ICU外，常常透过窗户目不转睛地盯着心跳仪，生怕那跳动的绿色突然滴的一声变成直线。

医药费是一笔巨大的花销，毫不留情地刷着陈墨的卡，她觉得厚颜无耻不需要锻炼，只要有一颗强悍的心就足够。

这不过是一场交易，她付出对等的代价，得到她想要的报酬，就是这样简单。她没时间感伤，若只惦念着过去，路是没法走下去的。

万幸的是第三天上午，奶奶终于从昏迷状态转醒，主治医生说暂时脱离危险，安小草总算松了一口气。

"三天后，给我电话。"陈墨这样对她说，她捏了硬币，万分不情愿地起身，刚待推门，抬头看见窗外走道里走来一个熟悉的身影。

季天雷。

Part08 决绝

季天雷终于想起有什么是被自己忽略掉的。

安小草为防止被贼帮抓住威胁的把柄，在医院登记紧急联络人的电话是时常变换的，有段时间所留的正是他的号码。

被刘达抓捕前，他还收到过医院缴费的电话通知，他却把这最关键的一点儿线索忘记了，不由得暗骂自己是笨蛋，像个没头苍蝇一样乱撞却不懂得动动脑筋。

他调出从前的通话记录，陌生的电话一个个查找过去，没多久就让他找到地址，却是他曾经详细咨询过的医院。有疑惑也有不甘，再次临门仍带着满怀的期望。

玻璃门，半截透明半截磨砂，将一个空间阻隔成两段，门侧是半人高的白漆前台，摆着咨询的金属牌，护士踮着脚尖在电脑前整理档案。

安小草紧握着手蹲在后门，磨砂的半截隐去身形，只留模糊的一片。硬币，本是捏着准备拨打电话的，在手中慢慢捂热。

季天雷在门外询问，护士给他查找资料，可资料陈墨早已更改。初衷不过是为了便于联系，却让安小草像隐藏在水下的海藻，遮光蔽日，不显身形。

门外的对话清晰地传进，她蹲在地上脚渐渐发麻，佝偻的身子倚靠在玻璃门上，凉意沁满。

护士帮不了季天雷，朝他耸了耸肩膀，表示爱莫能助。

他有些急躁，杵在前台不知所措。手机里有七个未接电话，陌生号码，是比赛那天凌晨时分的记录，他直觉那是安小草打来的，可是回拨过去，始终无人接听。

他掏出电话，翻到那个号码，鬼使神差地摁了通话键。转角的公用投币电话响了，铃声清脆，从甬道的那端传来，季天雷愣了一下，摁掉电话，铃声戛然而止。

他大步走过去，再拨，最终确认——就是这个电话，定是安小草给过他求助的信息，他却错过了！伸手，重重一拳捶在墙上。转头朝病房区望去，若在这里死守，是否能遇见她呢？

巡房的主治医生推门，撞上了柔软的身体，低头疑惑地看着安小草："你蹲这里干什么？"

她手撑着墙壁缓缓站起来，门开合的间隙，正好对上了那双眼睛，炯炯有神，像荆棘丛中的一团火，闪着欣喜与不可置信。

季天雷推开门几步走到她面前，紧紧地握着她的手腕，生怕凭空消失般。

"丫头，你太不道义了，居然跟我玩失踪！"

安小草低下头，心里凄楚，深深地吸了一口气，从他手中挣脱开，再抬起头的时候，变成一张冷漠的面孔。

"你认错人了吧！我不认识你。"她后退一步，拉开距离，手在背后握紧，指甲深深刺进肉里。

毫无意外地看到他错愕的表情，他勉强撑起一个笑容："安小草，别开玩笑，我们出去好好聊聊。"

"谁叫安小草啊，你是不是从精神科跑出来的？都说不认识你了，你这人怎么没皮没脸啊！"长痛不如短痛，记住自己的坏，他就能解脱了，她想。

她能给他最好的回报，居然只剩这个，不见，忘记，还有恨。

主治医生狐疑地看着他们："有什么问题出去好好谈谈，这里是医院，不要打扰病人。"抬手指了指门上方的提示牌——请勿大声喧哗。

"没什么好谈的，我不认识他。"她转身就要离开，被他一把拉住。他的力气很大，看出来已经隐忍着控制了几分力道，可仍然握得她的手臂生疼。

"放手！"

"不放！"

两个人倒像笼中困兽瞪大眼睛相望。主治医生不耐烦地开口："要演偶像剧出门右转复健区有大把空地，再大声嚷嚷我叫警卫把你们都轰出去。"

季天雷拽着她往外走，也不摁电梯，直接推开楼梯间的门，她死命挣脱，手腕通红。

天灰蒙蒙的，如加了一层滤镜般，温暖的色彩一点儿都看不见，几只麻雀在高高的道行树梢跳跃，才显出一丝生气。出门右拐，复健区的沙地，他停下脚步却不肯放手。

"到底发生什么事情了？"

他的问题让她没法开口，说她把自己卖了？对一个喜欢自己的男人说这样的话，比起说不认识他更残忍。

季天雷冷静下来松开手，伸过去摸摸她的短发，顺滑柔软。

"别说心里没有的话，告诉我，出什么事情了？"

她宁可他像对那些小痞子一样，狠狠地抽她一巴掌转身离去，他对任何人都没有耐性，独独在这里收敛脾气。她什么都不能再给他，爱情？太遥远太梦幻的词，像她心里捂住不会发芽的种子，她要把它拔掉。

"你走吧，别来找我了，就当我们从来不认识，我看见你就讨厌。"她脸上是再自然不过的厌恶神情。

"我做错什么了？"他揽住她的肩膀。

她望着他，眼中满是鄙夷："你知不知道，从头到尾我就没对你说过真话？连名字都是假的，我不过是拿你开心，耍你玩的。"

认识我，是你最大的错误，对不起，雷子哥，把我忘掉吧，就当踩着狗屎把过去都蹭掉吧，我什么都给不了你，除了灾祸。

他不可置信地摇了摇头："这不是真的。"

他在内袋里摸着那枚光滑的硬币,抓起她的右手摊开,将它放在她的掌心:"幸运硬币,正面就出击,背面就逃跑。小草,你敢握着它说你不是在逃跑吗?"

"别傻了,这种鬼话也只有你会相信吧!"她抬手将硬币摔出去,银色的抛物线落在灌木丛中,不见踪影……

季天雷心中大恸,正待冲过去捡,听闻后方有人啪啪的鼓掌,口气轻佻:"没想到出来溜达还能免费看到好戏!"

安小草循声望去,瞧见两个男人,一站一坐。站的那位看上去很是眼熟,推着轮椅杵在行道树下,也不知道看了多久热闹,讽刺的话正是从他口中说出。坐在轮椅上的年轻男子倒是面孔生疏。

她搜索了一下记忆很快想起来,此人是KTV灌她酒水挑起事端的梁洛。说巧也不巧,梁渭车祸后,梁家看病自然选全省最大的医院,恰恰和安小草奶奶救治的是同一家。

梁洛推着弟弟出来透透气,没想到偌大的医院居然给他碰到了熟人,他按了一下坐在轮椅上的弟弟的肩膀,闪身走到前面。

"看你钓了不少男人嘛,我也有钱,随你开个价码,我不介意捡陈少的破鞋穿。"边说边睥睨地看着季天雷。

季天雷本来就心情不爽,除了对安小草,他的脾气从来都不算多好,梁洛阴阳怪气的腔调很容易就把他搞炸毛了,直接一拳挥了过去。

安小草心里叫糟,想也不想地就扑过去挡住,季天雷收势不急,狠狠地打在她的背上,冲劲大得连带梁洛一起掀翻在地。

季天雷看了看自己的拳头,有些不敢置信,她居然替羞辱自己的人挡驾!他并不知道她这样做全是为他考虑。小人是不能得罪的,故意伤害罪可大可小。

梁洛也有点儿出乎意料,愣了一下。安小草半晌才从地上爬起来，背后的闷痛让她几欲作呕，她低下头喘了一口气，毫不在意地拍了拍手上的土："你走吧，要钱没钱，要财没财，别缠着我了。"

快走吧，等人家反应过来找你算账吗？！

"欠你的钱我早就还清了，我现在的男朋友很有钱，不想再和过去有任何牵连，也不想再见到你。"斩断希望，她便不会再奢望依赖，也不会带给他灾祸。

季天雷摇摇头："不可能。"说什么也不相信这是她的真心话，那个一脸坚强，笑容灿烂，甜甜地叫自己"雷子哥"的女孩，难道是个幻象？

她扭头就走。不要再找我，不要再用那种受伤的眼神看着我。雷子哥，对不起。

Part09 喜欢

安小草没有回头，深呼吸，一步步往前走。

回到病房，她的眼睛发涩得难受，把头伸到加湿器前，任由细若淡烟的小水汽在脸上飘荡了好一会儿，才觉得湿润起来。

安小草抹了一把脸上的水汽，掌心潮湿而冰冷。转头瞧瞧病床，奶奶僵硬地躺着，鼻孔上插着透明的呼吸管，氧气罩上是一片白色的雾气，胸前的起伏很微弱。

她伸出手，身体有些颤抖，指尖发白，摸到管子上，一股轻暖的气息仿佛能透过罩子吹到她的皮肤上。

心跳仪的波纹缓慢平稳，她的手悬在鼻管上空，只要轻轻一拽，也许用不了多久，疼痛和折磨，就会远离她们吧？

奶奶的身子在梦中动了一下，老年人缺钙骨质疏松，经常会不由自主地抽搐。这微弱的动静把安小草从遥远而黑暗的世界唤醒，她被这一闪而过的可怕想法吓到，手掌迅速地收回来，狠狠地抽在自己脸上，清脆而响亮。

房间静谧，医疗仪器各司其职地工作，窗外的太阳被沙尘遮盖的只露一点点昏黄，灰白的天空低得仿佛要垂坠下来。

安小草看着心跳仪发起愣来，这个时候不需要说话，也没人听她说话，她和奶奶足足有两年无法顺畅地沟通，更何况此时此刻，不经过复健，奶奶是说不出话来的。

脑海中的橡皮擦抹去奶奶大部分记忆，奶奶于她是至亲，她于奶奶不过是陌生人。

医生说这个世界上患有老年痴呆症的人数约有一千八百万，他们的平均生存期只有五年半。

安小草有时候会想，这一千八百万人的家属是不是也像她一样，在生与死的边缘徘徊，为了和死神争夺这已知的时间，殚精竭虑，不顾一切？

她突然有点儿发寒，收回黏在心跳仪上的视线，刻意不去关注那条跳跃的曲线，走到床边将被角往里面塞了塞，又把日常用品整理了一番。

她这样对待季天雷，仗的不过是他的喜欢，躲的也是他的喜欢。亲情也好，爱情也罢，感情的债，她欠了一份，再也没力气欠第二份。

她是个傻瓜，要的不过是背上一个遮风避雨的壳，却始终被人暴晒在太阳下，煎熬地过着生活，这份为难，她不想多一个人承担。最重要的是，她感激他，却不爱他。

欠债还钱，杀人偿命，自古以来便是天经地义，可感情的债却不是能数清楚的，一份感情能兑换成多少张人民币，谁也算不明白，所以，她更不愿去亏欠。

她欠了一个人的债，便要付出全部努力去偿还，她没有第二个自己，再去顾及季天雷。人，终究是自私的动物，选择一个，就要放弃另一个，什么都想兼得，她觉得自己没有这命。

陈墨看了一眼客厅端坐着的笑靥如花的杜依依，明白母亲为何频频来电催促他回家。

他心里冷笑了一下，换好拖鞋走进去，红木地板衬得鞋面越发雪白，软软泡泡地看上去异常舒服。他脱掉外衣

挂在门厅的衣架上，米色的衬衣领角有淡淡的花纹，素净优雅。

母亲郝欣端着两碗银耳莲子羹从厨房走出来，看到他进来，脸上带着如和煦春风的笑容："全科考完了？"

他点点头，顺手将汤碗接过来，其中一碗放在杜依依面前的茶几上，连带着向她颔首示意，另一碗自己端着，也不喝。

"保送名单已经下来了吧？蔡教授那里你爸早打过招呼，等研究生上完，依依刚好也毕业，多好。"母亲微笑着，言语里全然是计划好的人生。

多好？他看不出有什么好的，却没有出言反驳，嘴角上扬，倒露出笑容。"是的。"他随声附和着说。

母亲走过来拍了拍他的肩膀："你们年轻人有共同语言，多聊聊，我一会儿还有个应酬。你带依依到你的房间参观一下吧，我说让她当成自己家随便进去，她却说要等你回来，真是家教良好。"

"陈妈妈，你又笑话我。"杜依依走过来自然地挽着母亲的胳膊，像个女儿般撒娇。

陈墨的眼睛看着那只挽扶的手，弓样的眉睫微拧起来。

"吴嫂今天休假，家里没人做饭，中午你带依依找间环境好的餐厅。"母亲捏着杜依依的手，满眼是不加掩饰的喜爱，"喜欢吃什么，依依你和小墨直说，阿姨今天就不陪你了。"

"好的，陈妈妈。"

陈墨看见依依巧笑倩兮地靠在母亲身边，一脸绯红，他表面上不动声色地顺从，可心里的厌恶不由得又增加了几分。

喜欢一个人也许不需要什么理由，可是讨厌一个人一定会有原因。只是这个原因，杜依依永远也猜想不到。

她从少年时便开始的别扭而执著的爱恋，像种在心里的一株植物，牢固、坚韧，期待花开的瞬间，刹那的芳华。可惜，陈墨从来不会心甘情愿地做那促使花开的催化剂。

母亲上楼换衣服，他不好甩手走人，陈墨淡淡地说："你先趁热把汤喝了。"

杜依依点点头，听话地坐下来，拿着精巧的汤匙，斯文地抿了一小口："哇，陈妈妈的手艺真好，你真有口福！"她抬头，眼睛满是羡慕。

"你也喝吧，等会儿陈妈妈下来，看我们都喝光了，心里肯定很高兴。"

陈墨拿起汤碗："你先坐，我回房放个东西。"

推开自己卧室洗手间的门，他看了一眼手中的羹汤，黄白色的银耳炖得有些火候，和浓稠的汤汁融合在一起，看上去十分香甜可口。

他掀开马桶的坐垫，没有丝毫的犹豫，直直地倒了进去，摁下抽水的按钮，翻转的水花顷刻将之冲得不见踪影。

他向来都不喜欢甜食，这甜汤母亲煲了十年，手艺自然纯熟，却从来不是为他，母亲眼中的慈爱，看的也不是他，同样，喜欢杜依依的更不是他。

104

将空空如也的汤碗带出来放在茶几上，果然母亲下楼看到的时候十分欢欣。

"依依，你以后要常来啊，阿姨先出去了。"

杜依依站起来笑着说："陈妈妈慢走。"

陈墨将沙发上的手包递过去："妈，预报下午会有小雪，让司机开慢点儿。"

母亲挥挥手，哐当一声，门关上，客厅就剩他们两人，异常冷清。

"陈哥哥，我们去你房间看看吧！"杜依依走过来像挽陈妈妈那样自然地挽着他的胳膊。

他不动声色地抽了出来，淡淡地说："我给你整体介绍吧。"

一楼台阶的转角左手边走过去是间健身房，陈墨的母亲平常喜欢在这里练瑜伽，右手边是功能厅，推开门走进去，杜依依翻看着CD架上满满的音乐碟片，大部分是古典交响乐，扭头问他："这些都是你喜欢的吗？"

"嗯。"陈墨回答道。杜依依饶有兴趣地抽出张莫扎特的跑去放。

他俯身打开最底下的抽屉，里面安静地躺着很多CD，最上面一张是纯黑色的封面，只印着寥寥几个灰色的英文字母，Nirvana，经过时光的研磨，显得有些肮脏。

翻开一角，黑色的圆珠笔在上面写了一句话，只有透过光线的折射，才能模糊地看到，手指摸过去有些凹凸不平。他想了想又放回去。

他喜欢的，从来都在不为人知的安静角落。

杜依依听了一会儿觉得没什么意思，又拉着他去看别的房间。陈墨住二楼，杜依依最感兴趣的，是他的世界。

陈墨的房间简洁清爽，大部分日用品都被他搬去公寓，显然杜依依是不知道的。

　　"时间不早了，我带你去吃饭吧，下午我还有点儿事情要去处理。"陈墨背靠着门，淡淡地说。

　　杜依依看看手表，果然已经十二点多，但好不容易有点儿独处的时间，十分不情愿。

　　"陈墨，我喜欢你天下皆知！到底我哪里不好，让你这样冷淡地对我？！"她的声音有点儿颤抖，他就在眼前，却像怎么样抓不住的风，说话永远是她问他答，挫败感十足。

　　"有些事情，还是不知道为好。"他说。

　　喜欢他的感情他就要去回报吗？他没有这么多的时间和精力，每个人想要的，如果都是心想事成那么简单，那他不会是现在这样的冷漠。

　　杜依依张开嘴，正待说些什么，被电话声打断，她心里有些难受，看着陈墨手持电话礼貌地说了声"抱歉"，走到过道去接听，隐隐约约似乎是女孩子的声音。

　　喜欢这么多年，单恋也好，想放弃为什么这么难。她在写字台前的椅子上坐了下来，桌子上空空荡荡，像她的心情。

Chapter 03

像荆棘里的花，越是流泪越倔犟

比起蛮横的索取，略带温柔的拥抱让她更难接受。

她不敢沉溺于短暂的温暖，

也对未来没有什么期望，

她的人生必然是充满忍耐的进程，

这是她多年来的切身体会。

陈墨看着她，他清楚她的话不过是敷衍，这个女孩内心是强大的，

他拥有的不过是她的身体，

而她的灵魂高高在上，在谁也碰触不到的地方。

Part01 谎言

房间特别整洁，好像无人居住一般，宽阔的写字台上，只有笔筒和电脑，显得有些空空荡荡。

杜依依坐在室内唯一的椅子上，头抵着书桌的边沿，内心很挫败。

在很长一段时间里，她都觉得是自己自讨没趣，这种感觉越来越强烈，可她却无法停止。好像有两个自我在她体内搏斗，一个鼓励她"自己喜欢的一定要坚持"，另一个嘲笑她"干吗和自己过不去，非要热脸贴别人冷屁股"。

然而，每次都是鼓励的声音占了上风，她总想着，他并没有喜欢的女孩，冷淡是天性使然，只要她坚持了，总有一天，他会明白自己的感情，况且，陈妈妈又那么喜欢自己。

长发顺着桌沿垂下，来之前她是刻意打扮了，卷发棒细心地烫出精致的小卷，脸上是不着痕迹却让人感觉清新自然的裸妆——她无疑是漂亮的，可是他眼里并没有任何褒奖，她能看得出来，这点儿自知让她更难受。

陈墨在走廊里接电话，那么近的距离，她却觉得两个人像隔着南北半球，她走不到他的心里。

她只放任自己于短短的时间内有几丝怅然，很快又振作起来。她是无坚不摧的杜依依，想要什么一定能得到的杜依依。

她抬头准备站起来，却不想发丝不小心缠绕在抽屉的铜质拉环扣上，这一下拉扯得有点儿疼痛，也顺带着将抽屉微微拉开了一条缝隙。

她揉了揉脑袋，揪掉铜扣上的断发，抽屉的滑轨显然很轻巧灵便，只轻微地一拉就拉开了大半。

她有点儿好奇地朝内瞟了一眼，里面是些零碎的小物，最深处倒是有个宝蓝色的丝绒盒子，非常漂亮。她情不自禁地伸手摸了过去，绒面的触感很柔滑，盒盖的中间层有个小巧的金色按钮，轻轻一按，弹簧的机枢立刻将盒子打开。

杜依依知道随便翻看别人东西的行为很不礼貌，可是按捺不住的好奇心，像虫子的触角撩动着内心最柔软的地方。

她不由自主地探头看去，盒子里面安静地躺着一张缩小的照片，泛黄的颜色显得年代久远，照片上两个男孩歪着脖子，一个六七岁的样子，另一个则稍稍大点儿，也不过八九岁，他们头靠在一起，十分亲密。

她正想拿出来，一只手从身后越过她的肩膀，啪的一声，盒子被狠狠地合上，视线被阻隔在了外面，她扭头，看见陈墨站在身后，表情阴鸷得可怕。

"对不起，我不是故意乱翻你的东西……"她有点儿艾艾。

"我妈说得很对，你很有家教。"陈墨双手抱胸，眼中是不加掩饰的轻蔑。

"我已经道歉了！"杜依依怎么会听不出他话中的影射。

一张破烂照片，值得他这样大动肝火吗！她并不是善于控制脾气的人，又是被娇宠惯的，喜欢他，即使得不到想要的同等热切的回报，也不意味着她比他低一等。

"我送你去吃饭。"陈墨不想把话说得太绝，口气稍稍缓和了下来。她，以后还有用途，现在还不到闹僵的时机。

情绪向来波动不大的自己，体内好像有部动画片里那种被封印的魔王，因为镇压的符咒快要失效，所以暴戾的一面凸现出来。最近频频失误，做出了计划之外的事情，这是不理智的，他在心里告诫自己。

一路上陈墨都没有说话。杜依依坐在后排，透过后视镜看他的脸，心里有股气在横冲直撞，不吐不快。

"那是你小时候的照片吗？只不过看了一下，你何必这么生气？"

陈墨握着方向盘的手紧了紧："我有洁癖，不喜欢别人动我的东西。"他随便找了个理由搪塞，看上去倒有几分真实可信，却技巧逃避了杜依依的第一个问题。

他应该待她好点儿才是，他不是傻瓜，没人比他更清楚，杜依依所在家族隐藏的价值和势力，可是，横亘在心里的那条沟壑，却始终让他跨不出去。

厌恶的根源其实和她无关，而是多年前大家皆以为是玩笑话的一段对白。

"那个小女孩真可爱真漂亮，我好喜欢，妈妈。"

"那等你长大了，我给你讨依依当老婆好吗？"

母亲轻声慢语中饱含着深深的溺爱，他在身后看去，似乎都能感觉到温柔得如暖风般吹在身上的爱，可惜，那浓浓的感情，不是对他。

本是童言稚语的玩笑话，却被人生生记住十多年，他觉得世界上没有比这更可笑的事情。

凭什么，到现在，他还要活在那人的阴影里，一步步走别人规划好的人生路，甚至要娶个别人幼时玩笑话的老婆！

他的叛逆期似乎比正常人来得要晚，经历过漫长的等待，被戛然而止的休止符中断了这个过程，换了乐章，又陡然出现。

说不清什么是导火索，可是积压许久的不甘，让他越来越抑制不住自己。自小，他便不是个好脾气的孩子，调皮顽劣，并不讨母亲喜欢。可这么多年来，他一直在努力，结果是什么，当他看到杜依依时，便清楚明白了。

做他不喜欢的事情，强迫自己接近另外一个人的标准，然而，母亲却从来没有真正把他当成他自己，透过他，看到的永远是另外一个她喜爱的儿子的影子。

那张照片是他和哥哥最后的合影，他不愿别人碰触的，更像是看则强大，实则怯懦的内心。

活人无法和死人竞争，他宁愿当年，在那噩梦中死去的人是自己。

安小草按照电话里的嘱咐，在医院附近不远处的中餐厅门口等待。

天气阴冷，空中开始飘起细细碎碎的雪花，飘飘洒洒，纷纷扬扬。落在她的眉尖，很快就融化成了水滴。

她搓搓手，拉起衣服的帽子，将头遮盖得很严实。这两年，不论何时，出现在热闹的人群中，她总是情不自禁地缩起脑袋，将存在感降到最低。

终于看到那辆熟悉的车从远处驶来。

他驾驶平稳，停车的动作娴熟，车轮摆得很正，往往注意细节的人通常都严于律己，他尤其是。

"我预定好了，二十桌，你先进去，我去买个东西马上过来。"他对杜依依找了个借口。

在电话中，他让她在餐厅吃过午饭后等会儿。他是想应付过杜依依后，载她一同回去，却没想到她这样傻傻地站在门外。

下雪天，哈出去的气像浓雾一般，如他这般耐寒都觉得有些瑟缩，她是存心和自己做对吗？

杜依依看到门口的女孩极眼熟，想起来是餐厅的那个颇能说到一处的收银员，笑着转过来说："我碰到个认识的人，去说两句话。在门口等你一起进去吧。"

没等他反应过来，杜依依朝前走去，目标正是安乐。

"好巧，最近几天都没看见你，你不在学校工作了吗？"杜依依随口问道。

安小草早在看到车内走下熟悉的女孩时就有点儿愣怔，不过很快在问话中反应过来，点了点头："家里出了点儿事情，所以暂时没过去。"

"难怪。"杜依依感到有点儿惋惜，"你在等人吗？外面怪冷的，为什么不进去大厅等呢？"

安小草看了一眼大步走近的陈墨，不知道该如何解答，连忙摆摆手说："我没有等人。正准备走呢。"

察言观色是社会教给她的最基本的功课，她一下就联想到杜依依曾经对她说有个喜欢的男生，而陈墨看起来，倒是极符合。她说谎越来越厉害，当着他的面，眼睛都没有眨。

看来要先回医院，等会儿再给他打电话了。她虽然猜不透他的心事，但这样做应该没有错。然而正待说再见，身边一个声音插进来。

"既然都认识，就一起吃顿饭吧。"陈墨开口。

杜依依心里自然是不情愿的，她单独和陈墨相处的机会本来就少之又少。但仍然礼貌地问道："你吃过饭了吗？"言下之意很明显，要的不过是个知趣离开时，那句"吃过了，不麻烦了"。

可是她并没有注意陈墨看着女孩的眼神，安小草被这两个人皆带着强势主观意愿的话弄得左右为难。

最终，她还是微笑着颔首道："那就谢谢了。"毕竟，她和陈墨，决定了从属关系，就如同老板和员工。

杜依依的脸垮了一下，心里想着，这丫头还真是没有眼力啊，听不出客气的寒暄吗？太实在了。

这顿饭吃得很尴尬，只有陈墨悠然自得，从她们片刻的交流中，很快便摸清楚两人相识的经过，除了觉得有点儿奇妙外，并无太多感觉。

这个世界是大的，大到一生可能和三千万人擦肩而过，但无疑世界也是小的，所以总有人频频交错。

吃饭后他借口下午有事情要办，不能陪杜依依去看电影，安小草看着他睁眼说瞎话，骗着喜欢他的女孩，脸上没有一丝的愧疚。不知为何蓦地想起了季天雷，同样是欺骗，自己也没有好到哪里去。

果然，她不是好人，他也不是，所以才会在一起吗？说着骗人的谎言，她能看清楚自己，却看不懂他。

112

Part02 习惯

雪，纷纷扬扬地下了一整晚，连绵不绝的白色帷幕，覆盖了漆黑的夜。

天气预报不过是小雪，却并不准确。自下午开始，雪花便密集地织成一面白网，这是入冬以来最大的一场，夹着西北风，呼呼地打在窗户上，或者只是房间太过寂静，越发显得风声恐怖。

午饭后，陈墨只送她到公寓楼下，给了她一张电梯磁卡，一部手机。没有什么嘱咐，只说有事情要处理，会再打电话给她，便驾车离去。

安小草并没怎么在意，她没有权利也没有资格去过问他的行踪。只是郁闷没有事情，却像困兽一样驻守在空荡荡的房间里。

房间的密码是手机的后六位数，安小草留意过他的车牌号码，也是同样的数字，只是少了月份的补零，看起来都是他的生日，大张旗鼓地宣示天下，生怕别人记不住似的，居然能够安心地使用。

房间很温暖，她脱掉厚重的外套，摸摸浅蓝色的沙发，手感异常柔软。她安静地坐下来，并没有四处张望。

这三天对安小草而言，很累。

她经历过很多疲惫的时刻，每次都觉得熬不下去，每次又都挺了过来。她原以为陈墨叫她过来，不过是为了索取，没想到他却把自己孤零零地丢在家里。

她不会以为他是好心地让她来休息的，但倦意抑制不住地涌上，没有别人存在的空间，没有心跳仪的波动，没有消毒水刺鼻的味道，她渐渐地闭上眼睛，歪歪地倚在沙发靠垫上，伴着窗外呼啸的风声，没多久就进入黑甜梦乡。

陈墨下午确实有事情，这点倒不是信口开河。

几天前和孟行打赌赢的彩头，还等着他去签订协议。八百多平方米的整层写字楼，三年的租约，百分之三十的让利最少也在六十万，他不是平白要占朋友的便宜，假以时日，这些他都会还回去。

他知道，即便没有这样的赌约，只要他开口，孟行也会竭尽全力地帮他。

他一直在寻找一个契机，无疑，他有和父亲一样良好的商业头脑，眼光独到而精准，看中的项目估算下来，经营得当，日后的回报是不可限量的。

这年头连骗子都懂得讲排场的重要性，想要赢得信赖，外在是很关键的。

租赁写字楼只是开端，往后的路还漫长。如同下棋般，布局要高瞻远瞩，进退要游刃有余，但只要落子便要无悔。

签订租赁协议，付首期款，拿到平面布局图，他马不停蹄地忙碌完一切，夜已深了。

"老大，我忍很久了，你总要和我解释一下到底准备干什么吧？" CBD世纪星写字楼的地下停车场，孟行转着车钥匙，有些不满地看着陈墨。

"明天我们找个地方聚聚，我再详细地跟你说。今天太晚了，我回去还有事情。"陈墨心情不错，面带微笑。

"你那破公寓单身一个人，有什么事情啊，走，找家酒吧喝酒去！"孟行按了一下遥控，前灯闪烁了一下，车锁滴的一声打开。

陈墨皱了皱眉："听说你最近天天在夜场玩闹，再喝下去小心酒精中毒。"

孟行开车门的动作迟缓了一下，扭头倒是一脸满不在乎地笑："吃喝玩乐然后等死，多潇洒，无数人求都求不得，不好吗？"

"小五，还不至于那么糟，相信我。"陈墨并不擅长宽慰人，走上前拍了拍孟行的肩膀。

孟行不置可否地耸了耸肩："没有最糟，只有更糟，习惯就好。"

习惯是可怕的，所有的生物都具备这样的特性。玻璃杯中的跳蚤盖上盖子，当它无数次的挣扎跳跃，都无法逃脱的时候，时日久了，即使阻隔的盖子拿掉，它也会视而不见地放弃挣扎。

孟行觉得自己就是一只悲哀的跳蚤。

陈墨摇了摇头，现在什么安慰和劝解都是虚的，等他有能力摆脱现状的时候，他也会拉着孟行，走出习惯的桎梏。

"真的不去喝一杯？"孟行钩钩食指，何以解忧，唯有美酒，一醉解千愁。

陈墨拽住他那根不安分的指头，轻轻一扳，孟行立刻疼得嗷嗷叫："老大，不带这么狠的，你吃了大力水手的菠菜吗？"

"我家里有女人等着，你要喝酒就打车回，酒后驾驶关进去可别找我托关系，最近严打很厉害。"陈墨顺手没收了他的车钥匙。

关小黑屋事小，出车祸事大。统共就这么几个屈指可数能让他挂心的人，不想以后清明到了还要费心准备香火。

孟行还不知道陈墨和安小草短短的时间内发生的纠葛，全当他推诿开玩笑，笑了一声，挥挥手道别。

雪在路灯下肆无忌惮地飘舞，落在地上照出来橙黄色，但远光灯打过去，又恢复了洁白。

陈墨按下车窗，寒风灌进来，空气倒是分外清新。单手握住方向盘，左手摊开伸到车窗外，握住几片雪花，在掌心化成了水，冰凉。

越是纯洁的越留不住，他心里不知为何起了这样莫名的念头。

关上车窗，打开雨刷，寂寞的路上一盏盏路灯飞快地后退，劈开黑暗的道路，似乎永远开不到尽头。

安小草向来睡眠很轻，听到开门的咯吱声，立刻从梦中惊醒。

房间一片黑暗，只有墙角的感应灯发着微弱的蓝光，原来不知不觉中已经是深夜。她从沙发上站起来，忙乱中撞到茶几的边角，一阵钝痛。

陈墨打开灯，看到她弯腰按着腿，头发凌乱，衣角打着卷，显然刚从睡梦中醒来，样子十分狼狈。

灯光大作，刺得安小草的眼睛不适地闭起来，再睁开，看见面前出现的男人，熟悉又陌生，遥远又接近。她下意识地握紧拳头，深深地吸了一口气。

"为什么不去床上睡？"陈墨走过去，脱掉外衣自然地搭在沙发上，接近她的身边，带来一股凉气。

"习惯了，沙发上睡也挺好。"她找不到别的说法，随口搪塞。虽然都是他的世界，但床远比沙发来得亲密，她在那里和他发生关系，不想勾起不堪的回忆。

"习惯？"陈墨挑挑眉，这个词反复出现在耳边，怎么听着都让他恼火。

让她过来就是为了舒缓疲劳，好好休息的。照顾病人是最耗费体力和心力的，窝在陪护的小床上看来她还真是习惯了！

"过来。"

安小草直起腰，他们的距离本来就不远，两三步之遥，她走近，仍然留了二十公分的距离，这是无意识的推拒。然而陈墨并不管这些，伸手一拉将她抱在怀中。

"这个以后也要习惯。习惯就好。"他在她耳边轻轻地说，身体还停留着户外的凉意，话语却带着呼吸的暖风，吹在耳畔，有点儿痒，也有点儿潮。

他的头抵在她的肩上，有点儿沉重，他的双手在她腰际打了个结，紧紧地将她圈起。她很想闪身避开，可是他们的关系并不允许她做出任何抵抗的事情。

"别动，让我抱一会儿。"他的声音听起来带着疲惫。

他素来不喜欢皮肤接触的感觉，也许是因为这个冬天太过寒冷，最近居然觉得偶尔拥抱，感觉还不错。

他是个有洁癖的男人，和人接触的时候总是刻意保持距离，难得有人让他愿意主动接近，她却显然并不乐意。她在他怀中停止不动，身体有些僵硬。

"我很让你害怕吗？"陈墨放开手，定定地瞧着她。

她愣了一下，摇了摇头："只是不习惯和人这样接近。"

比起蛮横的索取，略带温柔的拥抱让她更难接受。她不敢沉溺于短暂的温暖，也对未来没什么期望，她的人生必然是充满忍耐的进程，这是她多年来的切身体会。

陈墨坐了下来，解开衬衣顶端的扣子："习惯和不习惯怎么都这么让人讨厌。"他随口嘟囔了一句，她没听清。

"什么？"

"我渴了，帮我倒杯水吧。"陈墨并不愿重复，话里的意思只有他自己清楚。

茶水在印花的玻璃杯中氤氲地冒着热气，接过来有点儿烫手。安小草倒不觉得，她的神经末梢早已经锻炼得很彪悍，在开水中夹豆子，想起来场景有些可笑，可是现实的痛楚远非常人能够体会。

"坐吧。我们好好谈谈。"陈墨指了指沙发。

叙旧？似乎有点儿晚了。安小草低着头，看不到表情。他们曾有很多机会，却每次场合都不对。结果到现在，两人有了最亲密又最特殊的关系后，再来提起往事，又有什么必要呢？

然而出乎意料的是，陈墨所谓的"谈谈"并不是回忆往事。

"你想不想有个不一样的未来？"陈墨悠闲地靠在沙发上，看似不经意地随口问道。

她抬起头，他的眼中并没有戏谑，是夜一样深沉的黑，带着说不出的蛊惑。

"不一样的未来是怎样的？"她咧咧嘴角，露出一抹自嘲的笑，"你看我的样子就知道，世上倒霉的人有很多，我就是从来都走'背'字的。"

"过去不能选择，但将来却不是定数。"陈墨轻啜了一口茶，碧绿的叶子在透明的杯中舒展开来。

"我的定数就是听从你的命令，还需要我表忠心吗？我的一切都是你的，你还想要什么？"

陈墨看着她，他清楚她的话不过是敷衍，这个女孩内心是强大的，他拥有的不过是她的身体，而她的灵魂高高在上，在谁也碰触不到的地方。

"我想要的东西有很多。"陈墨伸手点她的额头，划出一条线，停在她胸口，"这里，还有这里。"

他的指尖刚刚摸过茶杯，还带着热度，在皮肤上有些战栗。

他嘴角一扬，绽放出淡淡的笑："安乐，和我在一起吧。不管如何开始，我会让你有个不一样的未来。"

听起来如此煽情的话，怎么可能是陈墨的风格，她忍不住扑哧地笑了，掐掐手臂有点儿疼痛，原来不是做梦。她太清楚，甜枣背后总有不为所知的陷阱。

"说吧，你想让我做什么？"

Part03 舌战

天气总是变化无常，像极峰回路转的人生。

大雪过后，天气放晴，碧空如洗。初雪化得路面一片泥泞，隔着厚厚的鞋底，也能感觉到脚下的潮湿冰冷。

大清早，安小草拿着身份证，站在路边，面前工商局的招牌似乎带点儿神圣不可侵犯的味道，她嘴角勾勒出一丝不可置信的笑，有点儿自嘲，也有点儿迷惘。

身份证上清楚地写着"安乐"两个字，灰白的相片上表情呆滞。她没得选择，陈墨看起来给了她一个大馅饼，她却知道，世界上没有白吃的午餐，想要得到一定要付出相等的代价。

招摇撞骗也许在他看来，她是当仁不让的合适人选，她嗤笑了一下，说得好听，不同的未来，她能相信这其中有几分真实？

看看手表，约定的时间快到了，迎面驶来一辆普通的尼桑，准确无误地停在她身边，虽然轻缓，仍溅起了零星的泥点落在她的鞋面上。

车门打开，走出一个容貌端庄的中年女子，面带微笑朝安小草招了招手，她立刻明白这就是昨晚陈墨交代，会带她办理相关事务的李会计。

"你好！我是李冉，很高兴能一起合作。"她走上前来，礼貌地伸出右手，白皙圆润，安小草有点儿局促，慌忙抬手握去。

"身份证带了吧？"她自然地询问，安小草点点头，递了过去，李冉笑吟吟地接过，放进手中的档案袋。

"走吧，安小姐，注册公司的流程比较耗时，我们一步步来，希望今天能够顺利。"李冉打量着面前这个女孩，年轻稚嫩，显然不是个有经验的主儿，说话不由得有点儿轻慢。

安小草确实什么都不懂，她是被陈墨赶上架的鸭子，现在正摇摇晃晃不知所措。但局促和犹豫很快就过去，她恢复镇定，跟着李冉走进工商局。

这一天，对别人也许是平淡无奇的一天，但这一天，安小草正式成为一家注册公司的法人代表。

很久后，她都记得那个拥抱后，陈墨看似玩笑，却又是认真的话。

"我会让你有个不一样的未来。"

如果没有后面的话，她想，倒不失为一句感人的情话。

"你疯了！"

孟行手中的酒杯往桌上重重一拍，金黄色的酒液四溅，落在黑色的大理石台面上，形成不规则的图案。

"你说那个来路不明的小姐现在住你家，你还准备让她当法人？"孟行很不淡定，整张脸上似乎能看出一边挂着问号，另一边则是惊叹号。

陈墨随手抽出一张纸巾，堵住桌边朝他漫溢过来的威士忌。"嗯。"口气沉着，惜字如金。

"老大，你、你、你！"孟行决定等下出去看看，是不是太阳打西边出现，也可能"2012"的预言是真的，所以他向来冷漠的老大，才会在黑暗前变得疯狂。

陈墨把玩着手中的玻璃杯，纯净透明的液体在内壁轻轻地摇晃："不然你让我找谁？马路上拉个陌生人？"

孟行不说话了。

他从不可思议中惊醒过来，逐渐能体会陈墨的用意，可是嘴巴兀自强辩："就那个小骗子，你能放心她不摆我们一道？"

陈墨笑了，眼睛在吧台射灯的照耀下，闪闪发亮："她是我的人，我许她不同的人生，她没得选择。"

孟行摊摊手，似乎不置可否。只是觉得世界有时候挺滑稽，他本以为老大逼人家跳河后，就此再无交集，没想到绕来绕去，又缠在一起，难道这就是所谓的缘分？

"我叫她办完事情，过来找我，等下应该就到了。"没等孟行感慨完，陈墨冒出这样一句，顿时，正轻啜的美酒被孟行不小心呛了出来，差点儿喷到陈墨的脸上。

"老大，你，咳咳……"他满脸通红，灯光下尤为明显，眉眼皱在一起，好不容易才缓和过来，"我那样折腾过她，你觉得在一起说话合适？"

陈墨嘴角轻挑，露出一丝笑："你在外面一向肆无忌惮惯了，还会怕一个冤家吗？"

孟行想想这倒也是，自己没理由惧怕一个丫头片子。无论如何，在这场看起来带点儿谋逆性质的棋局中，即使她是临时圈养的小卒，也保不准有吃帅的作用。

陈墨抬起手腕瞄了一眼手表，时间不早，政府部门早已下班，即使事情办不完，也该过来了。

放她一个人在外面行事，他是存了怎样的心思，安小草自然不得而知，但似乎无形中有什么，将他们紧紧地拴在一处。

她想起医院ICU前忙乱中签的协议，上面的文字她一扫而过，如今记忆中早就模糊，忘记到底写了什么。

她是不在乎承诺的人，出尔反尔、谎话连篇才是她的特色，但奶奶在医院，她没有办法干脆利落地甩手走人。

暮色降临，忙碌一天连喘口气的时间都没有。无疑，她的学习能力很强，从开始的茫然无措，到后来的坦然自若，连李冉也不由得觉得，这个女孩，适应环境的速度出奇地快，机灵又挺讨人喜欢，渐渐收起了轻视的心。

"小安。"熟络后，称呼也变得亲切起来，"后面的事情要慢慢来了，今天就到这里吧，你要去哪里？我送你。"

安小草客气地摇了摇头："李姐，你也累了一天，就不麻烦你了。"

李冉微微一笑："那好，明天我再给你电话。"

安小草挥手再见，看着车子绝尘而去，拉上外衣的帽子，从衣袋里掏出口罩带上，转身朝车站走去。不管如何，只要在外面，她总是小心翼翼，藏匿似乎是一种习惯。

她知道，刘达那些人，并不会轻易放过自己，一旦遇到，后果不堪设想。

也许，她应该把这件事告诉陈墨，但又不知道从何开口。她不是想求他为自己摆平事情，而是害怕有天自己突然失踪，他会中断奶奶的医药费。

安小草对城市的交通路网非常熟稔，这归功于她那些盯梢的日日夜夜，如果这个领域也有"劳模"奖，她自嘲地觉得非她莫属。

倒了一班车，她来到陈墨所说的酒吧，兜里不是没有钱打车，可是节约也是一种习惯，很可怕。

六站以下纯走路，能坐一块钱的公交车就不坐买票的中巴。

她太了解没有钱的日子，那种深入骨髓的彷徨。

安小草自小就知道钱的重要性，用各种手段赚取的金钱，从来都不曾让她有安全感，它们总是和她无缘，拥有不了多久，就会飘荡到别人的口袋。

她在酒吧前深深地吸了一口气，冰凉的空气在肺部打了个回旋，带着几丝郁闷呼出去。伸手推门，门上拴着的迎客铃铛摇晃着，发出清脆的声响。

酒吧放着轻音乐，傍晚时分，客人并不多，零零散散。她环视一周，很快发现目标，朝前走去，步伐开始有些踟蹰，但很快坚定起来。

"小姐，请问要点儿什么？"酒保彬彬有礼。

"有吃的吗？"安小草也不理身边脸色尴尬的"熟人"，拉开陈墨身边的坐椅，随意地坐下。

她是真的饥肠辘辘。

陈墨微微一笑，转向酒保："来一份三明治。"说完将桌面上的柠檬水朝她面前推了推，安小草倒也不客气，抓起来一口气喝了个干净。

孟行摸了摸鼻子，有点儿不自在。陈墨朝后一靠，露出空隙让他俩直接面对面，孟行悻悻地瞪了他一眼，这家伙肯定是故意的。

三个人僵着谁也不肯先开口说话，不多一会儿，食物上来，安小草抓起，看着孟行像透明人般，自顾自地狼吞虎咽起来，样子十分凶神恶煞。孟行不由得觉得这妞肯定臆想把自己也拆分入肚。

厚颜无耻是他的一贯行为，打了个寒战后，倒也没皮没脸地笑起来，"倪婕——"他故意拖长调，"慢点儿吃，没人和你抢。"

她一眼瞪过去，灯光下的眸子亮晶晶，伸手出手背擦擦嘴角，也不理他，孟行自讨了个没趣。但瞅了眼陈墨，终是拉下脸："好妹子，以前的事情是我不对，冤家宜解不宜结，你就原谅我吧。"

孟行自认为这世界上比不要脸，他称第一，没人敢称第二，不料遇到安小草，倒也是棋逢对手，将遇良才。

"我谢谢你从前对我的'照顾'，我感激得五体投地，永生难忘。"她眉毛一挑，肚子里仅有的几个成语说得挺顺溜。

"喂！是你骗我在先好不好！瞎掰个名字都占人便宜，又耍花枪诈赌，还不许别人打击报复一下了？我都诚心道歉了！"孟行眼睛睁大，小脾气也上来了。

只听她嗤笑一声，甩了句大众名言："对不起有用的话，要警察干吗？"

一向伶牙俐齿的孟行瞬间被打击了。

陈墨双手抱在胸前，看着他们两人唇枪舌剑，突然觉得这些时日堆积在心上的沉闷一扫而光，不知为何，心情大好。

"小五，她真名叫安乐，以后就叫乐乐吧。"

安小草一愣，她的名字，很久没有这样亲密地从人嘴里温柔地叫出，那还是奶奶尚未完全失去记忆，拉着她的手流泪："乐乐，傻孩子，把我送到收容所吧，横竖过不去的关，不要再糟蹋钱了。"

她的手指扣起来，捏的拳头有点儿发胀。

抬头看着陈墨，他双目如星，脸上是平淡自若的微笑，却没有那种高高在上的感觉，仿佛从云端走下来，用平视的姿态看着自己。

她摇摇头，见鬼，不就是一个破名字吗，她神经了，才有这样荒谬的错觉。

她的晃神没有逃过陈墨的眼睛，他伸手，却不知道着落点，她的双手在膝盖上紧握，指节微微发白，他的手半路转弯，落在扶手上。

孟行咳嗽了两声，陈墨收敛了目光。

"从今天开始，我们算得上一路人，以后你们好好相处吧。"口气颇有些家长的风范，安小草低下头。

说不记恨怎么可能，但是人在屋檐下，不得不低头的道理，她比谁都清楚。

再抬首，已经是一脸不在乎的微笑，她伸出手，孟行一时没有反应过来，愣愣的样子看上去有点儿呆。

陈墨半路截住她的手，握在掌中。

"小五，我们先走了。"说完拉着她站起来，临走扭头丢下一句，"你继续发呆吧，酒水你买单。"

Part04 弱点

暮色深沉，万家灯火星星般闪亮，林立的高楼大厦，霓虹璀璨，在黑夜中散发着各色的光。

陈墨带着安小草并没有直接回公寓，先去一家熟悉的餐厅，点了几道清淡的菜。

这辈子对安小草而言，如果说有什么可怕的事情，一是没钱，二是挨饿，归拢到一处，没钱自然会挨饿，挨饿也是因为没钱。

吃饱喝足浑身发暖，和陈墨独处的紧张早已消散，这点她觉得自己挺没出息，也是，吃人家嘴软，拿人家手短——偏偏她两样都占齐全了。

回到公寓，陈墨打开沙发旁的落地灯，橘色的暖光照得冷色系的房间，异常温馨，安小草没有力气注意这些细节的东西，她奔波了整日，虽不如在医院身心煎熬，也浑身疲乏。

但明显，陈墨并无让她好好休息的意思。

"今天，感觉如何？"他脱去外套随意地坐了下来，沙发绵软。

安小草歪着脑袋在沙发另一端窝起身子，打了个哈欠："挺好。"她不知道他问什么，随口敷衍。

陈墨显然对她的态度不满意，站起来走过去，手撑着靠背，将她圈起，俯身看着她："才这样就撑不住了？以后要做的还有很多，想要改变，不是那么容易的事情。"

她睁开困倦的双眼，额头微抬，看着身体上方的男人，强打起精神反驳道："没有。今天学了很多东西。"安小草暗自腹诽着，注册的流程学了以后能有什么用？她又不是法人代表专业户。

陈墨似乎能看出她心里不以为然的嘀咕，眉头一皱，像老鹰捉小鸡般将她从沙发上拎起来，指了指浴室："去，洗洗脸，清醒点儿再过来。"

安小草在浴室磨蹭了一会儿，化妆镜前的她看上去很没精神，打开水龙头，撩起一捧凉水拍在脸上，顿时瞌睡虫被惊跑了，水顺着发丝滴滴答答落在台子上，她也不擦，在马桶上坐了下来。

浴室宽敞明亮，换气扇传来微微转动的声响，她在心里从一数到十，感觉稍稍振作了些，握握拳站起来走了出去。

客厅台阶上有个自然划分的敞开式书房，工艺围栏绕了一圈，她看见陈墨立在书柜前，手里拿着本书，不知道翻看着什么，看见她，啪的一声合上，将书放回原位。他从书桌抽屉里拿出一个档案袋，走到她面前，递过去。

"这是什么？"她有点儿好奇地问。

"打开看看。"

她嘴角一撇，问了也白问，解开袋子封口处缠绕在圆圈上的白线，将里面的东西抽出来，A4的白纸，薄薄一打，是类似简历的文件。

十来个人，有男有女，一列列清楚明白地写着生平，都是陌生人，那些职位瞄过去，什么××发改委主任、××土地局局长，看得她眼花缭乱。翻到末尾，杜依依的名字也赫然在上。

陈墨倚着书桌，她抬头看向他，眼里充满疑惑不解。

他拉开转椅坐了下来，手指看似随意地敲了敲桌面，轻微的笃笃声，她走近，将文件摊放在桌面上，等待他的解释——给她这些资料究竟为何？

桌前只有一把椅子，他占据了自然没有她的份，只能像他刚才那般倚靠在桌沿边。劳作整日的小腿肚，短暂休息后仍然有些疲乏。

出乎意料的是，他安放在桌面上的手伸过来抓住她的手腕，自然而然地将她带到怀里，他的手劲很大，却又恰到好处并没让她觉得疼痛。

她跌坐在他腿上，两人身子紧紧贴在一处，他满意地看到她脸颊染上一丝红晕，一只手越过肩膀将她半圈起，另一只手则指向桌面的文件，指尖一扫，停留在空白栏。

"看到了吗？"他的声音如暖风微醺，带着几分磁性，吹得她耳朵有点儿痒。

这样的亲密……安小草咬了咬嘴唇，定神朝纸上看去，人物的生平资料罗列得比较详细，表格写着爱好和弱点的两项，却是空白。

陈墨收回手指，漫不经心地撩拨着她的头发，栗色的发丝顺滑地在指节上绕了个圈："这些人，是我计划的关键。"

她不知道他对自己说这些话的用意何在，也不了解他所谓的"计划"到底所指何事。于是，一言不发地静候他的后文。

"安乐，我想让你自己选择。"他抬起头，双手将她身子扳正，固

126

定在他前方，看着她的眼睛说，"你愿意做我的伙伴，和我一起创造一个不同的未来，还是愿意维持现状，你付出身体，我给你钱？"

"前者的话，我需要付出什么？"

陈墨嘴唇微抿，她真是个聪明的人："你需要付出你的智慧和能力。"

她扑哧一笑："我有什么智慧？又有什么能力？"如果撒谎骗人也算智慧，如果偷鸡摸狗也算能力，他还真是抬举自己了。

"能在危险中时刻保护自己就是一种智慧，能获得别人的关注，更是一种能力。前者是生活给你的磨炼，后者，是你天生的本钱。"陈墨眼眸漆黑，像夜一样吸人。

她收起笑容，躲避他的目光，长长的睫毛覆盖住眸子。

"你好好想想。"陈墨伸手分开她额间滑落的发，拢到耳后，露出她精致漂亮的脸庞，"做我的伙伴，也许会有未知的风险，但我可以承诺，给你平等的尊重和最大的保护。"

她沉思了片刻，没有回答。

陈墨嘴角轻扬，不知为何有点儿高兴："或者，你更愿做我的女人？"

"如果选择前者，你能保证不再碰我吗？"她迅速抬头，眼睛炯炯发亮。

陈墨心里像被一根小小的刺扎了一下，须臾，他听到自己的声音响起，不知为何，有点儿遥远，似乎是另一个人代替他回答。

"我可以答应。"

"好，那我选择前者。"她露出一个笑容，像春日绽放的花朵，鲜艳而明亮。拨开他圈在肩膀的手臂，从他腿上跳下来。

陈墨顿时觉得怀里空荡荡的，看着她灿烂的笑，涌上说不清道不明的感觉。但想到她不论怎么样选择，都势必和他有所纠缠，他们有的是时间，不由得又放松了起来。

"我需要做什么？"她知道，无论什么选择，她都需要付出才能得到应有的回报。

陈墨抬手指着桌上摊开的资料："接近他们，了解他们，掌握他们的爱好和弱点，这是你的第一课。"

安小草一直以为，她能帮他的，不过就是个短暂的障眼法，不料开头居然是这样的任务。

陈墨接着说道："南山脚下有块空地，我必须得到那块地的审批，这些人负责各个环节，杜依依的父亲更是最后报批的关键。"

她有点儿疑惑："你要我注册的不是科技公司吗？"她想，这似乎和土地扯不上什么关系……

他颔首道："是的，看起来是风马牛不相及的两码子事情。科技公司是我这两年的目标，但是我谈过的游戏代理权、服务器的投入和前期推广费用估算下来最少也要三千万。也就是说，如果我没有三千万是不可能完成项目的启动，而我们现在，只有个空壳。"

"这三千万，不可能从天上掉下来。"他将计划娓娓道来。

陈墨本身可用来创业的钱，并没有别人想象的那么多。他要完全依靠自己的能力，是凑不出游戏合作的全部资金，只能另辟蹊径。

在他的计划中，首先第一件是要拿到南山脚下的空地，用来做投资最少，回报最快的园区公墓；另外一件就是早已经谈过合约的游戏代理，两件看似毫无关联的事情，其实是相辅相成的。

他需要的资金从前者来源，支持后者的发展。

他站起来拉开抽屉掏出一张卡，这是他大学期间炒股和做一些投资赚的钱，交到她的手中。是伙伴，信任便是必需的。

陈墨看着她嘱咐道："你和李冉把科技公司办理下来后，单独再去注册个房地产开发公司。这件事请不要让她知道，这是注册资金，剩下需要的资格证书和人员简历我会另想办法找给你。"

李冉和他父亲的公司有业务往来，借口一次帮忙可以，多了难免不生疑窦。

她捏着卡，金色的卡面泛着暗光，她并不知道里面几乎是他现有的所有财产，脸色一如往常。

"为什么一定要我来做法人？"她问。

陈墨淡淡一笑："我意属的那块空地附近，有八百亩的住宅用地，那是我父亲圈来准备开发别墅区的。你认为，我抛头露面在毗邻处建个公墓，是件好事？"

所以这个法人，除了她，他与孟行都不合适。

她咧咧嘴，瞥了他一眼，哂然道："你真是孝子。"

他闻言倒也面不改色，转移了话题："过几日，我会介绍个老师给你，他是游走在各界的人士，也就是所谓的靠关系吃饭的说客，他会带你学习。"

她愣了一下："学习什么？"

陈墨拿起桌面的资料整齐地码好，递给她："学习如何接近他们，如何投其所好，如何捕捉这些人的弱点。你要知道，在这个社会要有所依仗，除了钱，更重要的是关系。"

这是他们认识以来，陈墨对她说过最多的话。她一直以为他不过是个性格冷淡骄傲的纨绔子弟，却不料有这样缜密的心思和洞悉力，不由得稍稍改观。

"只要是人，就有弱点。掌握他们的弱点，加以利用，就不难建立你自己的关系网。"他把双手放在她的肩膀上，背腰略略弯曲，视线平视，"不光是为了这个项目，以后都会有用。"

弱点，是他教会她的第一课。

他呢？也属于这芸芸众生中的一员，她不禁有些恍惚，他的弱点又是什么？

Part05 交锋

每个人都有弱点，陈墨自然也不例外，在他教导安乐的第一堂课上，她第一个想起的却是他。

她笑眯眯地撑着桌沿："你知道我想起什么吗？"

陈墨微微一怔，看着她眼中闪过一丝狡黠，她的嘴唇薄而红艳，轻吐出一个拟声词："喵。"

满意地看到他神色一变，开怀大笑起来，她知道此时此刻，他一定和她一样，想起了他们初次见面的过往，还有他从来不对外人提起的弱点。

记忆像一扇门，推开，便是过去……

那年夏天，气候闷热，安乐带着家里的老猫四喜在江边戏耍。

江面上满是蒸腾的水汽，时不时有浪花泛起，一颗颗湿漉漉的脑袋钻出水面，都是附近玩耍的孩子。中午的时候，都被各自的家长揪着耳朵拽回家吃饭。

热闹的江边很快就只剩下一人一猫。她扎了个猛子跳下去，想要摸点儿鱼或者河蚌，带回去给奶奶。

在水下摸了很久，终于给她逮到一条肥硕的草鱼，心想这下晚上可以打牙祭啦，连带着四喜都能一饱口福，看来，今天真是运气不错。

她面带得意的微笑，手脚并用，飞快地爬上岸，衣服一会儿就干透了，只有羊角辫上滴滴答答地垂着水珠。

四喜敞着肚皮在岸边懒洋洋地晒太阳，金黄的毛发油光水滑，粉红色的小鼻头时不时地缩一下。

安乐经过它身旁时，四喜耳朵竖起，睁开圆溜溜的大眼睛，瞳孔立成一条黑线，看到是熟人，这才又闭上，头一歪，继续安睡。

她将活鱼丢进篓中，拴了根绳子放到水里，这样晚饭时，鱼还会新鲜。做完这些，安乐找了片阴凉地，美滋滋地躺下去，准备小憩会儿再回家。

　　蒙眬间，她听到四喜发出呜呜低沉的喘息，而后变成声嘶力竭的吼叫声，她以为是遇到野狗，慌忙爬起来，只见四喜耳朵向后弯、身子低伏、尾巴直立，一副恶煞的凶相，对面不远处站了一个少年。

　　岸边柳树细碎的叶子柔软地垂着，阳光透过树梢星星点点洒在他身上，即使小小年纪的安乐，也能觉得他长相俊美，和平常欺负她的那些棚户区的野孩子不同，那么热的天，仍然穿得十分干净整齐。

　　这样一个漂亮的少年，却双拳紧握，恶狠狠地瞪着四喜，身子有些微颤，好像很害怕的样子。

　　他指了指四喜，开口说的话却不像相貌那样讨人喜欢："叫你家的畜生离我远点儿。"

　　安乐不乐意了。四喜是她的伙伴，在所有孩子嘲笑她没爹没妈的时候，只有四喜默默陪着她，他们吃一起，睡一起，在她心中，四喜和奶奶一样，都是她的亲人。

　　"四喜，上！"安乐秉着开玩笑的心，四喜向来倦怠，比谁都懒散，从来不肯听她的指挥。

　　然而没想到，这次四喜居然转了性子，像饿狼扑食一样冲向少年……

　　那时的陈墨，远远没有现在这样坦然自若，时间久远，他少年时的容貌已经慢慢模糊，但她仍能记得，他躲闪惊慌失措的动作，好像四喜是什么庞然大物般。

　　她并不能体会当时少年陈墨内心的恐惧，黑暗的记忆在他脑海中不停地盘旋，他被一只身长不过三尺的肥猫，逼得走投无路，直直地跌进江里，激起无数浪花，挣扎、沉没……

　　想起这段往事的时候，她开始的心情是极欢快的，然后笑容慢慢凝固。

后来，她救了溺水的他，再后来，在他家被误会偷拿了东西，便不是多么值得回忆的故事，她甩甩头，不愿再想。

陈墨显然也被一声惟妙惟肖的猫叫勾起了回忆，想起那时的狼狈。看着身前安乐不加掩饰的揶揄样子，紧绷着一张脸。

灯光下，她氤氲的眼波流转出潋滟的光，红唇旁有个梨涡若隐若现，他心中一动，习惯性地伸手想要将她拉进怀中。

她倒是伶俐地闪开，嘿嘿一笑："你说过的，选择当你的伙伴，便保证不再碰我！"

得到什么，就要相应失去什么，这个世界就是这样，哪能两全。

陈墨的手僵在空中，听到这句话，伸也不是，缩也不是，颇有些尴尬。向来都是别人围绕着他主动献媚，这时才发现，吃瘪的滋味原来那么让人讨厌。

然而，厚颜无耻绝对是可以相互传染的。安乐，再加上孟行，这两个人，从来都不会把承诺当成必须遵守的约定，如今眼看就要加进一位新的战友。

他答应不再碰她，并没有说不可以吻她吧？如果这算一种自我安慰的话——陈墨在内心理所当然地说服了自己。

他收回手，但身子却步步逼近，此时嘲笑他曾被一只老猫逼得跳江的她，脸上闪过一丝的紧张，连连后退了几步直到背抵在书柜上，无法动弹。

"喂，你说过不再碰我的！"她与他之间连半尺的距离都没有，能清楚地看到，他脸上细微的毛孔。

陈墨双手摊开，耸了耸肩膀："我没碰你啊！"嘴里这样说着，却丝毫没有停止脚步。

三十公分、二十公分、十公分……他一点点挪近，双手撑在书柜的隔挡上，将她包围起来。他们之间似乎只剩下一张白纸的空隙，近距离在视觉上造成了放大的错觉，他的眉眼近在咫尺，她感觉周围的空气也凝滞起来。

换成几日前，她可能会紧张得不知所措，因为他们所处的地位，因为她和他的交易关系，不允许她有丝毫的忤逆。但在今天的交谈后，他许她伙伴的身份，她便自然而然地恢复了勇气，那个天不怕地不怕的安小草又重现江湖，她不由得伸手朝他身上推去。

陈墨等的就是这个，他很轻易地就将她的手捉住，细细的手腕在他的掌中桎梏着。

"我说过不碰你，但没说不能反抗哦？这可是你先碰我的。"他的脸上是得逞后的笑容。

"放手！"她用力往回抽，手腕渐渐浮现出红痕，终于，他撒开手指，气定神闲地看着她。

"缔结同盟往往需要印证，要做伙伴，我们先盖个章吧！"陈墨薄唇微启，露出洁白的牙。

"啥？"她脑海中浮现出签字画押之类的文书，还没等她反应过来，陈墨猛地俯身在她唇上啄了一口。

"这个印章似乎盖得不够深入，不够彻底，要不要再来一个？"陈墨觉得体内蛰伏许久的顽劣因子正在蓬勃地滋长，冷漠的面具他戴了太久，也许，是时候摘下来。

回答他的是一个大大的白眼，陈墨莞尔一笑，来日方长，后退了一步，不再逗她。

这几日安乐遭遇了太多的变故，而且每一件都和陈墨息息相关，她像坐了一趟过山车，急速前进地转圈后，又重新回到原地。

他让她从女孩变成女人，又把她从女人变成伙伴，每一个步骤都快得让她恍然如梦。然而不管未来怎么样，付出头脑和能力，总比付出身体要好。

既然他允诺不再勉强她，在这样一间屋子如何居住便成了崭新的问题。

窗外夜色幽深，万家灯火似点点星光，朦胧而遥远。

陈墨的公寓虽然整体空间不小，但仍然是一室一厅。只有卧室安放着一张大床——她在那里度过了初夜，内心多少是带着抵触的。

同床共枕安乐是万万不愿的，难保陈墨又会出尔反尔地做出一些什么事情，她伸了伸懒腰，倒是很自觉地在沙发上窝了起来。

房间虽然有地辐射的采暖装置，但今年的冬天异常寒冷，全城天然气都限量供应，房内的温度自然比往年要低。

陈墨洗完澡从浴室出来，看见安乐蜷曲在沙发上，盖着棉衣外套，娇小的身子紧贴着靠背，恨不得能钻进去的样子，皱了皱眉头。

他走过去轻轻推了一下她的肩膀："起来进卧室去睡。"

男人把女人骗上床的目的只有一个。撇撇嘴，她才不上当呢，闭着眼睛装死。

陈墨见她不为所动，俯身看去，她的脑袋缩在沙发靠垫下面，看不到表情，像是已经熟睡。他转身准备离去，眼角的余光看到夜灯上荧光的温度计，只有不到十七度的室温，又停下了脚步。

思忖片刻，他弯腰，将她抱了起来。她的身体瘦弱，轻得似乎感觉不到重量，栗色的发丝顺滑地垂下，露出双眸紧闭的脸，幽暗灯光下原本的白皙变成蜜色。

继续装死还是睁眼，在她心里变成一道困难的选择题，早知道还不如刚才就坐起来反驳，她有些懊悔。

他的胸膛结实而温暖，带着沐浴乳的淡淡清香，有几滴水从头发上坠落，恰恰滴在她的面颊上，微痒。等她装作睡醒缓缓睁开眼睛，人已经被他抱进了卧室，丢在了那张欧式的大床上。

134

她急忙翻身坐起来："我还是睡沙发吧。"

陈墨瞪了她一眼——她总是有本事撩拨他的顽劣因子，一而再，再而三地挑衅他的尊严。

"我不想多支付一个人的医药费，如果希望明天还能活蹦乱跳地去看你奶奶，就睡这里；如果你希望感冒发烧就随意。"

她低头不吭声，自己的身体自己最清楚，她最近神经一直紧绷，又奔波劳碌，今天吃过饭后就有点儿鼻音，若是好好休息一晚，明天自然能恢复体力，但若逞强在外和衣一宿，指不定就真的感冒了。

"那你呢？"

陈墨也不回答，转身走到床的另一侧，掀开被子躺了下来，她是聪明人，如果一定要做傻事，他干吗又要阻拦？见鬼，好像和他睡一起是多么勉强的事情！

他感觉身侧的床垫微微一陷，知道她终是选择了留下。不知为何，心里的不满统统消失，嘴角不由得微微扬起。

没等他说什么，床头柜上的手机震动起来，他稍稍起身，抬眼看了一下表，十一点多，不算太晚但也绝对不早，这时候谁会打电话给他呢？

他以为是孟行又瞎闹闯祸，于是拿起手机按了接听，听筒里传来的却是他料想不到的人。

"师弟。"透过话筒，季天雷的声音过滤后少了几分粗狂。

"这么晚了，有什么事情吗？"陈墨面色柔和地瞄了一眼安乐，她整个人缩在被子里，隆起小小的包。

"明天是我父亲的祭日，你能过来吗？"

陈墨想了想，每年他都是单独去墓地拜祭师傅，他知道师兄因为师傅的偏爱，并不喜欢自己，这样的邀请实在有些突兀，虽然在医院偶遇后，师兄曾提过拜祭的事情，但他以为不过是客套的寒暄。

"明天是在拳馆举行拜祭吗？"于礼，他是不好拒绝的。

"是的。"

"好，我会去。"他很久没有探望师母，趁此次机会一道吧。

听筒那边稍稍沉默了一下，须臾，传来说话声，陈述的，肯定的语气。

"你带安小草一起来吧，就是和你在一起的那个女孩。"

Part06 对决

排气孔的风扇在头顶呼呼地转着，传出的噪音让人心烦意乱。

房间空空荡荡，只两个人，比起上次比赛的休息室，明显要宽敞舒适得多——果然，只要能创造利益，就会获得相应的优待。

这是个无比现实的世界，芸芸众生被无形的生存法则操控着，付出，然后获取，也可能付出，一无所获。

季天雷漫不经心地缠着护腕，他还剩最后一场比赛，陪他的依然只有小郭，愁眉不展苦着一张脸，背靠着墙。

"哥，我说这世上多得是女人，你犯得着这样吗？"

季天雷没有理睬他，垂着头，手指机械地旋绕，密密匝匝，一圈圈紧紧缠绕着护腕，直到最后一圈收手，打了个死结。

小郭恨不得上去撬开他的脑袋，想看看里面究竟装些什么，怎么横竖听不进去一点儿劝告。

低气压笼罩在房间内，小郭有种山雨欲来风满楼的感觉——自季天雷出去打了一通电话，回来后就阴着脸。

他自然知道是为什么，季天雷打电话的时候，他偷偷趴在门缝倾听，隐约听到了安小草的名字。

他就晓得这女人是个祸害。世间有太多不可理喻的感情，在他看来是不值得付出的，偏偏有人身在其中，无法解脱。

季天雷做着小幅度的热身运动，紧绷身体，像一只蓄势待发的豹。

如果说第一次比赛，是为了筹措资金，在他能力范畴内，去帮助心

136

仪的女人，而现在，他心中更多的是不知所措的愤慨，想要找个地方发泄。无疑，这里是最好的地方。

金钱与暴力，是人性和欲望的孪生兄弟。

一场激烈而残酷的黑拳比赛已经进行到了白热化阶段，呐喊声洪水般肆意，薄薄的墙壁阻止不了疯狂的嘶吼，最后一轮生死论英雄的大战即将展开，整个赛场已经座无虚席。

小郭透过门缝朝外窥视，地板上有几摊暗红的印迹，在甬道壁灯的照耀下，散发着诡异的光。那是几个被抬出去的人滴落下来的，血腥味蔓延在空气中，小郭的汗毛不受控制地竖起来。

"哥，快开场了！"他看到举牌女郎在擂台旁拉高丝袜，旁边竖着终场的牌子。

季天雷一声不吭地压着腿，习武之人讲究性格坚忍，坚——意志坚强，忍——百折不挠。表面上看起来他似乎全都具备，只有他自己清楚地知道，他既不坚强，也缺乏忍耐。

季天雷很后悔，明明有两年的时间，七百多个日日夜夜，他没有说出想说的话，也没有把握住想要的爱情。

如果早一点儿说出来，事情会不会不同？他低头，汗水滴在乌黑的地面上，很快蒸发不见。

走到今天这个地步，他没有资格抱怨别人，"追悔莫及"这个词总是和命运如影相随的。

季天雷自幼习武，读书不多，不懂什么深刻的道理，却知道他的幸运女神，在和他背道而驰的方向，越走越远。

季天雷不想放手，却无可抓之物。那场医院的离别之后，他像个傻瓜一样蹲在灌木丛中，找寻那枚硬币，他所珍惜的东西，被她那样决绝地丢弃……

他也问过自己，不甘心的究竟是什么，是爱情？还是不曾拥有？他没有找到正确答案。

就因为心有不甘，隔日一早，他又跑去医院，却没有看到她，ICU的病房门开开合合，陌生的人进进出出，没有一个她。

他内心凄然，至于这么狠心吗？他何时变成毒蛇猛兽，那个记忆中巧笑倩兮、坚强倔犟的女孩，难道是个假象？

想找的人没找到，不该碰到的人倒碰个正着。那日嘴里不干不净说些混账话的小子，在途经停车场时，被他撞见。

他想起了梁洛无意中说的那句话："我不介意捡陈少的破鞋穿。"

陈少……

他没耐性旁敲侧击地询问，由着性子将梁洛拖到医院后面的背巷一顿狂扁，他下手向来不知轻重，把相貌本来就很抽象的梁洛，打成猪头中的毁容猪，也没问出个所以然。

当时，他并没有和自己的师弟切身联系起来，倒是要了此人常去的酒吧地址。

季天雷不知道自己彻底辜负了安小草的苦心。梁洛是个睚眦必报的小人，在这个世界上，宁得罪君子，也不能命犯小人，只是，年轻气盛，血气方刚的时候，不懂得也不在乎。

人总是要吃尽苦头，遍历磨难后，才能成长。

出场的铃声响起来，小郭看看外面，咬着嘴唇往季天雷身上喷了点儿水，最后揉了揉他的臂部肌肉，放松肩胛，推开了门。

赛场人声鼎沸，喧闹滔天。

季天雷屏息凝神，可是思绪仍然停留在傍晚酒吧门口的那一幕。师弟握着安小草的手走出来，她没有羞赧和不情愿，画面异常和谐。他躲在垃圾桶后，她在他面前走过，没有觉察，没有回头。

她喜欢他？他想不通他们如何有的交集，但他知道，陈墨家不是一般的家庭，即使安小草斩断过去任何不好的联系，也注定踏不进去。

他笃定陈墨给不了她幸福。

射灯照得擂台如白昼般明亮，季天雷面无表情地翻过围绳，稳健地走到场地中心。

比赛前他没能忍住，给陈墨拨了电话，没有任何解释，最后简单地说了一句："你带安小草一起来吧，就是和你在一起的那个女孩。"

以陈墨的聪明，不难想到为什么，他也懒得费口舌解释，等到明天见面，自然知晓。

然而这样的生死拳场，谈论明天，需要活着才有希望。

和季天雷对决的是一个泰拳高手。与上次比赛相比，这个最后晋级的男人显然身高和体重都不如他——但他并不敢小觑。

泰拳是格斗技中杀伤力最大的拳术之一，高超的拳师能运用全身于瞬间击倒对手。季天雷走的是扎实稳重的武术路线，而非力量型的搏击，所以更不敢掉以轻心。

他收回有些散漫的心思，气定神宁，对手嘴角边流露出残忍的笑意，上来就是一记冲击拳，气势汹涌，对拳手来说，攻击一个人，当然会找最弱的部位。

对手的出击，机巧圆通，变化无常，猛烈拳头，朝着季天雷的头部袭来，他眼眸一寒，没有丝毫慌张，如风摆杨柳，微微侧身躲过。

观众是花钱买刺激的，看到躲闪自然不喜，发出阵阵嘘声。

性命的搏击，在他们眼中，不过是一场游戏，与己无关，又怎能体会其中的残忍。

季天雷握紧拳头，找准时机，凌力而出，没有丝毫犹豫，可惜对手如泥鳅般滑溜地躲过，身体从不可思议的角度弯折，防守出击，出其不意，左拳扫到他的身侧，他堪堪闪过。

几个回合的较量后，双方都没有讨到好处，渐渐地，喘息声越来越大，体力不支的前兆出现。季天雷内心有些焦灼，虽然眼前两人看似势均力敌，可他知道，时间越久对他越不利。

想全身而退看来是不可能了。

季天雷思忖着，终于决定卖个破绽，拼着左肩挨了对手一记重拳，合臂将对手紧紧缚住，趁对手还未来得及动，整个身体一扭，倾其全部的力气，举拳朝对手头部挥去，正中脸庞。顿时听到一声号叫，对手捂着脸，仰面倒去。

他知道对手鼻骨尽碎，就算是不伤性命，也无力反抗。终于，他还有明天，季天雷精疲力竭地在台上躺了下来……

安小草醒得很早，晨光熹微，透过薄纱窗帘照在房间，朦朦胧胧不甚清晰。

陈墨连睡觉都有几分肆意霸道的样子，长腿不安分地横跨整张大床，压在她的小腿上。她一脚踹掉，往边上缩了缩，准备爬起来。

"我渴了，给我倒杯水。"

身后突然响起的声音吓了她一跳，扭头看见陈墨睁着漆黑的眸子望着她，不晓得醒来多久，不由得身子一僵。

"身为伙伴，有端茶倒水的义务吗？"她眨了眨眼睛，支使与反支使开始。

陈墨掀开被子坐起，露出光裸的上身，她也不害羞，反正露的也不是她，双手抱在身前。

"嗯，是没有这样的义务，不过，伙伴也没有提供吃住和药费的义务。"

安小草飞快地蹿到厨房的饮水机旁，倒了满满一杯开水，心想最好烫死这厮。

陈墨接过水杯并没有喝，他其实并不是十分口渴，只是不爽被她踹开而已："你今天陪我去趟朋友那里，有点儿事情。"

"这也是伙伴必须要做的事情？"

陈墨稍稍迟疑了一下："你可以不去。"

140

安小草不假思索地说："算了，我去。"人在屋檐下，不得不低头，她吃他的喝他的住他的，帮帮忙也算应该。

早上安小草抽空去医院探望奶奶，医生说起码要经过数月的复健，否则说话都是问题，更别提生活自理了。

特护倒是挺尽心尽力的，她在一旁也帮不上什么忙，只是静静地握了一会儿奶奶的手。

约定的时间到了，陈墨将车子停在医院门口，安小草坐进来，他伸手去拉安全带，被她抢过来自己咔嚓一声按进去。陈墨看了她一眼，也不说话。

车子行驶的地方越来越熟悉，安小草以为只是凑巧，终于忍不住发问："我说伙伴，你到底要开去哪里？"

伙伴？这个称呼亲近又遥远，陈墨握着方向盘的手紧了紧，放慢速度，说了一句莫名其妙的话："安乐，我总认为，人要正视过去，才能面向未来。"

季天雷的话，他在心里咀嚼过滤一遍，便知晓了大概，虽然惊讶她总是和自己身边认识的人有所纠葛，但他无所谓她有怎样的过去。人必须向前看，记忆只能重放，不能重来。

有些人的过去是用来怀念的，更多的却是用来遗忘。

"好吧，这和我们要去的地方有什么关系？"别再说什么听不懂的话，神神秘秘的。

陈墨的侧脸线条柔和，神情没有正面看人时那样冷漠，车厢里响起他清朗的声音。

"我说过，许你一个不同的未来，所以，带你来和过去说再见。"

说话间，车不偏不斜地停在拳馆门前。

Part07 未来

"季天雷你应该认识，他父亲是我的师傅，今天是他过世两周年的忌日。"下车前，陈墨这样对安小草说。

他从后座取出一束鲜花递给她："以前种种，譬如昨日死，进不进去你自己选择，但逃避是没有用的。"

她低头看着手中的花，洁白柔软，花蕊上还有晶莹的水珠，他还真是越来越能说会道，说的还都是实话。

"我先进去，你稍微等一会儿。"她说。想必季天雷该知道的都已经知道，否则也不会叫陈墨把自己带来。她在心里嘲笑自己的假惺惺，其实早进晚进又有什么关系呢，她早就把话对季天雷说绝了。

铁质的大门，刷着劣质的油漆，在风吹雨打中陈旧得失去了原有的光泽，变成一种似灰非灰的阴天的颜色，虚掩。

合页似乎生锈，推开的时候有着嘎吱嘎吱的噪音。

门内，正单手迟缓摆放供桌的季天雷闻声抬起头，进来的女孩怀抱着怒放的白色剑兰，薄如绢，色如雪。

季天雷放下手中的盘子，拳场内练习对打的几个熟识的小伙子，很快都聚拢过来和安小草打招呼，略带八卦地询问她这些时日的消息。

安小草面带笑容，也没说什么实质的东西，都是不着边际的附和之词。她走近季天雷，有点儿犹豫，无从开口，倒是站在季天雷旁边帮忙的小郭哼了一声。

安小草将手中的花放置在供桌的一角，黑白相片的人像看起来庄严肃穆，和季天雷板着脸的样子，倒有几分相似。

拳馆破旧的大门再次发出刺耳的开启声，季天雷不用回头也知道这次进来的定是陈墨，他的右手紧紧地握住，左肩胛因为伤痛，手臂垂着，在衣服的遮掩下看不出异样。

"师弟，你来了。"

142

"嗯。"陈墨将果篮等拜祭的食物递过去，季天雷倒不客气地接过来，摆放在桌上。

"小郭，你带兄弟们出去吃点儿好的，我请客。"季天雷眼睛看着陈墨，话却是对着身侧的小郭所说。

人陆陆续续地走空，偌大的拳馆就剩下他们三个人。

季天雷俯身单手从案子底下拖出一个蛇皮袋，推倒在陈墨脚下，露出红红的一摞摞钞票。

"她欠你多少钱？我替她还，这些够吗？不够我再想办法。"季天雷目光如炬，他向来喜欢直爽地挑明一切，除了钱，他想不到安小草能和陈墨在一起的理由，这样一个纨绔子弟，又懂什么真情？

安小草看着地上的钞票有些出神，微微抬起头，那两汪清水似的眼睛，淡淡地看着他，说不出的明澈："你凭什么帮我还钱？我有让你这么做吗？"

他哪里来的这么多钱？搏命的钱？他定是去打黑拳了……

安小草一阵心痛，她是在社会底层黑暗的地方混迹过的，怎么可能不知道黑拳意味着什么。她根本不值得他付出这么多，自始至终她都无比清楚，她什么也给不了他。

不能拖累他的念头越发坚定起来，嘴里更是不留情："季天雷，你知不知道对别人的好也会是一种负担？"

"你没让我这么做，但我心甘情愿！"季天雷抬手指向陈墨，"你要他的钱就没有负担吗？"

陈墨看见矛头转向自己，嘴角轻轻扬起，师兄的性格还是这样，不懂得这世界上无论怎么努力，也有得不到的东西，他冷眼看着安小草蹩脚地表演。

陈墨走过去抓住她的胳膊带到身前来："师兄，谈钱太伤感情了。"

"你把手放开！"季天雷看见他握住安小草的手，眼睛通红。

还是这么经不起撩拨，陈墨摇摇头，松开手，这样的性格，迟早要吃大亏。

"师兄，我今天是来拜祭师傅的，大家许久没见，本应是叙旧的温情时刻，但似乎有什么误会在里面，大家说明白化解开自是最好。"陈墨气定神闲，慢条斯理地说。

季天雷嗤笑一声："我倒希望是个误会！"

"嘿嘿。是不是误会说出来就知道了。"陈墨微微一笑，转向安小草，"你说点儿什么吧，昨晚太累了，和你抢被子真是一件体力活。"

安小草狠狠一眼瞪过去，他绝对是故意的！这句话说出来季天雷不炸毛都不可能，这家伙简直唯恐天下不乱，火上浇油啊！

果然，季天雷一个箭步冲上来揪住陈墨的衣领，到底在父亲的供桌前，忍住没有直接挥拳："安小草她不是你随便玩弄的对象！"

陈墨毫不畏惧地冷眼看着他："你搞清楚到底谁在玩弄谁！在你这里她是安小草，在我这里她是安乐，对了，在孟行那里她还是倪婕，她嘴里对你说过几句真话？"

"我只相信我眼睛看到的东西！"要不是左肩受伤，他恨不得一拳揍上去。

陈墨伸手钳住他的手腕，冷笑道："眼睛看到的也未必是真的，你要问问自己，这样一个谎话连篇的女人，在你心中到底是谁？"

"她就是安小草，从来都是！"季天雷松开手，狠狠推了陈墨一把，他却没有安小草想象的那般跌倒，倒是纹丝不动安如磐石。

安小草不懂陈墨葫芦里卖什么药，似乎每一句话都在贬低自己，但却又说不出的感觉。像在帮自己，又像在开解季天雷。于是默默地站在一边，并不吭声。

陈墨摇摇头："师兄，在我这里她却永远都是安乐，而不是安小草，你知道为什么吗？平安快乐，是一种对未来的期许，而不是安小草，这样一个令人宰割的贱名。"

144

"你能给她平安快乐吗？你不能。不懂得爱惜自己的人，怎么可能给得了别人爱惜。"陈墨一把拉住季天雷的左胳膊，朝上狠狠一抬，不出所料地看见他脸色一变。从进门不多久，陈墨就看出他的不适。

"你若还在黑拳场上厮混，就永远没资格站在她的面前，不要用她做借口，来掩饰你的欲望。"

陈墨的话像一阵台风，在季天雷心里掀起无边巨浪。但是又心有不甘，低头嗫嚅道："难道付出也有错吗？你又能给她什么幸福？"

陈墨看了一眼身旁兀自站立的女孩，眼睛像夜空一样漆黑深邃："谁能保证给谁幸福？"

他指了指供桌上的照片："师傅说过要给师娘幸福，他做到了吗？他抛下你和师娘撒手人寰，你就不尊重他吗？师兄，我没资格也没权利教训你，但我知道，幸福永远不是别人给的。"

安小草走到季天雷身边："雷子哥，对不起和谢谢，我并不想说。就像我有奶奶需要养老送终，你也有母亲需要照料，人永远不可能只为一个人活着。"

"你给我的，已经太多，我却始终没有对你说真话。我叫安乐，安小草是我在贼窝用的名字，你把它忘掉吧。"她伸出手握住他的，"雷子哥，再见。"

原来，他给的，并不是她想要的，所有的不甘都烟消云散，这样简单的两个字，真正让他心如死灰。

季天雷一把抱住她，眼泪不受控制地流下来，哽咽道："安小草，我忘不掉……"她轻轻地拍着他的背，泪水滴落在她的颈项，滚烫。

从前种种，譬如昨日死，以后种种，譬如今日生。

陈墨看了看他们，皱起眉头，算了，眼不见心不烦，他双手合十，朝师傅轻轻叩首后，走出拳馆。

汽车发动很久才暖和起来，车窗外的天是阴暗，似乎又有下雪的迹象，今年的冬天，真的很冷。没多久安乐走了出来，拉开车门坐进来。他伸手摸了摸她的脸颊，有点儿冰凉却并不湿润。

"没哭？"

她靠在坐椅上，摇摇头，真正感伤的时候，她是流不出眼泪的。

"伙伴，开车吧！"

"想去哪里？"

"未来。"

虽然你不辨真假地许我一个未来，但今天你让我明白，未来永远都在自己手中。陈墨，第一次，我想谢谢你。

Part08 远景

憋在心里的话想要说出来，不是那么容易的事情。简单的"谢谢"两字，安乐最终还是没有说出来。

回公寓的路早就过了，如果没看错，车子正驶向环城公路。她不禁开口询问："我们这是去哪里？"

"未来。"陈墨侧头看了她一眼，似笑非笑地拿她的话回过去。一个人要是口才好，能短时间说服别人，就应该是个健谈的主儿，他却恰恰相反。

安乐摇摇头："我没和你开玩笑。"

"你觉得我是喜欢开玩笑的人吗？"陈墨反问道，脚下也没耽搁，将车速又提高了些，安乐看到仪表盘的数字超过了一百，下意识地抓紧了安全带。

"我们，不赶时间吧？"安乐天不怕地不怕，偏偏坐快车就会头晕。

陈墨眼角余光一扫，看到她紧张，不由得嘲笑道："放心，我说要带你去看未来，就不会半路把你挂掉。"嘴里这样说，但脚下踩着的油门微微抬起，速度终是慢了起来。

中午他们在加油站的休息厅将就着垫了一顿，陈墨倒不像她想象

146

中的挑剔，简单的两个菜，青菜豆腐，红烧腐竹，倒也见他吃得津津有味，盛在碗里的饭吃得很干净。在安乐眼中，浪费食物是件可耻的事情，只有当一个人真正体会到饥饿的可怕时，他就定会珍惜每一顿得来不易的食物。

在安乐眼中，陈墨不会有机会挨饿受冻，所以她以为陈墨对待食物的态度，是因为家教培养得尚且不错。

很多人，需要经过时间，慢慢了解，才能发现他的优点，无疑，陈墨就是这样一种人。在对他的印象恶劣到极点的时候，会在相处中，发现他的不同，在心中给他一点点加分。

下午天气发生变化，不知什么时候起了雾，淡淡的，在光秃秃的行道树中间浮过，仿佛层层细纱笼罩在树枝。

车灯在翻腾缭绕的雾气中闪烁迷离，为了安全起见，速度越来越慢。

渐行渐远，车是朝南边驶去的，越来越僻静的路，安乐不禁怀疑陈墨是不是要找个荒郊野外把自己给埋了。

其实时间并不多久，只是在安静中相对变得缓慢。等陈墨停车，潮湿的雾气凝结的水滴已在车窗上画出道道水痕。

安乐推开车门走下来，离开车厢温暖的空调，尖利的寒气立刻刺入肌肤。这什么鬼地方，气温比市区明显要低上几度。

陈墨从后座拿了外套，安乐对比着自己身上的厚度，忍不住开口："你穿那么薄不觉得冷吗？"这样略带关心的疑问，陈墨极少从别人那里听到，他的眼神柔和起来，嘴里却反问道："你不知道人在寒冷中更容易保持清醒吗？"

安乐听了不由得失笑出声："嘿嘿，你这是什么歪理？看来我从你这还真能学不少东西。"

陈墨微笑："我这人知道的东西太多了，所以就算是不经意，也能教给别人一些东西。"

安乐翻了翻白眼，表示不敢苟同，只是随便这样几句话，倒也缓和了沉闷的心情。直到这时，安乐才辨出所在何地："这里是南山脚下？"

"嗯。我们的未来就从这里出发。"

距离城市一小时之遥，南山区西线有着占地一千八百亩的锦标级高尔夫球场，有着碧波荡漾的南湖，据说还有近千亩的空地即将筹划着建立生态别墅，而东线靠山，可利用资源较少，除了南山旅游观光区，很多地方暂时尚未开发，相对比较荒凉。

安乐立刻想起来陈墨曾经说过的话——南山脚下的空地，他势在必得。

"跟我来。"陈墨眼睛漆黑的恍若两口幽暗的深井，有着让人沉溺的诱惑。

她跟着他往上爬，山里雾重，天又很冷，浸入骨髓的冰凉仿佛要把身体的所有温暖都抽去，但随着攀高的运动，渐渐暖和起来。沾染雾气的山石踏上去脚下容易打滑，安乐又穿着摩擦很小的平跟鞋，每踏一步都小心翼翼，走得很是吃力。

陈墨似乎感觉到她的迟缓，回头看了一眼，在她不远的前方停了下来。待她靠近，伸出手将她的手腕紧紧握住。他的手温暖而干燥，眼睛凝视着她："走稳。"

安乐迟疑了一下，任由他牵着，没有反抗。在他的牵引下，越爬越高，握着的手腕反扣上去，最终变成十指相扣。在这样一场前进中，两个人都不曾知晓。

"人们为什么喜欢登高远望？"陈墨在安乐俯身系鞋带时，看似随意地问了句。

"为了锻炼身体吧。"安乐不假思索地说。

陈墨的嘴角轻轻扬起："才说你聪明，你怎么就笨了？人们登高远望，不过是要审视自己脚下的土地，体会那种高高在上的感觉。"

安乐拍拍裤腿上蹭到的泥，抬起头，眼眸如星："我说得没错，就算有错，也只是错在不是你想听的答案而已。"

"这句话倒说得聪明起来。"陈墨薄唇轻启，说出这样一句不辨褒贬的话来。

陈墨依旧伸手去拉她的，这次她倒身子微拧地闪过，耸了耸肩说道："还有几分钟就到山顶了。"

他感觉如干絮般散漫的冷混杂着说不清的情绪塞在胸肺间，最终克制了下来，将手收回。

山顶，黏湿而冷酷的寒雾缓缓飘来，陈墨放眼望去，心里平静下来，他将安乐推到身子前面："现在，你的眼睛能看到什么呢？"

"远方是城市，脚下是空地。"她歪着脑袋，"和城市相比，冬天这里的景色一样没有看头。"

陈墨笑了，山里很安静，他们贴得很近，能听到他胸腔微微震动的声音。"看，"他伸手朝山下对面指去，"那里曾是我想要精心打磨的地方。试着画一幅图画，用什么填满那块黑漆漆的土地才最好？"

安乐想起他那所谓迅速回笼资金的计划，不由得扑哧一笑："墓碑和尸体。"向前走去，脚下一滑，身子微倾，旋即被他扶住了肩膀。

陈墨眼睛一暗："那里本来应该要建一个游乐园，现在却规划成别墅。"

他小时候曾对未来有过太多的向往，却因为突如其来的变故全部戛然而止。他按照母亲期望的轨迹走下来，一丝不苟，既然如此，为何不让他善始善终？在一场无休止的角色扮演中，走完所有应该走的路，完成那人的所有愿望，包括那个梦想中的游乐场……

如果不能，也许就是他开始便错了，既然这样，他浪费了那么久的时间，为何不重新做回自己？

"你不觉得，在别墅区对面建立一个公墓，是很有意思的事情吗？想象一下，在那些预建的千万豪宅对面耸立的成片的墓碑，不知道，还有没有人愿意买。"陈墨眼睛微眯，带着与平素冷漠截然不同的狡黠。

安乐想想笑出了声："一条龙服务，生前住那边，死了住这里，也没什么不好。"

她注视着他："你要不要也为自己留一处超豪华的归宿地？"

"好，留那么一处，我可以勉为其难地让你躺我身边。"

陈墨站在她的身后，风吹起衣角，他的腰挺得很直，目光坚毅地看着远方。

Part09 捉弄

生活一如既往地向前走，怀念总是靠后。

奶奶的病情稍稍稳定下来，虽然依旧不能言语，但在医生的复健中能勉强撑着身子坐起来。特护比起安乐来，毕竟是专业的，细心周到，倒也能放下心来。人和疾病争分夺秒是件残酷的事情，在安乐看过"未来"之后，那样一片宁静的归宿地，心反而不是那么恐慌了。

杜依依，这个名字在安乐心里徘徊了很久，她不像名单上其他人那样遥远陌生，而是鲜活出现在安乐生命中的女孩。对她，安乐甚至是有几分好感的，毕竟在学校餐厅曾间接受到了她的恩惠。

对有好感的人，心怀不轨，并谋划着利用，安乐觉得挺不是那么回事。

"要不是为了一个人，我早出国了，可惜他从来都不理我。"杜依依曾主动吐露过这样一句话，安乐联想起前些日子一同午餐的场景，自动地在陈墨身上贴上标签。她不知道为什么看起来陈墨出马手到擒来的事情，非要曲线救国似的让她参与进来。

陈墨说过这些事情是要从长计议的，只要抓住契机，就会有意想不

150

到的进展，可她看不到契机在哪里。

让安乐头疼的还有一个孟行。越头疼他就越在她眼前晃，原因无他，哪里热闹，他就喜欢往哪里蹿，而现在，显然陈墨这里的八卦和JQ像磁石一样吸引着这块废铁——在安乐眼中，没有比他更废的铁。

令人发指的是他居然真的在陈墨住的公寓楼搞了一套房子，大张旗鼓地搬进来，美其名曰亲密的伙伴生活能促进感情，与他们仅仅一层之隔。

安乐自发自觉地每天早出晚归，虽然和陈墨住在一个屋檐下，反而这两日见面的时间很少。

陈墨要介绍的神秘师傅，这几日在国外陪领导观光，自然也无暇顾及，至今还未曾谋面。

近朱者赤，近墨者黑，这样略带平静安逸又充满生机的生活，安乐已经许久没有经历，连带着紧绷的神经也松懈下来。她本来就是个倔犟狡黠的人，虽然在生存的压迫中学会低头，但在KTV敢诈赌，敢踹陈墨，也敢举着钢刺自卫，这些小聪明劲儿，随着危机的解除，倒渐渐恢复起来。

每个人都有自己的动物属性，如果要比喻，安乐便是刺猬。这种动物的尖刺只是防御作用，是自保的生物特性，如果不招惹她，就不会受到攻击。

安乐的人生法则是"人不犯我，我不犯人"。

周六，所有行政机关都休假，安乐也闲了起来。清早起来弄好早餐，没多久门铃就响了，她用脚指头也知道是哪一位。

磨磨蹭蹭挨到门边，正准备去开，听到密码锁滴的一声开启，门缝露出孟行那张带着酒窝的笑脸，顿时气血上涌。

"知道密码还按什么门铃！"安乐端着热腾腾的豆浆，很想让杯子和那张笑嘻嘻的脸来个亲密接触。

孟行闪进来，撇撇嘴："谁知道会不会看到不该看的，按下提个醒，这是每个有修养有内涵的人，必须做的。"说完顺手将豆浆接过来，舔了一下，咕噜咕噜地喝了几口，表情很愉悦。

有修养有内涵！安乐眯眯眼睛，闪过一丝危险的光，不经意地瞟了一眼豆浆杯："孟少，那杯豆浆飞进去了一只虫子，我正准备倒掉呢。"

愉悦的表情定格了，但旋即嘴角又拉开，孟行嘿嘿一笑："乐乐，骗谁呢，大冬天，哪里有虫子！"

陈墨虽然这样介绍，但私下极少这样亲昵地叫她"乐乐"，倒是孟行，整个一个自来熟，浑然不觉曾经做过什么龌龊的事情，叫得极其顺口。

安乐笑了，手伸出去直指杯子，孟行顺着看去，杯子内壁上真有溺死的尸体，灰扑扑的飞蛾。

她是故意并且蓄谋已久的，否则开个门，又怎么会那么麻烦地端着豆浆杯。这个作料加得很爽快，尤其在看到孟行瞬间变色的脸，欢快的泡泡开始在心底肆意翻滚。

然而，欢快的泡泡还没有翻滚多久，她就看到孟行吐吐舌头做了个鬼脸，食指顺着杯沿将飞蛾撵出来，顺手一弹，落到角落的垃圾桶。

"暴殄天物是罪孽啊，虫子也是肉，补补钙是不错。"说完瞄着安乐，将剩余的一饮而尽。

在频繁的较量中，两人的无耻系数逐渐攀升。孟行一想到安乐那张由白变青的脸就无比欢快。

陈墨晨跑回来，又看到熟悉的一幕，沙发两头坐着两人，大眼瞪小眼，茶几上摆着早餐。他不经意嘴角一弯，走过去坐下来："等我？"

"老大。"孟行将面前的餐盘自觉地递过去，和陈墨面前的一换，"我这份才出来，比较热，你吃。"他从卫生间出来，看到摆好的餐盘，在他常坐的位子前，他哪敢轻易动手，谁晓得这丫头又下了什么作料。

152

陈墨看了他一眼，心里立刻明白几分，将颈项上的吸汗毛巾摘下，顺势将餐盘推到安乐面前："我刚运动完，不适合吃太热的，和你换吧。"不等她说话，十分麻利地将餐盘移动过来。

于是，孟行霸占着陈墨的早餐，陈墨又换了安乐的，安乐面前便是孟行当初的那份，孟行脸上的酒窝越发明显。

安乐看着面前的餐盘，笑靥如花，吃得倒是很欢畅，孟行心里有些纳闷，难道这丫头这次没有使坏？伸手拿起吐司咬了一口，脸色立变，伸手指向安乐："你，你……"捂嘴冲进厕所。

陈墨皱了皱眉头："加了什么？"

安乐耸耸肩："辣椒酱而已。"孟行吃不了辣，这几日吃住行拴在一处，自然明白。

陈墨莞尔："你知道他要和我换？"

安乐摇摇头："三份都一样，他怎么换都要吃。"弱点，一分一毫都不放过，老师好，学生自然出色。

安乐心里憋着笑意，嘴里吃得很香，吐司加了辣椒酱，吃得很有滋味。陈墨伸出食指将她嘴角不小心沾染的酱抹去，她微怔了一下，他微微一笑："小五，其实不坏。"

看来"攘外必先安内"的格言适合每个组织，虽然他们现在仅仅是个三人帮。陈墨看着安乐，一双清澈流动的眼睛，伏在浓密的眉毛下面，语气平常，却极具说服力。

安乐悻悻地低下头，其实几日的相处下来，孟行倒真不如想象那般万恶不赦，可要轻易原谅伤害自己的人，她仍需要时间。

孟行红着脸吸溜吸溜地拧着鼻子走出来，也没有跳脚狂怒，只用充满哀怨的眼睛间或瞄一下安乐，性子倔犟的人一般都有个通病，就是吃软不吃硬，若孟行表现出一点点指责，安乐就不会觉得自己像做错事情的小孩。

早餐匆匆结束，安乐也不知道到底是谁占了上风，但是抵触的情绪慢慢淡了下去。紧接着，陈墨又扔来个重磅炸弹。

"我今天有事情要出去，小五，你带乐乐去采购些衣服。"

摩擦是不怕的，要相互了解，才能融洽地相处，陈墨深谙。既然选择在一起寻找那个属于他们自己的未来，就必须心甘情愿地在一起，才能继续走下去。

安乐跳起来，看了一眼孟行，艾艾地想说什么，最终忍住又坐下去，从茶几上抽了张面巾纸递过去。

孟行的鼻头还泛着红，接过来又擤了把鼻涕，酒窝挂在脸上，瘪着嘴说："老大，我要申请人身保护措施……"

陈墨也不理他，站起来丢下一句："有前科的人不能不自重。"

孟行很想说：我哪里前科哪里不自重啦！蓦地想起来那些往事，鼻子又一吸溜，把话憋进肚子，拿起桌上的车钥匙。

"走，本帅哥带你去华丽丽地大变身！"

安乐看看表，面无表情地说："孟少，商场，还没有开门。"

Chapter 04
他和她像这个世界上唯一的共犯

这个世界是大的，大到一生可能和三千万人擦肩而过，
但无疑世界也是小的，所以总有人频频交错。
果然，她不是好人，他也不是，所以才会在一起吗？
说着骗人的谎言，她能看清楚自己，却看不懂他。

Part01 师傅

逛街是一件极消耗体力与脑力的活动。既要眼观八方，又要考究搭配，尤其是磨人心思的女装——孟行觉得自己被兄弟出卖了。

因为陈墨一句"孟行，其实不坏"，安乐也隐忍着脾气。两人的行进方式很是奇怪，前后相隔总在二三米的距离，倒像两个不相干的人。

因为出来较早，商场除了专柜小姐，鲜有顾客，他们就越发显眼。

孟行早在进来前就摊手："乐乐，我只负责做自动提款机，你要相信自己的眼光，只管刷刷刷，不要和我客气。"

安乐白了他一眼，出门时在陈墨那里可不是这样说的，什么"带你去华丽丽地变身"，现在居然搞两面三刀这套。

游荡了整圈下来，却没刷出一件衣服。动辄四位数的轻薄布料，安乐虽然并不想替孟行心疼钱，可仍然觉得十分不舍。

孟行打着哈欠尾巴似的跟在后面，有点儿不耐烦，走上前："我说乐乐，你这是购物呢还是参观展览呢？"说完将她推进身边的品牌店。

孟行靠着柱子半眯着眼睛，双手在胸前交叉，看着安乐的背影，内心期盼早点儿回去交差呼呼滚被窝，为了蹭顿早饭，他起个大清早，还被祸害吃了辣椒，容易吗！

专柜小姐目光如炬，安乐在里面随意翻着衣服，却没有人过来招呼，最终选了一件白色羊绒薄衫，开口询问尺码的时候，依旧没人答理她。只得自己拿着衣物翻看标牌，尺码似乎能穿，便径自拿着衣服准备进去试衣间，却被人拦了下来。

"小姐，我们这里白色的衣服是不允许试穿的，试了不买弄脏后我们很难再处理。"专柜小姐的话丝毫不客气。

安乐最近一直焦头烂额地忙碌，身上穿的都是原先的廉价地摊货，所以陈墨才特地叫孟行带她来添置衣物。她看多了这样瞧不起的眼光，耸耸肩膀就将手中的衣服放下，也许，白色真的不适合她吧。

这时，一只手从货架上将她选好的衣服取了下来，她扭头看到孟行。

孟行歪着脑袋，吊儿郎当的样子看着专柜小姐："什么时候商场居然不让人试衣服了？叫你们经理出来，我倒要看看这衣服是能试还是不能！"

专柜小姐一脸尴尬，孟行在货架上连续抽出几件衣服，清一色的白，塞到安乐怀中："进去试，喜欢就买，不喜欢想要也买，不行咱就回去当抹布，不差钱！"

安乐扑哧笑了，这整个儿一暴发户的恶劣嘴脸啊，可是，为什么听了很爽呢！

孟行拍拍她的肩，示意她进去换装，开玩笑，早晨自己被这女人祸害的时候，可是都憋着脾气，怎么能让她被别人轻易欺负了去，这样他岂不是间接变成谁都欺压的对象了？

专柜小姐面子下不去，板着脸，侧身挡住试衣间的门，嘴里兀自强硬地说："这位先生，我们这里有规定的……"

年纪轻轻摆场面充阔气的人她看多了，孟行因为早起只穿了随意的休闲套装，还有这样蹩脚打扮的女伴，她阅人无数，心里倒不怎么在意。

衣服并非真的不能试穿，一般即使是白色，也有同款其他颜色可以比照样子，但她不想为明眼看去就不会买单的客户费心。

孟行收敛了笑容，酒窝隐去，他平素嬉皮笑脸看不出正经，但此刻却有一副不怒自威的样子，双手抱在胸前睥睨地瞄了一眼专柜小姐的胸牌："很好，美女你很有原则，我很喜欢，希望你一直这么有原则下去。"

安乐本来以为孟行要直接刷卡买了衣服丢在人家脸上，这样才符合他恶劣的性格，可他却杵在那里并不动弹，自己抱着一堆衣服进也不是退也不是，腾出手拉了拉孟行，凑过去低低地说："你不是一向嚣张吗？现在怎么了？"

孟行俯身在她耳边轻声说："我又不是傻子，现在花钱买衣服给她凑业绩啊！等下你就看好戏吧。"说完掏出电话拨了个号码，走到一旁说了几句话。

专柜小姐防贼一样看着安乐，她不由得心里恼了起来，金盆洗手多日，如今从良却遭到这样的待遇，她很想摸摸脸上是不是左边写了个"小"，右边写了个"偷"。

没过几分钟一个西装革履的中年男子急匆匆地走进来，弥勒佛般肉嘟嘟的脸上堆满笑容，直奔孟行过来。和气地跟他打招呼："孟少！什么风把你吹来了。"

孟行眯眯眼睛开玩笑似的说："东南西北风，真是冷飕飕啊，想到李总这里给我妹妹买几件衣服，没想到高档的我都光顾不起，连试穿都不给！"讥讽中还不忘占安乐的便宜，她嘴角抽搐了一下。

孟行家和此商场的开发有着千丝万缕的联系，虽然后期经营剥离，但无论如何是要给足面子的。前来的是商场的高级管理人员，经常陪着商场的李总在一些应酬场合出入，怎么会不知道孟家的这个小儿子，接到上头的电话急忙跑下来处理。

"哪里哪里，孟少看上什么只管挑就是，不必客气！"商场空调很足，他小跑下来，白胖的脸上没多一会儿就出了汗，赔着笑脸转头对上专柜小姐，劈头盖脸就是一顿训斥，毫不留情。

向日葵
开启夏天

"妹妹，咱就喜欢白色，死劲儿试，咱就光试不买，说不买就不买。"孟行挑着眉毛，弯着嘴角对安乐说。

胖经理抹了抹额头上的汗，笑得一脸褶子："孟少，你看上什么只管拿。"

"这哪行呢，人家是大品牌，独立核算的，连店员都这么牛气，我怎么好意思让你为难？"孟行一脸真诚，"这么牛气的店员为什么不去LV，不去爱马仕？经理你真是屈才啊！"

安乐斜眼瞄去，专柜小姐的脸煞白，倒像被恶人欺负的样子，只差梨花带雨。

抱着衣服一件件试下来，时间过得很快，孟行这次认真起来，不时地给出搭配意见，俨然一副好哥哥的样子。安乐肤色白皙，短发俏丽，身材纤细高挑，很适合这家走个性路线的衣服。

果然人要衣装，佛要金装，最终选定的一套穿出来，孟行眼前一亮，想起来第一次在KTV见她时的模样，精心装扮后的耀眼。

和老大有一腿的这块璞玉，被自己叫妹妹了，孟行嘴角一扬，对于平白无故占了老大的便宜，心里有点儿小得意。

专柜小姐灰头灰脸地收拾着试穿的衣服，孟行走过去敲敲台子："美女。"

安乐恰恰从试衣间出来，看到孟行一脸贱笑的样子和专柜小姐说话，不知道这满肚子坏水的家伙又起了什么鬼主意，走过去他们已经谈话结束，孟行拿着包装好的衣服，拖着安乐朝外走。

空手套白狼的孟行和安乐一路出来，手上提着大大小小的纸袋，安乐狐疑地问："你和人家说什么了？"

孟行将手中的电话晃了晃，咧嘴露出一口白牙："嘿嘿，我要了她的电话号码。"

安乐白了他一眼："我以为你会说'告诉你，不要狗眼看人低。'"她压着嗓子，学着孟行的声音，惟妙惟肖。

孟行忍俊不禁笑出声来："哈哈，乐乐妹子，你可以去参加模仿秀了。"

"去一边，谁是你妹子！"安乐嘴里虽然这样不屑，面上却带着笑。

孟行走上来自然地揽着她的肩膀："乐乐妹子，你说把她的电话发到哪里好呢？酒店？小黄网站？"

安乐无语地抖掉他的手，刚刚加的分瞬间减去。

此时已经接近中午，因为是周末，商场人来人往好不热闹。孟行提着白来的衣服，准备下楼带安乐采购几双搭配的鞋子。电梯口是商场促销的地方，过季的服装密密麻麻地摆了一排，抢购的人围了个水泄不通。

孟行不由得在心里嘀咕商场的服务差，规划也差，正思忖着以后再不来这里，猛然被人撞了一下。

人多磕磕撞撞在所难免，他并没有在意，然而没等他没反应过来，身后的安乐将手中的袋子朝他怀里一扔，人朝那个匆匆离去的戴棒球帽的男子追过去。

男人看到身后有人追赶有些急躁，专往人多的地方挤，安乐手脚利索，一把抓住了他羽绒衣上的帽子。

"怎么了？"孟行带着一堆东西赶过来，有些纳闷。

安乐拽着男人的帽子不放手，她不想节外生枝，压低声音："把偷我们的钱包交出来，就放你走。"

男人一把挡开她的胳膊，目露凶光："你哪只眼睛看到我拿你们东西了，别没事找事！"

安乐嗤笑一声，就是这个气焰，就是这个死不认账的姿态——她瞧多了同行抵赖的嘴脸，和她所在的技术段相比，他还真是下手粗糙，在碰撞掩护的瞬间就被她发现了端倪。

商场是刘达的地盘，安乐若不是顾忌这个，早就上去教训了。

160

孟行将纸袋放到地上，腾出手摸摸衣兜，皱着眉头看向安乐："乐乐，弹尽粮绝，被人扒了。"

"和你说了，把钱包交出来就放你走！"安乐重复一遍，她确实不想惹是生非。无奈那个男人并不买账，嘴里扯不清地乱说，故意拖时间。安乐耐不住性子，上前一步，正待说什么，旁边来了个保安穿戴的青年男子。

一番搜查下来，男人将上下四个兜翻个出来，钱包倒真的不见踪影，男人趾高气扬地嚷嚷要赔偿什么"名誉损失"，这时，连孟行也以为安乐不小心找错了人。

安乐鄙夷地哼了一声，也不理先前的那个男人，而是转向保安穿戴的小青年，出其不意地抓住他右手肘固定住，干净利落地伸出两只手指，从他袖口夹出一个黑色钱包。

短短几秒，便呈现逆转的局面。

孟行定眼瞧去，正是自己的那个，眼珠一转顿时明白怎么回事。咧开嘴角笑道："乐乐妹子你行啊，我看可以聘你到反扒大队当队长了。"

安乐瞪了他一眼，左右有人吆喝着报警，商场保安也闻声赶来将两人制伏。她赶紧拿起钱包，趁人不注意，拖着孟行从人群中溜出来。

"跑什么跑啊，这么好的热闹不看多可惜！说不定你还能得到一个好市民奖呢！"孟行瘪着嘴可惜地说。

安乐无奈地看着他，凑过去悄悄地问了句："陈墨没告诉你我先前干什么的？"

孟行摇摇头。安乐耸了耸肩，也不想隐瞒，指了指混乱的地方，用开玩笑的口吻说："那两人，就那水平，可以叫我祖师奶奶了。"

一句话震得孟行晕晕乎乎，直到急匆匆买了鞋子走出商场都没缓过神来。

　　傍晚，陈墨谈妥写字楼的装修事宜，回到公寓，只看到孟行围着安乐团团转，端茶倒水殷勤不已，连自己进来都没瞟一眼，随口说了一句："老大，你回来啦！"

　　客厅角落整齐地摆放着白天的战利品，两人确实大肆采购了一番，安乐猫一样窝在沙发上，看到陈墨进来缩了缩腿，孟行一屁股坐在她的旁边，腻歪地摇着她的胳膊。

　　"教我呗，我拜师还不行吗？"来来回回这样一句话，陈墨换完家居服出来，听了好几遍。

　　"吃晚饭了吗？"陈墨问。

　　安乐撇撇嘴："还没呢。孟行你别缠着我啦，还没等你拜师，我就要饿死了！"

　　"怎么了？"陈墨饶有兴趣地看着他们两人拌嘴，接触一天，看来效果不错，两人亲密多了。可是，当视线下移，看到孟行缠着安乐的胳膊，他微微皱了一下眉头。

　　"你答应教我，我就立马带你去吃香的喝辣的，鱼翅燕窝鲍鱼随你选，天上飞的地下跑的土里钻的，任你挑。"

　　安乐嘴角一抽："好的不学你学这干吗？！"

　　任凭孟行软磨硬泡就是不肯答应，陈墨这下也瞧出端倪，原来孟行死活想跟着安乐学如何扒窃，好今后有机会妙手空空，窃玉偷香。

　　陈墨走过去将孟行一把拉起来，扬起嘴角道："小五，看来你真太闲了，明天给我监督装修去！"

　　孟行哀怨地看着他俩，从沙发上拎起一个靠垫抱在怀中："乐乐，你要收我做徒弟，我喊你师傅，老大是不是就是师娘了？怪不得你们都不愿意。"

　　胡乱说话的下场是陈墨将他连人带靠垫，一起丢出门外。徒留一声"师娘"在走道凄惨地响起。

转身的时候，安乐看到陈墨脸红了。

Part02 介意

鱼翅燕窝鲍鱼安乐是没有口福了，陈墨叫了外卖两人凑合一顿。

孟行那句"师娘"犹在安乐耳边盘旋，再看陈墨那张不苟言笑、淡漠俊朗的脸，喝汤的时候突然给喷了出来。

陈墨如此聪慧，怎能不知道她心里想什么，蓦地飘出一句："和我被称为一对儿，看来你很高兴。"

正夹了一筷子菜送到嘴里咀嚼的安乐，听到这句话顿时被噎住了，猛烈咳嗽了几声，脸涨得通红。

陈墨面不改色地伸手递去一杯水，心里闪过一丝异样，这样热闹的生活，为什么素来喜欢清静的自己，并不排斥？看着安乐的目光，因为尴尬而自然地闪避开，他越发起了逗弄之心。

安乐别过头，握住水杯狠狠地灌了一口，捶捶胸口总算缓过来，刚想说点儿什么反驳，又听到一句让她抓狂的话。

"别捶了，本来就没多大，再捶就平了。"

陈墨将空碗朝前一推，站起来留下这句话，他双眸如星，嘴角微微上挑，扬起一抹慵懒的笑意。斗嘴气人的功夫，他算是一展风采。

安乐一口气堵在胸前，差点儿热血澎湃。

师娘……这几近调戏的称谓，陈墨想起来眼睛就露出危险的光，罪魁祸首孟行没在，这账自然就落在帮凶安乐的头上。

一字未语的安乐，尚存的理智在气血倒流中冲到了脑部，咬咬嘴唇终是忍了下来。她文化学识不高，但有颗七窍玲珑的心，知道孤男寡女即使一时逞口舌之快，自己也甭想落到好处。

好女不和色狼斗。打不过就跑，说不过就闪，她是太极的正宗传人，隶属圆滑派。

脑袋里几秒钟的利弊分析后，安乐压制了燃烧的小宇宙，也不理陈墨，三两下扒干净碗里的饭，抹了抹嘴巴，闪去厨房收拾碗筷。

陈墨看着她落荒而逃的身影，露出一抹开心的笑。这样的时间，如果能再长一点儿，会怎么样呢？笑容会越来越多，人也会越来越愉快吧……

她是他指尖的一张牌，他可以用智慧和谋略，将这一副旁人眼中的烂牌，重新组合，为他赢得筹码。陈墨似乎透过黑夜的帷幕，看到周遭一圈等待出牌的赌徒，虎视眈眈的目光。

可是，走出一张张，经过他的心血，慢慢蜕变生辉的牌，到剧终，他会不会有所不舍？

牌，总有打完的一天，赌局也有撤散之时，相互利用的合作伙伴，终将面临别离。这样朝夕与共的关系，似乎从一开始，就进入倒计时的状态……

房间静谧，只听到隐约从厨房传来的水流声，里面有一个女人在刷两只碗，两双筷子。陈墨突然觉得一向寂静冰冷的世界变得温暖起来，面部表情也不经意地柔和起来，像是有什么他不明白的东西注入，拂去了心尖上那积压许久的灰尘。

水流声戛然而止。陈墨睁开眼睛，挺直身子坐起，从身侧的文件夹里抽出一沓资料放在茶几上。纤尘不染的茶几镜面上倒映出他清逸俊朗的脸，嘴角还微微弯着，然而笑意尚未到达眼底，已经收敛。

前些天有孟行来胡搅蛮缠，安乐基本上没有和陈墨独处的时间。今天，孟行被逐出门，只留他们两人，安乐多少觉得有点儿别扭不安。刷好碗筷，关掉水龙头，并不急着出来。

不是畏惧也不是轻慢，不是疏离也不是亲近，不是熟悉也不是陌生，不是爱也不是恨，对于陈墨，安乐心态复杂。似乎从他们遇见开始，她就没有遇到过什么好事。可人总是情感的动物，朝夕相处下来，或多或少总会产生变化。

夜色已深，透过厨房的窗户往外看，除了远方星星点点萤火虫般的灯光，什么也看不清。安乐一直觉得，白日那些看似华贵绚烂的东西，夜晚，总透着丝丝阴冷的气息。

日间在人潮汹涌的商场逛街，又上演了一场追捕，出了一身汗，现在身上难受。安乐收起发散的思维，准备好好洗个澡。

陈墨以为安乐出来会找他随便聊聊，靠在沙发上静静地等待。然而，让他失望的是，她在厨房待了好一会儿，出来后，却直奔浴室。

安乐洗完澡出来，带着一阵馥郁的香，弥漫在空气中，远远传来。陈墨原本在书桌前低头看着电脑，闻到香气微微地皱眉——这不是他常用沐浴乳的味道，而是陌生的玫瑰花香，浓烈奔放。

"换沐浴乳了？"他抬头看着她问道。

"嗯，小五推荐了这个，说味道好闻。"

自从孟行缠着她拜师以来，贿赂了她很多东西。

她不想和陈墨用同一种沐浴乳，和他身上有同样的味道，就坦言要买新的。孟行乐呵呵地推荐了这款，没想到味道这么浓郁，好闻个鬼，想必又是这坏小子故意捣蛋！

栗色的短发湿漉漉地贴在脸颊两侧，顺滑的发丝还有晶莹的水珠朝下滴。安乐换了干净轻薄的衣服，领口开得很大，露出精致的锁骨，在香氛的萦绕下，浑身上下都透着一股明艳动人的青春气息。

陈墨的眼睛越发深沉，小五？短短一日便叫得如此亲切，女人果然是善变的生物。

"过来。"

"嗯？"安乐虽然闻言靠近，离他却依旧习惯性保持三十公分的安全距离，隔着台阶的工艺围栏，说不出的疏离。

陈墨站起来，橙色的落地灯光照耀下，他的眼睛异常明亮，略带压迫感的身高，对比着，她的高挑顿时变成娇小。

安乐缩缩肩膀又朝后微微退了半步。

陈墨看出她明显地在抵触，不由得想起下午回来，孟行缠着她胳膊时的亲密。同伴的友爱原本是他期望看到的——可现在不知为何，心里突然不快起来。

你在意什么？她是你指尖一副必须要打出去的牌，未来是可以预见的结局，陈墨再一次告诫自己。然而，目光，却像遭遇磁石般紧紧地吸附在她的身上。

"明天教你的老师从美国回来。三月份，那块地就要竞标。"陈述的话语从他嘴中说出，他们还有两个月的时间，这个冬天过去，是不是春天，未知。

安乐一惊，虽然是预料到的事情，可是因为来得太快，仍觉得有些不知所措。

"到底我要做什么？"她再聪慧也是一团迷茫，陈墨开始只说要全力以赴，不惜任何代价拿到那块地，并不知道为此，她要付出什么。

"你的本行，尽善尽美地骗人，然后窃取。"陈墨不加掩饰地说。

安乐垂下睫毛，半遮住眼眸，他，时刻不忘嘲笑自己吗？似能读懂她的心思般，陈墨走近，握住她的肩膀。她抬头，咫尺的距离，能从他黝黑的瞳仁中看到自己的影像，渺小的一团。

"如果我有一千块钱，要买件一百块钱的东西，而这件东西无人问津，我是不是可以轻而易举地得到它？"陈墨认真地看着她，灯光下的面孔被柔和去了棱角。

安乐点点头，并不接话。

"可事实上我只有一百块钱，想要买件一千块钱的东西，并且这东西人人争抢，价格还在不断哄抬，你说，我要怎么做，才能得到它？"他目光深邃，却有一丝无奈。若他有足够的能力，也不需要这副赌博的牌。也许，他们能走得远点儿，再远点儿……

去偷，去骗，去抢，不择手段……去掌握决定东西去留的人的弱点，去获取竞标的低价，去遏制有意向的买家——这些话他不需要向她点明，陈墨看着她的眼睛，知道聪明如她，势必已经明白。

安乐笑了，她突然觉得，自己从一个泥沼，奋力爬出，看到一处铺满绿叶和鲜花的地方，满心欢喜，结果踏进去，却是一个更大的泥沼。

什么未来，什么伙伴，幸好自己并没有相信，否则只怕更为失落。

她欠他的，其实无所谓以何种方式偿还。她自嘲地想，一个人，有被利用的价值，也没什么不好。她又何尝不曾利用他，伤害季天雷。

"我要学什么？"她微仰的脸孔，一如白瓷，在灯光下闪烁着细腻的光泽。

他们需要在她身后藏匿，由她一人在台前表演，出了差池，也只有她一人担待吧？很好，很好的伙伴。安乐嘴角轻扬。

她的表情，明明是微笑，为什么看上去，那样仓皇？陈墨的心不由自主地紧紧缩起，深邃的眼神看向她，开口回答："学习成为一个海外归国投资的富二代，学习她应该具备的所有素质，然后去接触我给你名单上的人。"

他给她一个崭新的身份，并且编制了一套详细的资料，从美国回来的秦凌云会带她接触所有土地竞标相关人员。

他让她从安小草脱离，找到了自我，当她认为自己是安乐的时候，他又告诉她，你该做另一个人。

一个完完全全在这个世界上虚构的人。

安乐缓缓地仰起头，橙色的灯光照过来，如同加了一层滤镜，侧面便成了模糊隐约的轮廓。

"把资料给我吧。"

陈墨指了指沙发方向，安乐走过去，从茶几上拿起那沓资料，另一个自己。想起什么回头望向他："那杜依依那里……我们是在学校餐厅认识的，你让我如何不泄露？"

"富家女无聊时的游戏，去平民餐厅体验生活——我相信你随便就能编十几个理由去搪塞她。这个社会本来就是真话没人相信，假话肆意横行。"陈墨避过她的目光，跟她说的那么多话中，哪句是真话，哪句是假话，他自己也分辨不了。

许你一个未来——说出这句话的时候，他曾听到自己心跳迥然，仿佛，是真的如此期冀。

陈墨趁她安静看资料，去浴室洗澡。他的心里说不出的烦闷，镜子上还有未消散的水汽，照得人影模糊。

他低头看到架子上崭新的沐浴乳，瓶体上是大片粉红色玫瑰的图案，皱起眉头，拿起来轻嗅了一下，是她身上的味道，小五买的？

孟行何时这么细心，会帮人挑这些私密的用品……他都不介意和她有同样的味道，凭什么她却介意！

陈墨从浴室走出来的时候，安乐还窝在沙发上认真地看着资料，她看得很慢，有些吃力。有些字并不认识，也有不知晓含义的词语，但她基本上理解的都记住了。

168

"有什么问题吗？"陈墨走近，安乐觉得很香的味道迎面而来，不由得吸了吸鼻子。

"你干吗用我的沐浴乳？"安乐皱了皱眉头。

陈墨脸一僵："我乐意，不行吗？"

安乐耸了耸肩膀："只要你不觉得香得让人受不了，随便你。对了，我有个问题。"

"什么？"

"所谓海归，是不是需要会英语？"

"嗯。"

"可我只会说yes、no，还有sorry。"

陈墨有些头疼地揉揉额角："你上学的时候都干什么了？恶补一下总可以吧！"

安乐摊手："你忘记当年我为什么去你家吗？你初中的课本并没有像你答应那般给我，所以，后来我也就没有上学。"

那一年，他怎么可能忘记。

Part03 暧昧

"是你害我跌到江里的，怎么好意思问我要酬谢？"腥臭的江水让陈墨几欲作呕，甩掉头发上缠绕的水草，狼狈。

"怎么是我，明明是四喜……我怎么晓得，你这么大的人连四喜都害怕！"安乐眨着无辜的眼睛，拧干裤腿的水。

"你要什么？钱？"

"小哥哥，你上初中吧？"安乐嘴巴甜了起来，"能不能把以前不用的课本给我？"

很多人都说什么"书中自有黄金屋"，她不贪心，黄金屋她不要，只要能翻出一块金灿灿的瓦片也好。她的年龄，自然知道这些都是骗人的话，可是，心里还是有小小的不甘，多知道一点儿文化，会不会有一个不一样的未来？

陈墨不理她，拍了拍手上的泥，站起来就走。

而身后阴魂不散的小尾巴，追着他，柔软可怜地叫着"小哥哥"。他终是不忍停下脚步，扭头看去，那双眼睛像朝露一样清澈，他听到自己的声音响起。

"跟上，去我家给你。"

终究，她还是没有拿到，一砖片瓦都是奢望。其实有没有课本，她都是没钱上学的。若说这是命运，她并不服气。

错过了最好的年华，一个人就算再聪慧，短短时间内，也不可能一蹴而就。学识，是要经过一点一滴的积累。

想要成为另一个人，不是件容易的事情。没有谁比陈墨更明白，他花了多长时间和多少努力，才把自己忘掉。等到幡然醒悟的时候，想要把自己重新找回来，却更加困难。

耐心解答完安乐的问题，他放她一人安静地思考。拿起墙角新置的衣服，走进卧室。

小哥哥……过去，是用来被遗忘的，明明知道，为什么还会想起？心也不可思议地柔软起来……陈墨拆开纸袋，白色的、蓝色的、青色的、素雅的衣服，各种质地款式纷杂，一件件从精美的包装中剥离，摊开，修长的手指抚摸过去，凉。

安乐听到卧室的动静，走过去探头，磨砂面的整体衣橱敞开着，陈墨背对她忙碌。他将衣服撑起交错着挂进去，衣橱里原本满满都是他的衣物，现在夹杂着她的，长短凌乱，却是亲密相拥的姿态，一件贴着一件。

无论贴得多近，终究只是衣服。不能轻易走近的，却是人的心。陈墨伸手握住柜门拉环，半晌没有动作，仿佛要关上的不仅仅是衣橱，而是一颗渴望又迟疑的心。

安乐看着他的背影，轻轻咳嗽了一声。陈墨转身，看到门边的

170

她，迅速将衣橱拉上。

他看似不经意地说："明天和我一起去接机，不早了，睡吧。"

安乐眼睛一弯，走过去拉开衣橱，将新买的被子抱了出来。

"你去哪儿？"

"沙发。"有了被子，她无须再和他同床共枕，"晚安。"

陈墨一把将她拉住，厚厚的棉被抵在他的身前，很是碍事。她越是抗拒和他共处一室，他就越介意。他告诉自己，这不过是自尊心在作祟，他不嫌弃她，凭什么她却把他当病菌？

他让自己沾染上和她相同的味道，他让彼此的衣服纠缠在一起，还有她，温暖的柔软的身体，想要贴近，想到不受控制。

"在国外，道别晚安是需要晚安吻的。为了提早进入角色，我们来练习一下吧。"他抽出一只手抚在她脸上，原本温凉的指尖仿佛带了火苗，在她脸上轻轻流连。她的唇，嫣红，像等待采撷的花朵。

安乐在心里骂了一句，想占便宜还这么婉转曲折，他可以再不要脸一点儿！伶牙俐齿地反驳："有钱人不都喜欢让人匍匐在地亲吻脚趾吗？这个，需不需要也练习一下？"

陈墨嘴角弯起，眼睛露出危险的光芒："看来你想做高高在上的女王，我不知道原来你有这个嗜好。"

话音未落，他一把将她抱起来，抛到床上，被子散落在身上，绵软。他用身体压制住她的，伸手握住她的脚，将拖鞋丢在一边，轻挠她的脚心。

痒，是最难耐的酷刑，明明不是快乐而是难受，安乐却忍不住大笑出来，脚踝被他握住，使不上力气，脸涨得通红，边笑边骂边扑腾："陈墨！你这个大坏蛋！放手！"

"我还可以更坏点儿，你想看吗？"陈墨翻过身子抽掉棉被，紧紧地压住她，身下的女孩不停地挣扎，气喘吁吁，发丝在脸颊上凌乱。他的眼眸深沉起来，氤氲着雾气。

"你说话不算数！"他答应过不碰她，安乐瞪大眼睛控诉。

他的头低下，鼻尖碰上她的，带着温暖的气息："别那么吝啬，我只要一个晚安吻。"

她嗤笑了一声，口不择言道："我就是吝啬，如何？你这个样子，我会以为你喜欢我，难道我就这么吸引你？"吻，是亲密的索取，他们之间，即使做了，也从未曾真正亲密过。

他不放手，她看着他，目光澄澈。陈墨听到自己说："如果喜欢会怎样？"

安乐的声音在暗夜中响起，明明就在身下，却像从很遥远的地方传来："别开玩笑了。"

陈墨身子一僵，松开钳制她的双手坐起来："当然是开玩笑，我怎么可能喜欢你！"感情，是世界上最不可靠的东西，付出一切也未必有回报，他比谁都了解。

安乐手脚并用从床上爬起来，陈墨没有再阻拦，她俯身去寻找鞋子，露出一截腰间的肌肤，白皙，拉伸的曲线落在陈墨眼中，充满了诱惑。

明天，他要带她去接秦凌云，她要跟着别的男人学习，如何在一个本不属于她的世界里，生存。他看着她的背影，找到鞋子，穿上，站起来，就要离去。

"安乐。"他终究控制不住，叫了她的名字，得到的是一个充满戒备的眼神。

"我记得教过你，要善于发现别人的弱点。"他说。

"嗯。"印象很深的一课，每个人都有弱点，包括他，还有自己。

"我再教你一点，要善于把握和人的距离。"

安乐抬头，他的脸换上了淡漠的表情，好像刚才那嬉闹的场景

172

和无赖的表现，没有发生过一样。

"记得，以后尽量和人保持一种暧昧的距离。不要靠太近，也不要疏远，不要让人得到，也不要让人产生永远得不到的失望。"在未来虚假的世界里，好好利用自己，也好好保护自己吧。

她不语，抱着被子走了出去，留下一室清冷。

夜，不成寐，白昼却如约而至。

机场人来人往，喧嚣嘈杂，安乐是第一次来这里，稍许有些好奇，翘首环视，陈墨坐在大厅等候。

直到出关处有人外出，陈墨才站起来拉住安乐的手，她甩了一下没甩掉，他握得很紧，低声说了句："别闹。"带着她往前走去。才教过她要保持距离的，这个永远在自食其言的家伙，安乐腹诽了一下。

出关的人走了大半，一个而立之年的斯文男子推着行李走来，容貌很一般，但文质彬彬，有股温文尔雅的书生气质，朝他们招了招手，照面便是和煦如春风的笑。

"叫秦叔叔。"陈墨捏了一下她的手，在她耳边说。

安乐微窘，有这么年轻的叔叔吗？艾艾地开了口："秦老师。"

秦凌云笑道："你就是安乐吧？走吧，边吃边聊，这几日西餐可把我吃得腻味死了。"看起来很灵性的女孩，很有意思，难得陈墨能如此费心请自己来。

陈墨接过行李，也不多话，带他们上了车。秦凌云占据安乐来时坐的副驾驶座，陈墨调了一下后视镜，映出后座安乐的脸，她悠然地看着沿路的风景，不在他身边倒显出一副惬意的样子，不由得眉头微皱，加快了速度。

车在一家装修典雅的餐厅门前停下，走进远远望去，水族箱改造成的桌子晶莹剔透，熠熠生辉，纤尘不染的玻璃台面下面几尾金色的小鱼游弋着。菜式是徽菜风味，多以水产为主，安乐很喜欢，也不插嘴秦凌云和陈墨的谈话，自己吃得畅快淋漓。

陈年花雕加热，倒在白瓷酒盅，衬得颜色越发红棕，入口香醇厚实，后劲却大，秦凌云又频频举杯，安乐看上去像是有点儿微醺。起身去洗手间的时候，身子轻摇。

席间只剩他们两人。

秦凌云轻啜了一口茶，微笑着看向陈墨："你就给我出难题吧，这样的酒量，带不出去。"

陈墨握住酒杯，嘴角弯起好看的弧度："她是装的，我曾见她一口气喝下满满六杯混酒，秦叔，你眼力不如从前了。"

秦凌云听他这么说，脸上也无丝毫不悦，倒是爽朗地一笑："看来这小姑娘还有点儿意思！"

陈墨看着歪歪斜斜朝自己走来的安乐："别试她了，她最会闪躲和开溜，我看上的人不会有错。"语气颇有点儿骄傲，随即又说，"还有，她不是小姑娘，你别打她的主意。"

她是我的女人。这句话在他心里打了个转，终究没有说出来。连晚安吻都不肯给的女人，一再和他保持距离的女人……真的是他的吗？

他的心，戴着面具，他不让任何人看清楚，喜欢也好，不喜欢也好。而她的心，没有面具，因为不需要，她保护得很好，谁都不给。

Part04 放纵

这座城市的天空，冬天，多半总是阴暗，迷蒙，像被无意弄脏了的画，只留淡淡的灰色。待到夜晚时，颜色才鲜亮起来，是盏盏各色的灯，璀璨了城市。

酒店大堂明亮如白昼，安乐低着头，视线在脚尖附近游离，大理石的地面在灯光的照耀下，模糊地倒映出身影。陈墨将秦凌云安置在公寓附近的酒店，并礼貌地送他上去休息，徒留她一人在大厅等待。

他们也许有事要谈，可能是她不方便听的。安乐没有什么好奇心，这个世界上不该知道的，还是不知道比较好。

安乐这一生经历过无数等待，有时恨时间太慢，有时又恨时间太快。小时候，等待丢下她一人的父亲回来，恨时间太慢，不能一夕长大，这样就不会成为别人的拖累；长大后等待至亲之人生命流逝，终究知道有个必然的结局，又恨时间太快。

无数细碎的等待，伴着她，似乎要走到时间的尽头，是她最痛恨的事情，可是她不能言说。

安乐独自静静地站在角落，略弯着腰，垂着头，将存在感降到最低。

低沉的脚步声在她身后停下，她还没有来得及抬头，背上被温暖的手掌轻轻覆上，手掌抵住的脊柱向上拉升，腰不由自主地挺直。一个声音同时响起来："抬头挺胸。"

她扭头，对上陈墨的眼眸，黑暗幽深："弯腰低头会让人变得自卑，在我身边，你要抬起头。"这个世界上没什么可怕的，也没什么是不能面对的，他想要让她找到丢弃的自尊。

安乐笑了，灯下的脸分外明艳："我知道，装也要装得有档次。"

陈墨想起了这句话原是自己说过的，从她嘴里说出来，变得无比讽刺，不由得眉头一皱，拉起她的手，放在自己的臂弯，她却迅速抽掉。

"没有观众，不需要表演吧？"她嫣然一笑，背挺得很直。"其实，有些人生来就高档，没有我这样低档的人存在，怎么能衬托呢？"

嘲笑的口气说出来，她并不以为耻，自尊，在她的世界，从来都是毫无用处，甚至是随意被践踏的东西。像她这样做惯了弃子的人，如果不弯腰低头，卑躬屈膝，怎么能存活？

"从现在开始，我会让你做高档品，让别人来衬托你。"陈墨知道，无论他说什么，她总有本事曲解，她相不相信无所谓，路是走出来而不是说出来的，他拉她前进，不要她看到的只是满地的泥泞，抬起头，才能看到更远的地方。

安乐耸了耸肩，不置可否地朝外走去。灰姑娘和麻雀变凤凰，在她看来，永远都是一场虚妄，童话是用来哄小孩子的，她早就过了做梦的年纪。

回公寓的路上，恰逢下班高峰，路上挤满了车，速度异常缓慢。安乐觉得身体有些不舒服，喝了花雕本来是暖胃的，不知为什么却觉得很冷，车里的暖风吹着，手脚依旧冰凉。

"怎么了？"陈墨似乎察觉到她的不适，开口打破车厢的寂静。

"有点儿冷。"她搓搓手。

陈墨将暖气开到最大，伸手抚上她的额头，他的手温暖干燥，安乐有些不自在地朝后缩了缩。身体有股热流从腹部涌下，她脸色苍白，想了想日子，顿时觉得尴尬起来。

陈墨并不知道她为何发寒，收回手后又对比着摸了摸自己的额头，恰好遇到红灯，便将自己的外套脱下丢了过去。

安乐抱着衣服不知如何启口，每月一遭的好朋友来访从来不挑选时机，这些日子晕头转向倒忘记购买备用的卫生用品，思忖着如何找家临近的超市，冷倒变成次要的。

"穿上。"陈墨以为她又在推拒，他想要靠近，她却总是远离，不由得神色一暗。

酒店离公寓不过两三站的路程，再慢的速度也很快到了，下车后，安乐顾不得许多，皱着眉头开口道："我去趟附近的超市买点儿东西，你先上去吧。"

陈墨看着她很不舒服的样子，心里生起一丝担心："我和你一起去吧。"

安乐身体难受，不愿意和他过多解释，挥挥手说："不用，你跟着不方便。"

陈墨很想上前握住她的胳膊，质问"你就这么不想和我在一起"可是这样泄露内心想法的话，他说不出口。一旦在乎就不能放手，与其说他和安乐较劲儿，倒不如说他在和自己较劲儿。

他看着安乐的身影在夜色中慢慢远去，模糊，车座上留着他的外套。这个女人，从来都不愿意去依赖任何人，关心，温暖，任何感情对她而言，是不是都不重要？

陈墨很清楚自己并不像外表看起来那样无动于衷，他的心里隐藏了很多不为人所知的秘密，在成长的岁月中，经历漫长的压抑和隐忍，这让他本来热烈的性格变得沉稳和内敛。像坚硬的地壳包裹着炙热的岩浆，他还没有找到突破口。

陈墨打开门，果然不出所料，孟行歪在自家沙发上看电视，茶几上散落着几个空的易拉罐，凌乱。

陈墨走过去将手中的外套朝他身上一抛："不请自拿谓之偷，不请自入谓之盗，小五，你越来越出息了！"他不客气地讥讽道，面色却并不显露讨厌。其实，没有人的时候，寂静而死气沉沉的屋子，逼仄得让人喘不上气。

孟行才不管陈墨口是心非的话，他嘿嘿一笑，开口道："老大，托你的福，教育得好，咱不是近朱者赤，近墨者黑嘛！"说完看看陈墨接着道，"乐乐呢？怎么没和你一起上来？"

陈墨将易拉罐一个个丢进垃圾桶，不苟言笑地说："她不是我的影子。"

孟行看惯了陈墨的臭脸，不以为然地爬起来，俯身从茶几下摸出两罐啤酒，一罐朝陈墨扔了过去："何以解忧，唯有百威。老大，我听你的口气，为何有种酸溜溜的闺怨之感呢？难道是我的错觉？"

"不想死就闭嘴。"

"切，老拿这招威胁人，你杀人未遂无数次，已经不管用了。老大，你最近越来越喜怒无常！"

陈墨坐下来，没好气地看着他："你来就是耍贫嘴的吗？今天是不是回家又受气了，眼巴巴跑来我这里找平衡。"

孟行很想说"老大你真是睿智英明，一语中的的"，张张嘴，却没说出来，狠狠灌了一口啤酒，丰富的泡沫从嘴角蔓延下来，有点儿滑稽，陈墨将纸盒整个砸了过去。

"你说我们活着，到底为什么啊？"孟行舔了一下嘴角，也不擦，哀怨地发着牢骚。

陈墨微微一笑，拉开易拉罐的环："这么深奥的问题，我从来不想。"

孟行一摊烂泥一样瘫倒在沙发上，陈墨知道自己回来前他已经喝了不少，所以说话才这样肆无忌惮。这家伙酒量不行，酒品也差，尤其喝完话极多，让他颇感无奈。

"好，不想好，省脑细胞。"孟行打了个酒嗝儿，眼睛有些迷蒙起来，"那我问你一个想过的问题吧。"

"你哪来的这么多问题，我又不是百度。"陈墨好笑地看着他。

孟行个依不饶地伏在沙发的扶手上看着他："老大，你想过以后吗？和安乐的。"

陈墨握着易拉罐的手收紧，锡制的瓶体透着酒的冰凉，他反问道："我为什么要想和她的以后？"

孟行伸着手指晃了几下，指向自己的眼睛："据我观察鉴定，你喜欢安乐那丫头。别不承认，我其他的本事没有，眼力还是有点儿的，这么些年来，没见你这样对待过女人。

陈墨面无表情地看着他："你喝多了。"他自己都不明白的心事，这么直白，这么明显，这么众人皆知吗？

"老大，我自己没什么指望，日子得过且过的，可是，我希望你能幸福。趁着能爱的时候，放纵去爱一场吧，没事，兄弟我给你垫背，我去搞定杜依依……"孟行半阖着眼睛喃喃道，声音慢慢模糊。

陈墨低垂着睫毛，遮掩了内心的悸动，能爱的时候勇敢地爱，他何尝不想，可是，有些人要走的路注定是崎岖复杂的。他把她拖下水，一起沉溺中才恍然发现自己的心意，他和她像这个世界上唯一的共犯，习惯性地说着抗拒的谎言，隐藏着自己那渴望而不甘的心。

时钟整点发出嘀的提示音，清脆地敲在心上，陈墨抬头，不觉过了半个小时，而安乐还未回来。他从房间抱出被子，仔细给孟行盖好，拿起外套朝门外走去。

趁着能爱的时候，放纵去爱一场吧。这句话在心头盘旋萦绕，一遍一遍，催眠般蛊惑着他。陈墨知道，这场游戏，即便是他开始，想要停止，却由不得他。

安乐走进超市直奔妇女用品区，随便捏了两包卫生棉就匆匆跑去结账。终究等不及回公寓，她不想回去上演血染的风采，将本来就没有的面子遗失殆尽。

超市不大，没有独立卫生间，只在仓库附近有个公厕，狭小幽暗，对比着卖场的热闹，显得冷清逼仄。处理好私人问题，安乐总算长舒了一口气。

冷，从脚底蔓延到全身，她走出公厕打了个哆嗦，总有不祥的预感。仓库的投影覆盖了整个地面，让背向的街道更加阴森。安乐加快脚步，不足十米，就是转角的大道，柔和的橙色路灯，照出一片温暖。

　　然而，那么近的光芒和温暖，在一个瞬间变得遥远。

　　"不许动。"一个尖利的东西抵在身后，安乐身体僵硬起来。

　　"小丫头片子，害我们找了那么久，连商场的人都敢出卖，刘叔很生气，后果很严重。"身侧转出来两个人，脸庞模糊一团。

　　Part05 挣扎

　　超市寥寥几人，一眼扫过去没有熟悉的身影，拨打的电话传来冰冷的机械女声，一遍遍重复着"你拨打的电话已关机"，陈墨好看的眉头紧锁成"川"字。

　　被路灯拉长的身影伶仃孤单，手机在掌中渐渐温热，陈墨抑制着心中的不安，朝停车场走去。车子飞快地驶出，融入滚滚车流，开往医院的方向。

　　这样迫不及待的心情，是否因为孟行酒后一句醍醐灌顶的话，陈墨无暇分辨。隐隐的担忧涌上心头，现在只想看到安乐，体内好像有什么东西在蠢蠢欲动。

　　过了晚饭的时间点，医院楼道寂静。陈墨大步流星地上楼，推开病房的门，特有的气息迎面扑来，房间一片黑暗，他伸手按上开关，灯亮起来。陪护在病床一旁的沙发上打着盹儿，被白炽灯的亮光刺醒，揉揉眼睛。

　　"陈先生。"她急忙站起来，不知道这么晚他因何而来。

"安乐，来过这里吗？"陈墨也不寒暄，直奔主题。看到陪护阿姨迷茫地摇头，心沉了下去。晚间，安乐的表现就有点儿奇怪，难道……陈墨看了看病床上动也不动的老人，怀疑顷刻就被打翻，她不是能抛下这一切的人。

　　倔犟，又不够狠心；吸引人，偏又极力摒弃存在感，安乐就是这样矛盾着也生动着，让他情不自禁地想要走近。陈墨走到病床边，将加湿器打开。

　　可能在某个地方，擦肩而过吧，也许此时此刻她已经回去公寓。陈墨又叮嘱了陪护阿姨几句，便转身离去。

　　趁着还能爱，放纵去爱一场吧。陈墨坐在车里，伸手摸了摸她坐过的地方，冰凉没有一丝余温，仰头靠在坐椅上，头顶天窗外是漆黑的一片，夜航的飞机信号灯闪烁着飞过，那点萤火虫般的微弱光芒很快也消失不见。

　　回到公寓，满怀期冀的心情在推门后跌至谷底，陈墨突然觉得屋子狭小，藏不下那汹涌欲出的感情。再次拨打安乐的电话，依旧是关机。

　　时间一点点过去，整点的钟再次发出微鸣，陈墨将手机丢到茶几上，走近兀自沉睡的孟行，拍拍他的脸："小五，醒醒！"被一只无意识舞动的手阻拒地拨开。

　　不安，逐渐笼罩在陈墨的心上。下午时他曾借用安乐的电话记资料，那时候手机是满格电，而她除了休息是不会关机的，因为总害怕医院有什么不测，她需要第一时间知道。

　　陈墨接了杯纯净水，劈头盖脸地朝孟行浇去，冰凉的水顺着脖子滑进，他打了个激灵翻身坐起来，还没缓过神来，只听陈墨说："小五，乐乐可能出事了。你们昨天出去，是否遇到意外？"

　　安乐目不转睛地盯着墙角的蛛网，灰色，肮脏，缠绕成一团，捕猎的蜘蛛早已不知去向。她蜷曲着身体，被捆绑的手脚因为血液无法流畅而逐渐僵硬。

这样的场景，从贼窝出逃后的梦中，曾无数次上演，每次都似身临其境般真实。她全身上下均被搜查过，手机、钱都被拿走了。

当锋利的刀抵在身后时，安乐就放弃了抵抗的念头。她们区曾经有个同伴，夜道抢劫时，被一女孩正当防卫用水果刀给捅死了。腰腹部不像胳膊腿，内部器官十分脆弱，脾脏和肾，随便戳破都能致死。

只是，以后的情况也不会强到哪里去。安乐心知这是刘达尚未来，没有人发号施令折磨她，一旦刘达出现，她必将很惨——先是越界逃跑，又毁了他两个手下。

她自以为足够机灵，可是手脚被捆，屋内还坐着一个虎视眈眈地盯着自己的男人，插翅难飞。直到这时她才幡然醒悟，和孟行开的阴损玩笑不同，这些人个个心狠手辣，她第一次能逃过凭借的只是运气，碰巧季天雷接到医院电话跑来找她。

世界上没有第二个季天雷，好运也不会一直笼罩着她。

安乐，你放弃了吗？她在心里问自己，走到现在，甘心以这样的结局结束生命吗？自问自答中她微不可见地摇摇头，悲催地活了二十年，不平安也少有快乐，她并不甘心。

门响了，哗啦啦的声音很大，安乐抬起头，对上了一双熟悉的眼睛，细长，像蛇一样闪着贪婪的光，刘达。

最后出现在她脑中的，居然是陈墨的一句话——"安乐，只要是人，就有弱点。"她突然有了勇气，在贼窝生活了两年的她，比谁都清楚，这群人所想所要的是什么。以前她没有砝码，可是现在的她不同了。

182

她被绑着半跪半坐在地上，原本应该低头颔首，可怜兮兮，可她却一反从前的畏缩，腰挺得很直，高昂着头。

"啧啧，怎么把这娃捆得像个粽子？年都没过，端午还早着呢！"刘达笑着走近，落着灰的皮鞋蹭了蹭她的衣服，继而抬起她的下巴，"招人疼的妹子，这下你不跑了。"

人逃离痛苦的动力，远远比追求幸福要大。安乐潜移默化中，自陈墨那里学到了很多，包括如何利用自己。

"刘达，趁你没把事情惹大，赶紧把姑奶奶我放了！"安乐扭开头，从现在开始，你要做高档品，装也要装得有档次，陈墨，你说过的话，实践检验的时候来了。

刘达不怒反笑："哈哈，有意思，很久没有人这样对我说话了。妹子，谁给你的胆子？"

安乐的心狂跳得快要蹦出了胸腔，可表面上兀自镇定，嘴角轻轻上扬，露出一个不屑的表情，她知道，服软只会被折磨得更惨，只能放胆一搏："杜衡天，知道吗？我干爹！"

杜侬侬的父亲，即使是个混子也知道的有头有脸的大人物，安乐不怕唬不到刘达，各自一片生存地，匪不与官斗，撕破脸来得罪了永远是匪落不到好处。毕竟，这个世界，权力是可怕的。

"你以为随便说个人出来就能把我吓唬住？我刘达不是吃素长大的，刀口舔血没怕过谁！"刘达的黑眼珠一转，更深更小，露出精光，像钢钻一样刺人。

安乐的手指尖在背后深深掐着掌心，面色沉稳，微微一笑，倒把杜衡天的生平资料娓娓叙述出来，官邸住址，家庭成员，车牌连带手机号码，滴水不漏。

那份资料，深深地印在她的脑海里，七分真三分假，说出来煞有介事般。

"刘老大可以问问你的手下，从哪里将我捉住的？"安乐轻哼了一声，"云顶国际公寓，你以为我凭什么住那里！"

若说别的刘达自是不信的，像他这样生活在底层的人，什么崇高的情操都是如脚底的烂泥，而"干爹"，本来就是一个极度暧昧的词，安乐这样一个妙龄女孩说出来，倒显得真实可信起来，顺带着联想到了"金屋藏娇"。

刘达瞄了一眼手下，那两人连忙点头示意，再看看安乐确实一副今非昔比的样子，身上穿的是高档的衣服，桌上搜刮的手机也是几千块钱的名牌，越发可信起来。

放人还是不放，现在对刘达变成一道难题，前者折损的是面子，后者指不定安了个定时炸弹。

安乐知道这时候要趁热打铁，放低姿态婉转地说："刘哥，咱们都是误会一场，你的损失我全全承担，我年纪小不懂事，你大人有大量，以后还有相互关照的地方。"

每句的措辞，安乐都是在心里仔细推敲的。钱这东西自然人人都爱，刘达的弱点一是面子，二是利益。安乐大而深沉的双眸灼灼地直视着他，时间，过得令人窒息地慢。

季天雷是被电话吵醒的。迷迷糊糊接起来，却是这辈子都不想再听到的声音。

"师兄，安乐出事了。"这样简单的一句话，让他迅速清醒过来，连外套都忘记穿，拿着手机跑了出去。

陈墨的车就停在拳馆外面，远光灯照的道路明亮，修长的身影靠在车边，眉眼和从前的镇定自若不同，流露出焦急来。

季天雷上前就是一拳，陈墨的反应速度很快，躲闪开来，拳头收不急，砸在了车上，警报轰鸣，在寂静的夜晚分外响亮。

"我来找你是为了想办法救人的，你若再这样冲动，安乐每过一秒，就更加危险一分！"陈墨眉头紧皱，语气也不耐起来。

"我自己会去找她，这次找到不会再轻易让你！"季天雷目光冷酷，犀利。

184

"你认为现在是赌气的时候吗？还有，安乐不是东西，不需要你让，她会自己选择。"

孟行从车里钻出来，杵在中间，双手平摊着朝下压了压，衣服上还有未干的水迹："好啦，别吵了，现在最重要的是找人，万一乐乐有个三长两短，你们就等着哭吧！"

　　"你闭嘴！"这次倒是两人异口同声起来，什么时候了，还乌鸦嘴。季天雷捏着拳头，终究还是上了车。

　　由于曾经找过一次，季天雷倒是轻车熟路，指点方向，一路飙到南郊。刘达此人陈墨是压根不知道的，但是根据孟行的描述，加上推敲，陈墨知道定是安乐之前招惹的事端，而这个，季天雷明显是知道的。

　　未满报警时间，也未接到勒索电话，陈墨很想告诉自己这事情不一定如预料般糟糕，也可能只是意外，但随着时间一点点过去，自我安慰的声音也越来越低。

　　同样的经历，陈墨不想安乐也遭遇，那样彷徨、无助，甚至绝望的任何感觉，他比任何人都明白。而一旁，季天雷并不放过他，责备的话语接踵而至："我之所以退让，是以为你能给她幸福，没想到你这么没用，连保护她都保护不了！"

　　"幸福不是谁给的，而是自己争取来的，没有谁能保护谁一辈子。"陈墨听到自己的声音响起来。

　　"起码我不会让她置于危险中自己苦苦挣扎！"

　　陈墨心里冷笑着并不回答，没有挣扎过的人怎么能懂得？记忆排山倒海地翻滚上来……

　　黑暗而逼仄的房间四处是腐朽的味道，混着猫的骚臭。他挣扎、哀求、痛哭，统统没有用，即便这样，最终他还是活下来了。只要活着，没什么大不了的。

　　陈墨闭上眼睛，安乐，你要好好活着。

寻找和等待一样，都是有目的，又让人心焦灼的事情。

安乐目光灼灼地看着刘达，心跳得快要蹦出胸腔，抑制不住，又怕被发现怯懦。冷，从脚底一直蔓延开，但额头却沁出细密的汗。

"你以为我是傻瓜那么好糊弄吗?我在这里好歹也混了二十年，我出道的时候，你还不知道在哪里吃奶呢！"刘达毒蛇一般的目光盯着她，仿佛能穿透厚厚的棉衣。

安乐勉强撑开一个笑，控制牙关不打哆嗦，缓慢地说："我哪里敢骗人，你翻翻我的手机，上面有电话。"

手机有杜衡生的号码，她存了资料上每个人的电话，因为空荡荡的电话簿除了他们，没有需要联络的人，安乐仔细想着细枝末节的东西，来证明自己不是一个轻易能被撕毁的小卒。

电话开机，GPS自动定位，陈墨的手机上会有显示吧，虽然有水平误差五百米的范围，但这处院落周边是废弃的工厂，她能不能指望这短暂的时间？她能不能指望这世界，还是有挂念她，担心她的人？

刘达走到桌前，拿起手机，开机的音乐响起来，安乐的手在背后紧紧扣住。

一个接一个的未接电话短信提示响起，在冷清的夜里分外急促。刘达摸摸下巴翻着通讯录，玩味地说："娃混得不赖嘛，这么晚还有很多人惦记。"

安乐来不及反应，手机已经递到面前，杜衡生的名字高亮的显示在宽大的屏幕上，刘达的手指按上绿色的通话键，眼看就要拨出去……

"等等！"安乐叫道。

刘达蹲在地上，用冰凉的手机蹭着她的脸，冷笑着说："怎么，不是你干爹吗？打过去问候一下，也让我们听听，这么大的官，说话是什么范儿！"

安乐咬了咬下唇，脑袋里一片混乱，眼睛像乌云遮蔽的寒夜之星，微弱的光渐渐暗淡下去，这个电话，打出去就是死路一条。她听到自己的声音响起来，和僵硬的身体剥离开一般。

"太晚了，干爹是不会接我电话的。我们有过约定，这样打扰他是不会承认的，鱼死网破谁也捞不到好处。"艾艾的声音，并没有什么说服力。

刘达转头朝两个手下笑着说："听到没？这话你们信吗？"寒冷的室内响起一阵笑声，附和着几句下流的话，安乐脸色苍白起来。

"耍花样耍到我这里来，兄弟们，老情人不顾小情人了，该换我们爽爽了吧。"说着手拽向安乐的衣服，拉链刷的一声扯开，露出里面白色的羊毛衫，眼看着就要被撩起。

"我来例假了，你不怕沾了晦气！"安乐身体一寒，喊了出来，"刘达，你不就是想要钱吗？我给你！"话音尚且未落，被刘达一脚踹在身上，脊背狠狠撞上了墙壁，钝痛。

钱，自然谁都爱的，比起一个不能尽兴的女人，更实在。但在谎言面前，刘达显然没有好性子。

"陈智琛你知道吗？"安乐咬牙抬起头，继续说下去，"他的儿子和我有关系，你让我打个电话，他会给你钱！"

会吗？安乐其实心里是没有底的，但是陈墨理应不会见死不救，最多在他那里加上一个筹码，任他摆布吧，也比在这里生死未卜来得强。

手机在灯光下闪着金属光泽，刘达伸手捏住她的下巴，眯着眼睛笑道："你的关系户还不少嘛，想要打个电话，让人救你，啧啧，主意是不错，可惜这里没有傻B！"

安乐的一生经历过很多波折，曾经有过无数次绝望，在别人努力想要幸福的时候，她所想所要的不过是快点儿逃离痛苦。每当生活出现一点儿转机，总会有更大的绝望等在前方。这样的锻炼和折磨，并非一种福气，但人生的路一步步走过来，却让她更加坚强。

安乐坐直，脊梁紧紧贴着冰冷的墙壁，手脚僵硬得不听使唤，豁出去的时候，反而不像刚才那般紧张。

"你不信我能卖个好价钱吗？"

刘达嘿嘿一笑，露出被烟熏黄的牙："好久没有遇见这样有趣的小东西了，死到临头还嘴硬，我倒要看看你有几斤几两的肉可以卖！"他转身朝一个手下说，"你去把大强牵进来。"

安乐眼睁睁地看着那条叫大强的藏獒走进来，半个人高，威风凛凛地蹲在前方，虎视眈眈地瞧向自己，白森森的牙齿像死神的镰刀一般恐怖……

漆黑的夜，像吞噬人的怪兽，张开无边际的大口，将所有朦胧的影像都覆盖住。陈墨一干人找到工厂附近，然而在一片颓败的建筑中，无从辨别哪里才是藏匿之处。

陈墨不可避免地想起了往事，可那已经是过去。他抑制着自己的情绪，他有理由去相信这样一个女人，倔犟得如杂草一样顽强的女人，是会等到他们一同看未来的明天。

季天雷辗转着问了很多从前一起混的弟兄，加上手机GPS的定位，最终确定了这样一处院落——据说是刘达用来养狗的饲养场。

生人的脚步声传来，院子笼养的狼狗很快嘶叫起来，划破夜的寂静，让人毛骨悚然。

"用不用叫人来？"孟行皱着眉头。

"小五，你在车里接应，有问题的话打电话报警。"陈墨伸手拍了拍他的肩膀，"来不及了，乐乐在等我们。"

每一分，每一秒都是煎熬，没有人比他能体会这样的心情。

早点儿来救我吧……我害怕……谁能救我……没希望了……我

会死吗？时光交错中，他似乎隐约听到这些记忆深处的话，喃喃自语，祈祷，绝望，各种情绪，是他的，也是她的。

安乐看着那条垂涎三尺的狗，一跃而至的样子，莫名地想起岸边那个被猫逼到河里的男孩，那时候，他是不是也是如同自己这样，恐惧像钝刀子般割据着神经。

手脚被紧紧缚住，身后是无处可逃的墙壁……

院子里传来狗吠，连绵不断，刘达皱着眉头，吩咐手下："出去看看，发生什么事情了？"

手刚拉上门把，就被巨大的力道冲击过来，咣当一声砸在墙上，发出巨大的声响。

安乐随着声响转过视线，对上陈墨那双漆黑的眸子，身体紧绷的弦突然就放松下来。他嘴巴微张，没有说话，只是那几个字的口型，她看得很清楚：别怕，我来了。

这句无声的许诺，奇异地在她体内注入了力量，哪怕脖颈上抵着冰冷的刀，她也觉得没什么大不了的。这个世界上，她不再是一个人，不再苦苦挣扎，苦苦等待没有期望的命运，因为有人在身边，告诉她，别怕。

即使结局，是永寂的黑暗，也曾有人在漆黑的夜里，找她，念她，没有抛弃她。

谢谢你。安乐张了张嘴，声音还没有吐出，刘达一把揪住她的头发，将她拉了起来，粗壮的手臂梗住她的脖子，用力地让她几乎呕吐出来，却被卡住发不出丝毫。

陈墨几乎是一瞬间想起来同样的画面。疯狂的粗鄙的男人，举着明晃晃的刀，带着浓重地方腔调。

我给你们两个选择，要大的活还是小的活？

你们拆迁逼死了我老婆，你们以为我真的要钱？

哈哈，他们都是要去陪我老婆上路的，你们偏心啊，大的活？

好，我就先解决大的。

十二层的楼顶，风很大，手脚被绑得很牢，硕大的猫趴在水箱上瞪着眼睛散发出绿油油的光芒，像恶魔一般可怕。

噩梦般的往事已经过去了，陈墨握紧双拳，钱能解决的问题，永远不是大问题，解决不了的，他绝不会让它发生！在这个权力、金钱、力量横行的社会，他已经不是当年那个任人宰割，凭借可笑选择存活的孩子。

"把刀放下，要多少钱我给你。"陈墨冷冷地看着刘达。

"哼，我混了这么久，差钱？小白脸能耐啊，这么快能找来！这娘们耍人，总要付出代价！"刘达也不发憷，满不在乎地说。

"我给你两个选择，要么拿钱一笔勾销，再也别找麻烦；要么你捅死她，我会让你生不如死。"

"你神经病！"替刘达开口的是季天雷，他踏进来，揪住陈墨的衣领，一拳朝他的脸上挥去，力道大得让他身体直朝刘达倒去。

火石电光间，陈墨脚一钩，横扫过去，扑向刘达，一手钳住他握刀的手腕，狠狠压制住，另一只手伸向刀内，阻隔安乐被误伤，锋利的刀刃顷刻划破陈墨的手心，鲜血顺着安乐的脖子流了进去，温热。

陈墨死死地扣住刘达的手腕，三个人紧紧地缠在一起，刘达的手臂越发使劲儿，勒得安乐几乎要窒息过去。陈墨深知没有两个选择，即使给了钱，刘达也不一定会放人，进来前就和季天雷商量好，见机行事。

一旁的季天雷对付其他两个手下，伴着藏獒的嘶吼，拳脚相交，很是混乱。

190

"放手！"陈墨的声音在耳边响起，刀子离身体越来越远，最终被掰开，掉在地上……安乐努力睁着眼睛，保持清醒，他们之间的距离那么近，浓重的血腥味飘散开，一颗被利用的棋子，值得他这样拼命吗？

这个世界上，没有谁能拯救谁，没有谁是另一个人的依靠，没有……

没有吗？

陈墨反扭着刘达压制在墙上，季天雷也解决了剩余的人前来帮衬，他们两个本是师兄弟，一个因为遭遇过绑架，苦练防身术，一个是黑拳的冠军，身手自然比这几个终日小打小闹的人要强出不知几倍来，而且这里不是刘达的贼窝，并没有太多啰啰撑腰。

比起真正的黑势力，刘达不过是个跳梁小丑，一区的扒手头子，混不到天上去，但狗急跳墙的事情还是避免比较好。陈墨叱呵住季天雷意图殴打的拳脚，从衣兜里掏出一张卡，塞到刘达手里。

"记住，她不是你能动的人！你好好做你的扒手老大，这里面的钱足够赔偿你的损失，以后井水不犯河水。要是想不开，掂量一下自己，我会让你在牢里关到死。"

也不管刘达是否听进去，陈墨抢先一步，俯下身子，解开捆绑的绳索，将安乐抱了起来。

那场混乱是如何收尾的，很久安乐都记不起来，但是奇异的，她却记得陈墨初进门时，那无声的话：别怕，我来了。

她从来都是强者，因为生活逼迫，没有做弱者的资格，即使绝望，也没有人能帮她，只有依靠自己的力量活下去。而这个夜晚，她是一个弱者，有人让她依赖，有人让她不要害怕。

她想跳下来，可是僵硬的手脚不听使唤。扭头看向季天雷，声音哽在喉咙里，她一句话也说不出来。陈墨抱着她朝外面大步走去，狗仍然肆意地狂叫，伴着室外的寒冷铺天盖地地袭来，陈墨撩起衬衣，将她的手塞进怀里。

暖，从指尖的触感传来，混着男人的心跳，有力。

孟行站在院外翘首以待，看见一行人出来，长舒了一口气，急忙跑上来，刚想嘘寒问暖唠叨几句，却被陈墨一句话支使开："快去开车。"

陈墨将安乐放到后座，脱下外套给她盖上，正待坐进去，被季天雷拉住臂弯。

"师弟，我说过，这次找到安小草，我不会轻易让你！"车灯下的他一脸执拗。

陈墨嘴角微扬，漆黑的眸子透露着笃定："我也不会让你！"

他也不再回避自己的心意。

Part07 温暖

这一夜过得紧张万分，绷着的神经放松下来，安乐便有些迷糊起来。如何回到公寓，如何躺在床上，她始终处于半迷蒙的状态。似乎有温热的毛巾擦拭去脖颈上的血迹，有温暖的双手拉上厚厚的被子，有明亮的眼睛始终看着她。

安全感，这辈子都没有过的感觉，在这漫漫长夜里，像发酵的酒，在心里最深的地方冒着泡泡，让人喝醉一般暖和起来。

天蒙蒙亮，安乐醒过来，还未缓过神来，手抵在一个温热的胸膛上，她刚朝外缩了缩，又被钩了回去。

陈墨的长手长脚紧紧地缠着她的身子，嘴里不清楚地呓语了一声，近在咫尺的脸庞，两人的发丝交错着，安乐有些恍惚。

她抽出手，这样的一个人，睡在身边，应该从眼神到指尖都是冰冷的，是清凉的光，是冬天，是一切和温度无关的记忆。可是为什么，居然有着温暖的感觉……

她轻轻地在虚空中描绘着他的眉眼，微锁的眉头，熟悉又陌生。蓦地对上陈墨睁开的眼睛，迅速缩起。

"醒了？"他无比自然地说，眼睛流出丝丝笑意，"你这样目不转睛地看着我，我会以为你爱上我了。"

被紧勒过的喉咙有些疼痛，安乐张张嘴，发不出声音来，伶牙俐齿毫无用武之地，如此别扭。这句嘲笑口吻的话是她曾经说过的，现在换她哑然。

陈墨翻身坐起来，柔软的被子从他身上滑落，露出光裸的上身，安乐不自在地别过头，又为自己这样的举动感到烦躁。没什么不同，她告诉自己。

真的没什么不同吗？

安乐爬起来，浑身酸痛，手腕有深紫的淤痕，看上去触目惊心。抬头，一杯水递到面前，她接过来，温热。

"乖乖地把水喝了，嗓子休息两天应该会没事的。"陈墨将手中不锈钢的保温杯，随手放在床头柜上。

安乐握着杯子的手紧了紧，淡黄色的液体散发着蜂蜜的清香，她凑到嘴边喝了下去，暖暖的，甜甜的，一股热流自喉咙冲到肺腑。

安乐默不作声地起身，走到浴室，镜子里是一张有点儿凄惨的脸，苍白，额角有点儿青，她拧开水龙头，掬起一捧凉水泼到脸上，冰冷的刺激让她清醒。洗漱完毕，她拉开底下放干净毛巾的柜门，出乎意料映入眼帘的却是一排卫生用品。

被胁迫的时候，买的那些东西早散落在路上，他帮自己换了衣服，换了……

她缓缓地蹲下来，头抵在白色的柜门上，没有必要对一颗棋子如此无微不至。她说不清现在是什么心情，像一场突如其来的台风，席卷着她不受控制地旋转。

晕头转向后会跌得粉身碎骨啊！她咬了咬嘴唇，告诫自己，他做什么都是有目的的。

"你在做什么？"浴室的门被推开，陈墨倚在门边，看着她。

她尴尬地站起来，轻微的贫血加上猛然站立，脑袋有些供血不足，眼前突然漆黑一片，好一会儿才慢慢聚焦。他的身影出现在安乐面前，扶着她的肩膀，眉头微皱："头晕？"

她点点头，陈墨一把打横地将她抱起来，正待往出走，被安乐郁闷地揪住衣服，指了指马桶，面上有些潮红。他嘴角上扬，微微一笑，将她放下，抬手掀开马桶盖后，就杵在一旁。安乐也顾不上喉咙疼痛，哑着嗓子憋出两个字："出去！"

"能看的与不能看的我都看过了，别告诉我你在害羞。"陈墨笑出声来，逗她。

安乐顺手抓起洗手台上的香皂，朝他丢了去，在空中划出一道漂亮的弧线，稳稳落在他手上。白色的绷带，密密匝匝地缠绕着，修长的手指，只露出一点儿，托着紫色圆嘟嘟的香皂，看起来有点儿滑稽，可是安乐的心却猛地一抽。

陈墨迅速收起手，背在身后，不再逗她，推门走了出去。从来都逞强的人啊，她和他都一样。

快到午饭的时间，孟行来了，拎着满满两大包好吃的，将茶几铺得乱七八糟。

陈墨看着一摊子零食，嘴角微微撇了一下，开口道："小五，你当我们断手断脚生活不能自理吗？"

孟行挠挠头，笑嘻嘻地说："你好歹让我散发母爱一回吧，乐乐呢？"陈墨瞪了他眼，不予理会。

安乐听到声音从卧室走出来，瞥了一眼那堆膨化食品，抿抿嘴，没说话。

"乐乐！"孟行走上前来，正准备来个熊抱，被陈墨一拉挡了下来，未遂后耸耸肩膀，倒也不甚在意，心里还有点儿偷乐，他是存心逗趣的，难得能看到冰冷气场的陈墨如此这般吃味的举动。

安乐俯下身子翻了翻茶几上的零食，没有一样能真正果腹的，这个孟行，故意的吧。她觉得他是刚睡起来，随便在附近超市扫了一堆东西，赶紧跑来看热闹的。

果不其然，孟行再次开口，朝着陈墨，是一句很令人遐思的话："老大，你那个师兄呢？"

"我会把情敌，留在自己的窝吗？"陈墨没有辜负孟行的期望，说了句很称他心意的话，旁边的安乐却愣了。

来不及思考，陈墨握住她的手："不用理他，我们吃饭去。"

习惯性的右手，隔着厚厚的绷带，握得很紧，不会疼吗？安乐迟疑了一下，没有抽出来，跟着他的脚步，一起走出去。

天气，似乎不是那么阴沉了，微微的风吹在脸上，也不那么寒冷，也许，是错觉吧，她想。

侧面看去，身边的男人，深深的眉骨之下有双好看的眼睛，挺直得刚刚好的鼻子，中间微微隆起，勾勒出英俊的半边脸庞，虽然没有温暖的表情，却不再觉得是难以接近的高傲。

他还是他，为什么感觉有些不同。收回散乱的心思，深吸了一口气，她的世界，从来没有什么散发光芒的东西，人也好，感情也好，都经不起长久的停留，她觉得自己很清楚。

没有开车，孟行晚走一步，估计在地下停车场找人呢，而他们在人行道上漫步。陈墨走在她的右侧，他的腿很长，步子却刻意放得缓慢。

安乐低着头，喉咙没有初醒时那般疼痛，但仍然不想开口，也不知道说些什么好。两个人并肩走着，在这座看似喧嚣，实际寂寞的城市，像被阻隔开的一幅安静的画。

"冷吗？"

安乐摇摇头。他将她的手握住，塞进衣兜，薄呢的口袋，阻挡了风，很温暖。

"散散步，有助于血液循环。"他这样说，"中午喝点儿好消化的粥，我送你去医院。"

安乐不动，陈墨微笑着低头在她耳边说："难道，你想让我抱你走？"

她僵了一下，终是迈开步子。陈墨的视线越过她的肩膀，朝她身后方向望了一眼，熟悉的身影闪过，在街角隐去。

跟着他们走了许久，似乎变得更有耐性。陈墨在心里默默地说，师兄，你难道不知道，什么是该忍耐，什么不是吗？这世界上，想要的无论是人还是感情，牵着手不放开，才是重要的，没有勇气的人，永远走不到最后。不管拳头有多强，不管感情有多真挚，不敢面对的就始终不会属于你。

陈墨很清楚那种想要又得不到的感觉。感情有很多种，亲情、友情、爱情，不是人人都能完美地拥有。他为执著付出过很多，包括数年过着违背性子的生活，但他从来不曾后悔。得不到也是一种结果，至少，他用心努力过。

陈墨曾经错过很多东西，也有始终求不得的，但是当他确定了自己的心意，知道什么是他想要的，就告诉自己，一定要牢牢把握住。

安乐，她身上有他的影子，然而不是因为这个才喜欢，那是一种积累很久的，喷薄而出不受控制的感情，像下棋遇到高手，对弈良久，捉摸不定的路，不知道终点是什么，可是又克制不住，想要一同，走下去。

她的坚忍，她的倔犟，偶尔的绝望和脆弱，隐藏在单薄的身体内，矛盾又复杂。而最初，打动他的是什么？

196

也许是在医院的那一夜，他看到她为了将死之人搏命般的坚持；也许，更早的时候，那个在他家紧握双手，不妥协屈服的小女孩。他想让她，昂起头挺起胸，在这个世界上，和他并肩行走。

可是，计划就像泼出去的水，不管是把水收回来还是重新再装一盆，都得泼水的人来解决。这盆水不仅关系到他自己，还有其他的人，覆水难收是让人头疼的事情，但不是绝对没有办法的。

等到大家的伤都好点儿，他们应该好好谈谈，陈墨朝一旁的安乐看去，心里柔软起来。

Part08盖章

眼前的背景是朦胧一片，似乎有盏灯亮起。

橙色灯光照耀下的肌肤，晕染着温暖的色泽，覆盖着眼睛的睫毛，浓密。挺拔的鼻梁延伸线下，薄唇微抿，不知为何有种诱人的绮丽感……

安乐恍惚地靠过去，伸手却不知道着落点在哪里，低头，栗色的发丝垂下，蓦地对上一双晶亮的眸子，戏谑的声音在身边回荡："你喜欢我？"

她扑过去想捂住他的嘴，杀人灭口般凶狠，撞翻了台灯，拉下了窗帘，两个人缠在一起。他扭转手肘，将她钳制住翻转过来，按倒在身下。

"宝贝，想要你就说嘛。"他嘴角上扬，露出一个坏坏的笑，抚着她颈动脉一路向下，温热的指尖在皮肤上留下点点火花……

安乐猛然坐起来，抱枕从身上溜到地上，她的心怦怦乱跳，前面是闪烁的电视画面，这才发现原来是做了一场梦——可耻的，居然是春梦，居然还是未遂版的！

扭头朝书架那边看去，陈墨正安静地在书桌前，对着电脑不知道看什么，很用心的样子，灯光打在他脸上，十分柔和。

安乐伸手狠狠地掐了自己一把，嘴里低声嘟囔道："我疯了吗？！"

距离新年所剩时日不多，如果不是这样一个意外，现在的情况会是怎样？安乐想，自己应该在秦凌云那里学习，如何窥伺别人的弱点吧，或者熟悉一切新身份所需的伪装。不管如何，都绝不是发霉般窝在沙发上，甚至脑袋抽风做诡异的梦！

她吃了睡，睡了吃，感觉在打造新一代猪神，本来是瓜子般的尖下巴，迅速长了几两肉，圆润起来。暖饱思淫欲——果然不错。

无所事事的时间过得极其缓慢。时针爬过了八圈，四天时间，痊愈能力十分强悍的两个人，似乎很轻松地将那夜的伤脱去甩到了身后。

孟行好像有事情忙，三天都没见到人。任何人的时间表，都不会因为他们停滞。

安乐由于做了个清晰无比的梦，站起来不知道干什么好，跑到浴室，掬起一捧水朝脸上扑去，清凉，人顿时清醒过来。

笨蛋，你做什么梦都不关他的事情，反正他也不知道！

安乐对着镜子嘲笑自己，捏捏拳头，应该在梦里来个反转，伸手乱摸的人是自己才不吃亏，安乐瘪嘴想，连做梦都是被欺负，真没出息啊！

转念一想，梦都是反的，安乐这才觉得稍稍舒坦些。推开浴室的门走出去，蹭到书架旁，陈墨的影子映在墙上，虚幻而细长。

安乐倚在书架旁，百无聊赖地伸手，去点影子的头，又将拇指和中指连起来弹了好几下，顺带还掐了掐影子的脖子。不知不觉脸上绽放出笑容，看上去十分天真的傻笑。

正玩得开心，似有感应般，陈墨转身，目光对上她的，明亮犹如天空的星辰。她不自然地收回手，装作在挑书的样子，随手抽了本书，悻悻地溜回她的地盘——沙发。

其实桌上的台灯灯罩是镜面的，陈墨早将身后的人举动都映入眼帘，那傻傻的幼稚的举动，是潜意识的在意？他收回视线，原本的心无旁骛被打乱，他很清楚自己的想法，而她显然还在混乱中。

不过没关系，他们有的是时间。

安乐拿着书蜷曲在沙发上，她自是无心看的，装装样子随手哗哗地翻了几下。一张便签从书中飘落，上面的血迹已经干涸，像颜色淡了的朱砂印，瞧着很是眼熟。

也是极其凑巧，安乐抽出的书，正是那日陈墨夹了"卖身契"的那本……

陈墨关掉电脑起身，刚好瞅见白瓷地砖上躺着的那张带着指印的纸，心念一动立刻明白是什么——那是他一时昏头写的协议。

那天晚上在医院匆匆忙忙，倒也没写什么，关键后来他曾无意翻出来，手痒地补充了一些话……这毛病是很小的时候养成的，比如在CD封皮上用不着色的笔写下喜欢的句子，他的喜欢从来都在无人知晓的角落。

公寓是错层结构，开放式的书房和客厅仅有几步的距离，水平上下三十公分，有两个台阶连接起，周围被围栏隔开。陈墨顾不上从台阶绕过，直接手撑着工艺围栏，身子灵活地翻过来。

两只手同时碰上，撕拉中，便签一分为二，陈墨将那一半迅速揣进裤兜，伸手去抢安乐拿着的那一半。

本来安乐只是想捡起来，这下倒勾起了她的好奇心。这几日两人吃住同行，陈墨对她并无从前那种傲慢欠扁的态度，她也不自觉地开始放肆起来。

她飞快地爬起来站在沙发上，把手举得很高，声音还带着点儿嘶哑，开玩笑地嚷嚷："够不到！"

陈墨的眸子染上一层朦胧的氤氲，越发深沉起来，朝她膝盖轻轻敲去，力量并不大，却让她小腿微微发麻，不由自主地弯了一下，陈墨趁势将她抱住。

"没有我够不到的。"陈墨嘴角微微扬起，低哑的腔调中流露出绝对的自信。

安乐没想到交锋一回合都不到就败下阵来，心有不甘，伸手朝他的胸膛推去，挣扎着准备往下跳，却被紧紧地抱着使不上劲儿。

"放我下来！"安乐咬咬嘴唇。

陈墨倒是很听话地将她放在沙发上，身体却不自觉地压了上去，双手撑着沙发靠背，问道："乐乐，你完了吗？"

安乐愣了一下，不知道他没头没脑问的这句是什么意思。陈墨微笑着，似乎也不在意她的答案，略略低头，眼睛平视着她："乐乐，好久没有盖章了，给我一个晚安吻吧。"

这本是逗趣的话，他想她一定瞪圆眼睛，用暗哑的声音骂自己，去死。他喜欢看她张牙舞爪的样子，充满了生命力，像没有什么过不去的。当然他也会趁机占点儿便宜，不知道她的亲戚走了没有，他的忍耐快到极限。喜欢的人柔软地压在身下，他不能禽兽般地用强，但他更不是禽兽不如的柳下惠。

出乎意料的，安乐歪着脑袋想了想说："我们来交换吧。把你刚抢去的纸给我，就赠送印章一枚。"

陈墨思忖了一下，那上面倒也没写什么不堪入目的话，只是有些幼稚而已。

安乐水亮的双瞳在身下眨也不眨地看着他，身体接触的时间多了似乎也会变成习惯，她并不知道这样的场景，若是旁人看到会感觉多么暧昧。

陈墨稍稍抬起身子，腾出手从裤兜掏出半片被踩蹦得皱皱巴巴的纸，安乐飞快地从他手中抽走，低头伏在沙发上将两张拼凑起来。

圆珠笔书写的字迹俊秀，"放弃身体保证书"地抬头让安乐眉头一皱，顿时想起来这是在医院，陈墨扯下意见簿内页随手写的——那时她心焦于奶奶的手术，根本无暇顾及上面写了什么。

纸上似乎还隐隐有医院消毒水的味道，也许是错觉：

安乐是陈墨的人。

手、脚、眼睛、鼻子、耳朵、嘴唇……还有心脏，爱和恨，都是陈墨的。

两行字微微有些潦草，能看出当时写得颇急，她想起来自己还盖了个章——咬破食指，那红褐色的印记便是当初她承诺的证明。

接下来两行似乎是后来又加上去的，字迹缓和，间隙得当——不经陈墨允许，安乐不得私自离开，否则陈墨势必追到天涯海角。

如果安乐投奔其他男人的怀抱，陈墨将动用全部财产以及他的一辈子来追讨。

安乐看完后不自在地将两片破纸原夹到书里。陈墨却没有丝毫的窘迫，他的心意本来就是直接的。

他知道，即使打算一生那么长久的时间去纠葛，未来终究还是不确定的。但他相信自己，人为也好，注定也罢，只要不放手，就不会错过。

他微笑着，等待那枚属于他的印章。印章的所有者，有着无坚不摧的厚脸皮，小强一样的生命力。

安乐挺直腰板，从衣兜里掏出一个青蛙王子的水彩章，这是医院看护阿姨儿子落下的，碰巧被她捡起来顺手揣进口袋。

"印章一枚，请主人笑纳。"

陈墨好气又好笑地看着手心那个塑料章，戏谑地说："好，来盖盖看！"边说着边拔掉塑料盖子，朝安乐脸上盖去，瞬间一只绿色的小青蛙，还带着"山"字形状的小王冠，印在她白皙的脸颊上。

他一连摁了两下，安乐这几日养的圆润的脸蛋顿时一边蹲了一只小青蛙。

安乐不用想也知道自己的脸现在有多滑稽可笑，不由得恼了，从衣兜里掏出一枚小矮人的章子，以迅雷不及掩耳之势朝陈墨额头拍去。贼窝里练就的快、准、狠，再一次发挥了作用。一枚红色的小矮人清晰地印在陈墨额头。

噗，安乐忍不住捂着肚子笑起来，陈墨的脸本来很俊朗，又从来都是一副冷漠的表情，绝对难以想象会出现这样的一幕。

"盖了什么？"陈墨皱着眉头朝额头摸去，小矮人因为皱眉挤压变成细长增高版。安乐看到更是笑得上气不接下气，眼泪都挤出来了，两边脸颊的青蛙一抽一抽，很有跳跃感。

陈墨看着那两只青蛙，终于也忍不住，爽朗的笑声脱口而出，多久没有这样真正开心地畅快地笑过了？

他的身体朝前倾，将她压倒在沙发上，额头抵住她的，眼睛荡漾着水一般的光泽，像一口幽深的井，诱惑着人沉溺。他握住她的肩膀，右手滑至她的颈后微一施力，将她的头仰起。

为什么当他的双眸专注地看着她时，她的心居然不自觉地乱跳？是气恼他，还是为着其他的原因来着？

"小矮人主人，你要做什……嗯……"安乐的话没有说全，就尽数落入陈墨盖下来的唇中，并且在她张嘴的间隙，他的舌进犯地潜入她的唇齿间，滚烫，温柔地吸住她企图逃开的舌尖。

这次轮到真的盖章了。良久，陈墨放开喘不过气的她，他火热的男性气息包围着她，宣告："乐乐，我要你。"

安乐睁大眼睛："你说过不碰我的，说话不算数！"

陈墨用拇指的指腹摩擦着她脸颊上可爱的印章，低头含住她的耳垂，轻声说："乐乐，是你先说话不算数的。"他的声音有些含混不清，不同于平常的清朗，多了几丝性感和沙哑，伴随着灼热的呼吸，喷吐在她敏感的耳际，在皮肤上激起点点战栗。

陈墨食指沿着她的颈项向下滑去，安乐有点儿恍惚起来，难道莫名其妙又昏睡过去开始发起春梦了？可是身体的异样清楚地提醒了她。

"你那个完了吧？"陈墨俯身问。

安乐想起来刚才他也曾问过类似的话，原来这家伙老早就打定主意了！抿了一下嘴，开口说："没完呢，你放开我。"

陈墨嘴角一弯，露出迷人的笑："你这个不诚实的家伙，早上起柜子里的卫生巾就没见少过。"

安乐被他的话呛了一下。陈墨，你还能再不要脸一些，她暗自腹诽着。

陈墨伸手点了点她心脏的位置："安乐，把它给我吧。"

安乐抬头看向他。

"安乐，我喜欢你。"他拉起她的手，按到自己心上，"这个给你，我唯一的印章。"

Part09 反攻

"安乐，我喜欢你。"这样一句话说出来，对陈墨而言并不是容易的事情。喜欢你，想要你，他的表情轻柔，语气自然。他交付的心，是他唯一的印章。

心脏在手掌下有力地跳动着，怦——怦，起伏，像全世界的鼓点一起敲响，而那不过是触感而非听觉啊，安乐摇摇头，驱逐错乱的感知，猛地将手收回。

灯光下她的眼睛点漆般明亮，距离咫尺，陈墨能从那黑色的瞳人中看到自己的影子。

"心，是最不靠谱的，有怦怦跳的时候，也有停止的时候。"

她不相信任何感情，那些都是华丽的泡沫，世界上能依靠的只有自己。什么喜欢不喜欢，都是想要嘿咻的遮羞布而已。

陈墨捉住她的手，纤细修长，指甲剪得很短，露出光秃秃的指尖，圆润。他轻轻含住一只，笑道："当它为你澎湃的时候，你更希望它为你停止吗？"

指尖温热，随着他的话语，吐纳的气息喷在掌心，有点儿痒。安乐皱了皱眉想要抽回，却被紧紧地握住，没好气地瞪他："这话是你自己说的，不要赖到我的身上。"

陈墨眸色深沉，伸手抹去她面颊上的小青蛙，水彩印很容易擦掉，但仍旧还是隐隐约约有点儿绿色的痕迹，揉捏后的脸蛋却越发红润起来。

"起来，你很重，压得我喘不过气了。"安乐不自在地别过头。她忘记了，不要脸是一种习惯，陈墨永远是好学生。

"喜不喜欢，看来对你并不重要。"陈墨身体微微抬起了一些，嘴角绽放迷人的笑，"也是，路是走出来的，不是说出来的。爱是做出来的，也不是说出来的。"

这是什么见鬼的逻辑？安乐无语，她也曾想过，陈墨若是有这样的要求，该如何回绝，而那夜被解救后，她似乎又欠他一笔，但是以身相许是不是太老套了？再说，救她的也不止他一人，季天雷和孟行都有份，她难道还一一去许？

陈墨的手放肆的滑进衣内，撩拨。她有些喘息，偏偏不甘，张嘴一口狠狠地咬住他的下巴。

他的头吃痛地仰起，抽出手轻笑道："倒忘记你有咬人的癖好。"

"我不咬人！"哼，咬的都不是人，安乐边想边朝后缩了缩，无奈空间有限，被沙发靠背阻挡了退路，她有些讨厌这样的怯懦。反扑了过去，力道大的陈墨腰撞上了茶几的边沿，连带着扯下他半边衣服，露出宽阔的肩膀。

"原来你喜欢主动？"陈墨戏谑地说。肩膀上有细密的齿印，是她曾经留下的痕迹。

安乐原本是想将他推开的，没想到大领口的家居服这么不经拽，瞬间让他春光乍现，再经他话语刺激，头脑一热，手戳上他光裸的肩胛："我就是喜欢主动，怎样！"

陈墨嘴角微扬："光说不练假把式，来啊！"倒是一副配合的样子，仰身半倚在茶几上，任君品尝的姿态。

"你有病！"

"有病也只有你能治，我这是欲火焚身之症。"

你可以再不要脸一些！安乐暗自腹诽，大眼睛狡黠地骨碌一转，向前推着他的身体靠在茶几上，食指轻佻地从面庞缓缓下滑，学着他方才的举动，沿着脖颈，拂过肩膀，胸膛，俯下身子在他耳边轻轻吹了一口气，低声说："您自个儿慢慢焚吧，最好自燃了。"说完笑着蹦起来。

挑衅的下场是很严重的。

安乐说不清这是什么心态，她其实再明白不过，陈墨要的，势必不会罢休。"不要让人得到，也不要让人产生永远得不到的失望。"他不是这样教自己吗？她用来对付他没有错……

喜欢？她在心里嗤笑，那是什么？

很小的时候，爸爸蹲在身前，笑吟吟地说："乐乐，我的宝贝，爸爸最喜欢你了。"扭头走的时候，却没有不舍。

喜欢是一种多么廉价的感情，抵不过饥渴时的一瓶水。

她的生命里，不能相信如此虚妄的东西，他的喜欢就比别人来得值钱吗？最后还不是泡沫，看起来五彩斑斓能折射整个世界，其实要不了一秒钟就会破灭。

可是这泡沫，很美，笼罩在里面，情不自禁也会有瞬间的沉醉……

最终她还是和他做了，和那次不同，她也想要。说不清最后是谁主动谁被动，她是很好的学生，举一反三，触类旁通。

这场不知道尽头的梦中，沉溺的，不该是他一个人，他要把她拉下来。只是，不再对她轻言喜欢。他知道，说的，永远得不到信任。

安乐的喜欢是被抛弃的烙印，深深地刻在记忆中。陈墨的喜欢，从来都藏匿在不为人知的角落。

他说出来，她不信。这世界上她最不相信的就是喜欢，还有承诺。

"我不会喜欢你的。"她说，黑色的夜，看不到表情。

"你会的。"

"不会！"

"会的。"

她轻声笑起来："因性而爱？"

陈墨将她揽进怀中，摸了摸她的头发："那也不赖，起码说明我这方面能满足你。"

安乐不想和他抬杠，转移话题："我今天下午给秦老师打电话了，明天我过去上课。"

陈墨身子僵了一下，伸手打开台灯："这件事我会和他谈。"

安乐坐起来将灯关掉："没什么需要谈的。"既然开始了，就要走下去。

陈墨看着她，声音笃定有力："我说过给你不一样的未来，即使那块地拿不到，我也有能力做到！"

她没说话。也许，只有自己亲手获取的未来，才有安全感，不是任何人能给予的。她听到自己的声音在黑暗中坚定地响起："陈墨，不要以为我们做了，就能代表什么，这事情不是你一个人的。我

206

不是去卖，就算要卖，也要有价值，你不是一直这样认为吗？"

你开始就打算这样利用我的吧……这个认知在安乐脑海里徘徊，根深蒂固。

这个世界就是一个垃圾场，能被人利用，才有存在的价值，安乐不想自己连这点儿价值都没有，那她是什么？回到最初，跟着在他身边，她做不到。

陈墨不想被这个问题纠结住，虽然她说的话听起来那么刺耳。秦凌云确实能教安乐不少东西，倒不是为了必须拿这块地，他思忖了一下，就此打住，并未再反驳。她倔犟也罢，不信任自己也罢，更多的是因为她没有自信。

十年那么遥远的时间里，她走过来的路，他不知道是何种情况，但明显，并不轻松。他不要求这样一个女人，毫无保留地为他敞开心扉。

他缠上她的腰，轻轻抚摸，她失去的，他会帮她找回来，自尊，自信。

年末，有钱人忙着收礼，没钱人忙着讨债。

孟行难得起了个早，跑去陈墨的公寓凑热闹，却碰了一鼻子冷灰——两个热闹的对象都没在。

写字楼的最后装修方案已经敲定，有专门的监理负责，他暂时轻松起来，日子一天天过，少有新鲜的乐趣，真令人乏味。他开着车在街上漫无边际地瞎转，打了几个电话都关机，大清早，狐朋狗友都在温柔的梦乡里昏天暗地地会周公，似乎全世界就只剩他一个闲人无所事事。

路过美术馆，外墙体的巨大海报写着——摄影展。下面一排赞助和工作人员的名字，字体虽然小，但孟行视力极佳，瞥过去倒看了个清楚。

孟行放慢速度，圆柱形的馆体连着省图书馆，广场上人稀稀拉拉的，他踩了一下刹车，停在路边。

摄影展没有有名的摄影师，门票很便宜，孟行看到一个熟悉的身影在前方，他整整衣服，顺便用镜面手机照了一下脸，自觉还算英俊潇洒风流倜傥。大步向前走去，一把拍在前面女孩的肩上。

粉红色的薄呢大衣，微微泡泡的肩被他拍扁了，女孩吓了一跳，转身扭头，露出一张漂亮的脸，脸上写着不悦。

"孟行，你吓死我了！"

孟行嘿嘿一笑，打趣道："光天化日之下，你怕什么。依依同学，这么早，咱们有缘啊！"

杜依依白了他一眼："我爸的作品在这里展出，你没看到图册？有什么巧的。"

"哦，杜叔叔的作品也在里面？我还真不知道。"孟行打着哈哈，他若没看到赞助人的名字，怎么会进来，说谎面不改色心不跳，"你带我去看看？"

杜依依知道孟行素来和陈墨交好，她因为寒假没什么事，跑来这里玩，说是讲解员，其实也就瞎转悠。几次去陈墨家都没有找到人，刚好孟行送上门来，有点打听的心思在里面。

两个人各自打着小九九，心里的算计噼里啪啦，瞬间两人的眼睛都比平常明亮起来。

杜依依是稍稍了解孟行家里的情况的，平素也只是见面打个招呼，寻思着话题如何朝陈墨那里转，又顾着矜持不愿直接说，倒一路把作品都看了个大概，该说的始终没说出来。

孟行自然也有他的不良打算，杜依依这小妞是个挺关键的人物，陈墨费尽心机想要谋取的那块地，没有她父亲的帮忙，自是难上加难。

哥们儿不愿卖身，有了相好，他当然要帮衬。梁洛那猥琐的小子喜欢的人，他更要横插一杠，总而言之，肥水不流外人田，他没有陈墨那么多顾忌，他的人生，一步步走到最后，不见得要做什么好人。

"我说最近怎么没见你出来玩，原来忙正事呢，杜叔叔的水平真不赖，拍出来的都是专家级别的啊！"孟行拍着马屁。

杜依依自小被父亲宠爱，在她心中父亲是无所不能的伟大形象，听到这话自然很是高兴，终于也想到接茬的话："对了，陈墨也很喜欢摄影，他水平也不错。最近他忙什么呢？好久没见人影了。"

他忙着泡妞，忙着英雄救美，忙着性福生活呢。孟行心里嘀咕着，面上却露出灿烂的笑，嘴角的酒窝能溺死苍蝇："他啊，忙着写论文吧，尽善尽美惯了。"

杜依依哦了一声，到不知道再问什么好。

"回"字形的展厅走完一半，孟行使出泡妞三十六计，无奈杜依依是油盐不进，虽然微笑地时不时附和一声，却始终不怎么热忱。

末了，孟行约她出游，又被不假思索地拒绝了。孟行心里感叹，人啊，真他妈贱，越是得不到越想要，自己怎么落魄到勾引未遂的地步呢，突然就同情起梁洛来。

直到转出安全通道大门，孟行依旧毫无斩获，好不容易善心发作想要帮衬一下兄弟，怎么就这么难呢？

拿出最绅士最迷人的笑，最后问了句："依依，下周有个慈善晚会，你有没有兴趣出席？陈墨应该也会去，大家人多热闹。"心里鄙视了自己一百遍，末了还要拿出兄弟的招牌招摇撞骗撑场面。

杜依依眼睛一亮："好啊。"

一天的时间，过得很快，安乐在秦凌云的教导下，开始学习基本的礼仪，没有多难，就是细腻繁琐。

秦凌云细心认真，打印了许多资料交给她，虽然他知道很多东西不可能一蹴而就，不过安乐聪明，领悟力也高，接触下来，倒也不知不觉渐渐地改变了想法。

交际应酬，其实也有学问和天赋在里面，成功的说客不是卖笑那么简单。

　　"安小姐，下周有个慈善晚会，在这之前，你要用功些，我想带你去看看，认识一些人。这只是外围的活动，不需要紧张，先告诉你有个心理准备。"

　　永远帮倒忙的孟行，坐在车里打了个喷嚏，突然有种不祥的预感……

Chapter 05
给我一双手，对你依赖

季天雷一把抱住她，眼泪不受控制地流下来，哽咽道：
"小草，我忘不掉……"

她轻轻拍着他的背，泪水滴落在她的颈项，滚烫。

从前种种，譬如昨日死，以后种种，譬如今日生。

Part01 利益

冬日里难得的一个好天气，窗外的云朵洁白柔软，缓慢地飘浮。

酒店十八层的高度，落地玻璃洁净明亮，天空似乎触手可及。金色的阳光洒满整个房间，家具的颜色也鲜亮起来，光束里能隐约看到飞舞的细小尘埃。

安乐托着下巴的手移向酸涩的眼睛，揉了揉。秦凌云在套房外间打电话，听得到隐隐约约的争执声，难得这个斯文儒雅的男人，会和人争吵，安乐联想到他脸红脖子粗的模样，咧嘴偷偷地笑了起来。

她这几天都跟着秦凌云学习，他身上并没有严厉的样子，却让人不敢怠慢，学的东西五花八门，安乐即使聪明也颇感吃力。

她脱离受教育的环境实在太久，脑力劳动对她这类经常从事体力劳动的人，消耗的能量反而更为巨大。好不容易得了这样一个空隙，她站起身来，转了转有些僵硬的脖子，伸了一下懒腰——这类的举动，被纠正几次，是绝对不允许出现的，但是没人的时候，谁能管她呢！

迎着阳光站在落地窗前，安乐放松地遥遥远眺，远处的建筑鳞次栉比，纵横交错的街道上车辆穿梭，行人往来不断，因为所在高度的原因，俯瞰的东西都变小了很多倍，流动和宁静辉映，一切在阳光里显得柔和。

然而，再好的风景也与安乐无关，她从来都没有悲春悯秋的感慨，观望只是无意识的放松。在经历几次生存的挣扎后，她是不可能对周边的环境产生信赖感的，包括在这里，秦凌云并不知道，安乐随身带的包里，有一把锋利的折叠刀。

马斯诺需要层次理论用来解释安乐这类人，再适合不过，她长期处在金字塔最低端，笑贫不笑娼的社会，连归属和爱的需要都没有的她，自尊是什么？安乐心里很清楚，十年前她就当垃圾一样脱了下来。

平地起高楼不是容易的事情，何况是推倒后重新建设。她可以假装，可以扮演，却绝难产生真正的认同感。

秦凌云走进来的时候，安乐端庄地坐着，腰背与沙发椅呈九十度直角，占据坐椅三分之一的位置，脸上是温柔和煦的微笑。阳光在她的发梢上打上一层光影，画面恬静美好。

刚刚他和陈墨在电话里谈了很久。秦凌云是一个敏感而细致的男人，在社会上摸爬滚打这些年，眼光凌厉地能看穿大部分人的心思，而陈墨的变化实在过于明显。

像他们这类人，不惜利益想去维护一颗无足轻重的棋子，除了感情的纠葛，还能是什么？秦凌云想，陈墨毕竟年轻，沉不住气。

扳倒陈智琛，是秦凌云二十多年来的心愿，并且是和陈智琛的儿子携手，这是多么有趣的事情啊！一个人执著一件事情，漫长地等待和布局，怎么可能不成功？这世界上有两种力量最可怕，爱与恨，它能让人产生巨大的能量。

他不可能放任陈墨将计划破坏。

秦凌云修长的手指在背后用力地屈伸了一下，走过去拍了拍安乐的肩膀："中午了，休息一会儿，我带你出去吃饭。"

看着手机上来电号码挂断后，屏幕渐渐暗淡，陈墨皱起眉头，又是催他回家的电话，不用想，他就知道这个时候回去，家里肯定有一只粉红色的Kitty等着他。

但是一周没有回去，暂时没什么搪塞的借口，他想了一下，拨了孟行的电话。

"老大，关键时刻还要我出马吧，哈哈！"孟行听到陈墨约他一同回家吃午饭，立刻聪明地知道有何猫腻，在电话里调笑着。

"再废话，我让你下周去盯写字楼的装修。"

孟行立马不说了，他讨厌那里的噪音污染和刺鼻的油漆味。约好时间，他也没开车，挡了出租车来到陈墨家门口，朱红色的雕花大门前，陈墨长身玉立，明显等待了一段时间。

"老大，下次我回家，你也陪我吧。"孟行眯着眼睛笑，阳光有些刺眼。

"你可以再聒噪些。"陈墨白了他一眼。

家，冬日里应该是最温暖的地方，为什么对他们而言，都是如此逃避？孟行好奇心很强，可从不问陈墨的家事，他是个敏感的人，知道很多事情是不便言说的。知道而不能改变，还不如什么都不晓得，浑浑噩噩地过一天算一天。

两个人并肩走进别墅，家里常年都有人，陈墨是不带钥匙的，按了门铃，咚的一声过后，很快门开了，露出杜依依那张巧笑情兮的脸。

"陈墨，好久没见啊！"杜依依很开心。从放假到现在，每次过来，都看不到他。

"你好。"陈墨微微一笑，抬手打了个招呼，和孟行走进去。杜依依看到陈墨身后的孟行笑脸垮了一下，内心腹诽着，这个跟屁虫怎么什么时候都在啊！

孟行倒是很热情地走过去，笑嘻嘻地道："依依，真巧，又见面啦！"

孟行边说边上下打量着杜依依，难怪老大叫她Kitty，果然又是粉红色的羊绒薄衫，配着白色的靴裤，很清爽的打扮，衬得她眉眼如画，可惜这小姐钟爱的粉红色，是老大最讨厌的。

他要不要良心发现地给她提示呢？孟行邪恶地想，粉红色的护士装是他最喜欢的制服诱惑系列装扮，改天他要"好心"地提示杜依依，就说陈墨好这一口吧。

人生，真有乐趣啊，尤其是自己的快乐，建立在别人的痛苦上。

杜依依要是知道孟行此刻的心理活动，一定上去撕了他的嘴巴。

陈母在功能房练瑜伽，听到外面的动静走了出来，有点儿嗔怪地说："儿子，最近放假又不忙，怎么叫你回趟家，这么难！"

"阿姨好！"孟行嘴甜地抢过话题。

"小孟，你也是，听你妈妈说你也搬外面住了，让我们这些老太太怪操心的。"

孟行微微一笑，露出两个酒窝："阿姨，你要是老太太，也是世界上最漂亮的老太太！"

"嘿嘿，就你嘴甜，会哄人，我们家小墨，有你一半贴心就好了。"

陈墨看到窗外的光照在母亲的脸上，有浅浅的细纹，贴心？心从来就没有给过我，让我如何去贴近？

陈父难得也在家，孟行难免一阵寒暄。陈墨回家，照例是要和父亲下一盘棋的，孟行和杜依依都不善此中之道，成了围观群众，场景看上去其乐融融。

好不容易等到午饭时间，因为多了个孟行，陈母吩咐吴妈加做几道家常菜，自己炖了冰糖银耳莲子羹，温在白瓷煲中。

午饭孟行吃得很欢快，尤其看到陈母频频暗示陈墨追求杜依依，低头憋笑快成内伤了，英明神武的老大，难得也有今天！

秦凌云带着安乐来到城中一家著名的餐厅，门外泊了许多好车。

餐厅布置得富丽堂皇，紫檀木的屏风将每个桌子都隔成隐秘的隔挡，却不显逼仄。他们选了临街的位置落座，对街是市政建筑，大理石墙壁上雕着游龙，看上去颇有气势。

点了一壶碧螺春，两人静坐着等待上菜。安乐瞧着对面的秦凌云，金丝框眼镜下，狭长的双眸，微微眯起，他指着对面建筑的雕刻问："看到了吗？"

安乐点点头，心里嘀咕着，又不是瞎子，问的真是废话。

"从这组雕刻身上能看到什么？"

安乐想了想，微微一笑道："这是考我吗？"

秦凌云看着安乐不动声色地说："生活中处处都有学问，我希望你学会善于发现。"

安乐摊手道："秦老师，有什么你直说，我没文化，看不懂什么深刻的内涵。"

"这组浮雕，形神都不具备美感，雕刻粗糙，明眼人看到都是要摇头的，可它却存在于这么中心的位置，你知道为什么吗？"

等不到回答，秦凌云径自说下去："因为利益。世人熙熙皆为利来，世人攘攘皆为利往。就如同这座浮雕一样，每个人都有他存在的位置。"

你知道你应该在的位置吗？秦凌云抿了一口热茶，定眼看着一言不发的安乐。她是个聪明的人。

"你放心，我会让你的付出有所回报。"

孟行跟着被陈母极力送做堆的两个人，走出别墅，午后的阳光温暖地洒在身上，空气干燥。

他拍了拍陈墨的肩膀，凑过去耳语了一句："你放心，有哥们儿在，我会帮你招架，不过要有回报哦！"

陈墨伸手比了个电话的姿势，孟行立刻心领神会。在裤兜里熟练地翻开手机，长摁了快捷键。

杜依依拿着陈母给的歌剧招待券，心里美滋滋地冒着泡，有这样的机会，下周慈善晚会的女伴，陈墨会不会邀请自己呢？还是要自己先开口？

电话声响起来，陈墨掏出手机，按了接通："李老师，你好。哦，设计的课件有问题？好，我一会儿就过去。"

挂掉电话，陈墨对杜依依说："依依，临时有些急事需要我去处理，很抱歉，歌剧不能陪你一同去看了。"抬手将车钥匙丢给孟行，"小五，你送依依回家吧。"

老大，你真能瞎掰！孟行心里膜拜了一下，摸了摸鼻子，笑呵呵地对杜依依说："我下午没事，依依，我陪你去吧。"

Part02 放手

陈墨目送孟行带杜依依离开，银灰色的车子很快消失在视线里。车行道间或驶来的都是私家车，半天不见一辆的士，他也没有要处理的事情，慢慢地在行人道上前行。

平常陈墨都是自地下停车场直接进入公寓的电梯，今天回来没有开车，他从门厅走进去，一眼看到季天雷。其实这不是第一次，那夜过后，陈墨在公寓附近见过他好几次，只是远远地跟着，陈墨便装作视而不见。

然而今天似乎不同，他迎面直上，站在陈墨面前拦住去路，高大的身体将走廊挡了一半。陈墨挑挑了眉："师兄，你找我？"

季天雷点点头。

"上去坐坐吧。"陈墨伸手准备去按电梯，被季天雷拦下。

"不方便，还是跟我到拳馆吧。"他的头发凌乱，眼睛有明显的血丝，看上去精神并不多好。陈墨靠近闻到一丝酒气。

陈墨站立不动，进出电梯的人都看着这两个堵路的男人，却没有人出言说"让开"，空气似乎都凝重起来。

"我不会把你怎么样，怕了？"季天雷带点儿挑衅地说。

陈墨微微一笑："懂得害怕的人才懂得珍惜生命，不怕死是莽夫的行为。"

季天雷知道论口才不及陈墨，他直截了当地说："最近憋屈得很，去拳馆和我松松骨头吧。"

习武的人，有拜帖之说，也注重长幼之序，师兄发话，原本做师弟不应忤逆，但陈墨眼中并没有这些，他抬起头："去拳馆可以，但你喝酒了，我不和你对战。"

他们很久没有对打过，但师傅在的时候，师兄弟两人倒是时常较量，点到为止，谁不比谁强，两人半斤八两，但陈墨毕竟时日短，凭借的是身体的灵活，若论真功夫，自然不及季天雷。

季天雷看着陈墨，露出鄙夷的神色："你还是这么胆小。"

陈墨摇摇头："师兄，你喝多了。你来找我，无非不甘心，可你连安乐的面都不敢见，到底谁胆小？"

"我只是不想让她为难！"

"那么就彻底手放开，每个人都有不同的路要走。"

季天雷惨淡地笑出声："你看得开，别以为我不知道，你家里的那点儿破事，安乐跟了你，能幸福？"

"这不是你需要担心的事情。"

季天雷也不多话，拉着陈墨就往外走。保安看他一脸煞气，走过来问："陈先生，有需要帮忙的吗？"

陈墨摆摆手，跟着他走了出去。起了风，丝丝寒意透过衣服直入身体。陈墨拦下一辆的士，两人先后上车，也不说话，车厢狭小的空间越发显得逼仄。

郊区的气温明显比市内低了几度，低矮的建筑灰暗的色彩，冷清。下车陈墨刚要掏钱被季天雷抢了先："我叫你来的，自然我付钱。"

拳馆的大门新刷了漆，连招牌都翻新变得明亮干净，季天雷推开门，空旷的场地上寥寥几人打着拳。"场地我盘下来了。"他说，"这里又重新姓季。"

"好事情。"陈墨这句话说得很真心。

"喂，你们几个先玩到这里吧，我今天有事情要用场子。"季天雷朝里面吼了声。

人陆续走光，地上散乱着拳套和护具，场地寂静，只留他们两人的呼吸声。陈墨双手一撑，跳到拳台上坐了下来，这里的一切都很熟悉，也是他曾经挥洒过汗水的地方，而时间真是太匆匆。

"我跟了你们好几天。"季天雷将衣服撩起在另一侧坐下来。

"我知道。"

"她看我的眼神和看你的不一样。"季天雷低头，双手扳着拳台的木质包浆边沿，手背的青筋凸起，"不是我没胆量。"

陈墨将手上的绷带一圈圈解开，伤口愈合得很好，却留一道肉粉色的疤痕，他站起来："师兄，我们打一场吧。"

没有戴任何护具，陈墨脱掉外套和鞋子，整齐地放到场边，两个人在拳台上，凭借身体的爆发力和格斗技巧，交锋。

数个回合后，终究是季天雷稍胜一筹，狠狠一拳带着呼啸的风，直直砸向陈墨的脸。背后是拳台的护绳，他要弯腰闪躲，可这拳的速度实在太快，躲避不及，眼看就要挨上……

季天雷硬生生将拳头收住，冲力太大，向前迈了两步才稳住。两人皆是大汗淋漓，呼呼喘气。

"你知不知道，我这拳打上你的脑袋，你不死也要脑震荡？"季天雷伸手抹了把汗珠。

陈墨弯腰双手着住大腿，豆大的汗珠滴答地落在木质地板上，半晌他抬起头："不怕死是莽夫的行为，怕死是懦夫的行为，男人可以当莽夫，却不能做懦夫。"

季天雷哈哈大笑，躺倒在地板上，"你从来都比我会说话。不过，师弟，你总算有不如我的地方！"

陈墨靠着拳台的支柱坐下来，浑身的毛孔都张开，放肆地朝外澎湃着热力。

"人世间真是奇妙的缘分啊，师弟，拿出你今天打架的气势，好好保护她。"

不是不爱了，才可以手放开，而是太爱了，不忍心再让爱的人为难。而痛苦在身体内积蓄，总要找到一个圆满的出口，这一场酣畅淋漓的搏击后，季天雷一扫颓唐，不是不如人，不是一无是处。他不是输给这个叫陈墨的男人，而是输给爱情。只有这样想，他才能放过自己。

人，总是在不断否定和肯定的路上，渐渐成熟。未来是什么，走过去才知道。

夜晚的车道流光溢彩，车驶过，一串串灯火连成光带抛在身后，璀璨。陈墨浑身酸楚，手掌的伤口裂开，火辣辣地疼，手机没有电，屏幕漆黑。

出租车路过医院的时候，陈墨叫住司机，靠边停了下来。在急诊室处理完伤口，他想了想，朝住院部走去。

特护病房一到晚上，禁止喧哗，整个区域都异常安静，也十分冷清。久病床前无孝子，人的耐性总是有限，在最薄弱的时候能看出本性。陈墨只来过两次病房，一次是送钱，另一次是找人，他也不知道自己为何会临时起意走到这里来。

推开门，看护阿姨坐在沙发上打盹儿。实在是无聊，伺候的老太太又不能交流，也难怪她如此这般消耗时间。陈墨也没叫醒她，

向日葵

开在盛夏天

径直走到病床前，在看护的椅子上坐了下来。

房间光线昏暗，只有氧气机的声音，还有两人微弱的鼾声。陈墨扭开加湿器，细细的白雾飘飘散散，他伸手将摊开的被角仔细地掖好。

安乐的奶奶，没有她就没有现在的安乐吧。陈墨将老人瘦骨嶙峋的手塞进被子里，她无意识地哼哼两声，灰白的头发披散在枕头上，脑门儿上布满皱纹，面颊上有大片的老年斑，胸膛微微起伏，薄弱的生命力，衰败。

陈墨突然觉得有些难受，他站起来转身准备离去，却看到门口站着安乐，不知道站了多久，默默地看着自己。

他张张嘴，头一遭感到词穷。曾经有人说，喜欢一个人，就会走她走过的路，爱她爱过的人，他颇感微词甚至有些嗤之以鼻。

原来，真的，喜欢她就会变成她。这样的感觉蔓延到四肢，最终变成行动。陈墨走上前一把揽住安乐的腰，紧紧地抱住。压在他的胸膛上，似乎两个人的心跳融合成同样的频率。

他低头用下巴蹭着她柔软的头发，安乐扭动了一下身子，听到看护阿姨咂吧了一下嘴，僵住。

陈墨伸手抚摸她的脸，安乐又羞又恼，这不是公寓可以为所欲为，抽手想推开却被紧紧禁锢住。

陈墨将她轻轻地压在墙上，低头含住她的唇。先是试探地沿着她的唇形描绘，轻咬了一下她的下唇，她微微张开，他便立刻侵入进去，放肆地撩动。

他的唇舌温暖炙热，带着迫不及待，像是渴望甘露的饥渴者。

澎湃的男性气息将安乐包围，无法呼吸，心跳加速，缺氧得快要昏厥的时候，陈墨才放开她。看着满脸通红的安乐，他眼里是得逞的笑意，有着从来没有的调皮，像是吃到最甜美糖果的孩子。

"你要死吗！"安乐瞪了他一眼，声音却低得微不可闻，没了发怒的气势，倒似娇嗔。轻轻拉开门，将陈墨推了出去。

"我在外面等你。"陈墨眼睛闪过氤氲，迷迷蒙蒙。

安乐也不理他，转身，伸手按住跳动的心脏。走到病床前，摸摸奶奶布满皱纹的脸，他刚才这样看着奶奶，她在背后看着他，不知为何，一瞬间不能呼吸。

这个时刻让她觉得恶心的世界，她喜欢的两个人，在一处，这画面凝固得像在梦里。安乐捂住嘴巴，她喜欢的？

"吃晚饭了吗？"夜风中的两个人漫步，陈墨问道。

安乐点点头："你呢？"

陈墨揽住她的肩膀："我不想吃饭，我们回家吧，我想吃你。"话音未落被安乐一把推开。

"你可以再不要脸一点儿！"春天才是发情的季节啊，天寒地冻的，说的话让人起鸡皮疙瘩，安乐腹诽。

"我的脸都给你，我只要你。"陈墨解开大衣的扣子，将她拉进怀里，挡住夜风，紧紧地圈住她的腰不容她再闪躲。

"不要脸！"

"我只要你。"

"……"

暗夜的脚步是两个人，相拥的身影在路灯下拉长，交织成一个，渐行渐远。

Part03 相拥

222

皮蛋瘦肉粥，台湾风味，加一点儿肉松，盛在黑瓷碗中，看上去清淡爽口。腌制的酱瓜，细细地切成薄片，在透明的小碟里绕成圈。

　　说着不吃晚饭的人，坐在桌前，嘴角微微上扬，拿起搪瓷小勺挖着粥，咸香的味道在口中随着味蕾扩散开。

　　门口发出滴的一声开锁声。永远喜欢在不该出现的地方，不该出现的时候出现的孟行，转着车钥匙笑嘻嘻地走进来。

　　"老大！"他泰然自若地走近，顺手拿起桌上的筷子，夹了一片酱瓜送进嘴巴咀嚼，眉毛很快皱起来，"呸，真咸！"

　　门锁该换个密码了，陈墨想，立刻，马上，必须。他思忖着将现有的密码锁改成指纹辨识的，防贼防盗防孟行。

　　"站着干吗？坐啊！"孟行咂吧一下嘴巴，瞅着陈墨，"还有吃的没？饿死我了，那杜依依真难伺候，我怀疑她故意折腾我！老大，我要诉苦，我要回报，我要……"

　　从来不把自己当外人的孟行絮絮叨叨，犹如唐僧念咒般，让人那个心烦意乱。

　　听到外面的动静，安乐推开门出来，打了个招呼："小五。"

　　"乐乐！"孟行冲过去就要熊抱，被陈墨揪住了后领子，推坐在凳子上，动作行云流水，一气呵成。

　　孟行递过去个哀怨的眼神："人家不都是'兄弟如手足，老婆如衣服'，怎么到我这里就沦落成'老婆如手足，兄弟如衣服'啦？！"

　　"乐乐，你抢我手足，就把你独门的绝学教我几招，我好去偷别人的衣服。"

　　这几句衣服和手足的关系转换学说，听得人晕头转向，安乐顿时感觉额头上出现三道黑线。孟行绝对是那种越答理他越找不到北的人，根据这些日子的接触经验，安乐沉默以待，只递了个白眼过去。

　　明显，"老婆"这个词取悦了陈墨，他拍拍孟行的肩膀，用动听而温柔的口气，说着疑似威胁的话："小五，既然你下午遭受了摧残，不想再被摧残一轮，现在就应该聪明地赶快回去自己的窝里休息。"

"我不累啊，哥们晚上喝两杯吧，酒吧还存了我的黑方。"孟行嘿嘿一笑装傻，脸上荡漾着两个小酒窝，很喜庆。

孟行练就了十来年察言观色的本事，他绝对是故意的，每当陈墨那张冷漠的脸冰封瓦解之时，他就觉得很开心，这符合他损人不利己的特色。实际上，他们都是一样的人，只不过戴着不同的面具，嬉笑的，或者淡漠的。从亲近的人那里看到最真实的表情，就会觉得，原来生活，还不是那么糟糕。

安乐对孟行的提议倒是极为赞同，巴不得陈墨赶紧离开，以免自己被生吞活剥，附和着道："今晚天气挺好，适合出去遛遛。"这话说的失误程度几乎快赶上那句经典的"今夜阳光明媚"了。

陈墨揉了揉额角，餐桌上的射灯洒下明亮的光，英俊的脸上不动声色，只抬起手，在指节那里按了几下，发出咯吱的骨头摩擦声。

孟行看到这阵势，反手将桌上的酱瓜碟子抓起来，滑溜的身子一转，朝门口奔去，闪人之际还不忘扭头丢下句："春宵一刻值千金，有人恼羞成怒了，哈哈！"

酱瓜，咸而脆，嚼在嘴里嘎嘎地响，孟行靠着门背，发了一会儿愣，公寓的隔音做得很好，他也没想听到什么。欢喜过后，接踵而至的却是落寞。那种全世界，只剩他一个人的感觉，再次涌上心头。

孟行垂下头，挪开步子，狭长的走廊，灯一盏盏亮起，又一盏盏熄灭。

224

安全通道的门哐地打开，黑暗的楼梯间的感应灯瞬间明亮，什么时候，他也能找到一件可以变成手足的衣服？孟行在心里默默地想，这世界上，幸运的人，总是少数。

安乐将洗净的瓷碗放在橱柜的底层，弯腰，露出一截背，灯光下白皙细腻。陈墨倚在厨房门框边，看着她，身体有些燥热。走近她，脚步轻盈，伸手抚摸上她的背，修长的手指，灵活地钻进衣服里，沿着脊柱慢慢攀升。

"别闹！"安乐扭动了身体，往前面靠了靠，腰部自然向前弯曲，臀部却因此微微翘起。无心的诱惑反而更具风情，陈墨的眼睛染上了氤氲的光。

喜欢是很难言说的情绪，感觉却可以身体力行。陈墨揽住安乐的腰，从后边紧紧地拥抱，身体严丝密合。灰色的棉质T恤覆在手背上，柔软，而掌心下覆盖的肌肤细滑，徐徐向上，带起一串战栗。

安乐咬咬下唇，灵活的手指在她的背部温柔地抚摸，似乎具有魔力般。她感觉内衣的搭扣被轻轻撩开，紧接着他的手环过来。

细碎的吻，沿着脖项，如蝴蝶的触须，安乐的身体紧绷，此刻"别胡闹"三个字居然卡在喉咙，被施了魔法吗？他灵巧的舌尖在她的耳垂绕着圈，呼吸的热气喷在耳郭里，她的心跳无限加快，似乎满世界都是怦怦的响声，连同那颗跳跃的心，被他紧紧握在手中。

害羞？多久没有的情绪……

"不要在这里……"

"吃东西为什么不能在厨房，嗯？"陈墨暧昧地说着，最后一个强调，异常婉转向上，很勾人。

"我不是你的食物。"

"不，你是我唯一的食物。"最后一个字消失在唇边，他扭转过她的脸，潮红，目光落在鲜艳的嘴唇上，他低下头，吻了上去，将她来不及吐出的辩驳与抗议，统统吃了下去。

她的腰抵在洗碗池的边沿，有水渍浸湿了一截衣衫，清凉，而身前的手，撩拨着所有感官，那点儿凉意瞬间被蒸发掉。

　　陈墨将流理台上的东西朝里面一推，拦腰将安乐抱起，大理石材的面板，刚刚够坐一个人，头顶是蓝色的吊柜，她用手撑住。

　　陈墨的身体很矫健，动作迅速地褪去自己的衣衫，日光灯照耀下，宽阔的胸膛，麦色的肌肤闪着漂亮的光泽，他总是给人瘦弱的错觉，而只有安乐知道，他身体里隐藏的可怕的力量。

　　她看着他，目光没有游移也没有闪躲，像要看到他的灵魂深处，乌黑的瞳人清亮。

　　陈墨吻了一下她的眼睛，薄唇轻启："对，就这样看着我。"安乐，永远记得，不需要怯懦，不需要躲避，就这样看着我。

　　陈墨伸手推高她的衣服，一把拉去，莹白的肌肤完全暴露在空气中。他看着她的眼睛，内心有个声音在徘徊，安乐，这世界上所有的人都是半个，当我进入你的时候，我才感觉到完整。

　　这样煽情的话，陈墨不会对安乐说，但他总觉得，她，能感受到，那种两个人在一起的完整，是世界上最美妙的感觉，能忘掉一切，可以自私到极点，什么都不用想。

　　此刻，安乐坐在一米多高的柜台上，低头看着陈墨，她心里是说不出的感觉，放纵？不是；爱？她不敢确定。她从来不思考太多不确定的事情，她更愿意相信诚实的身体。

　　他给她从来没有过的感觉，合二为一的那种，圆满的，充盈的感觉。抵死缠绵的需要，像这个世界上，唯一的共犯。

　　安乐只听见自己身体的叹息，所有的感觉都集中在了一点。烟花般迸发，最终，只有粗重的呼吸提醒她还存在，还在这个说不清道不明的世界，活着。

　　浴室里充满了氤氲的水汽，镜子渐渐模糊起来，照不出人像，只有虚影在晃动。欢爱似乎无止境，从厨房的台面到客厅的沙发，不用等待明天般，两个人都是体力很好的，但安乐已经撑不住，半眯着眼睛，任由陈墨抱去浴室。

泡沫，浓郁的玫瑰花香，是孟行恶作剧的产物，只要她喜欢便好。陈墨伸手试了一下水温，将她放了进去，听到满足的一声轻哼。他笑了笑，也跨进浴缸，水花四溢，丰富的泡沫将两个人笼罩起来。

他知道她没有睡，清洁身体的时候，她还有些微微的颤抖。

甜蜜的时光，总是短暂，也许更因为短暂，越发甜美。像水中的泡沫一样，会不会有冷却破灭的时候？安乐闭着双眼，长长的睫毛在眼睑覆盖出阴影，陈墨俯身吻了吻。

"最近，你像变了个人。"安乐听到自己这样说，浑身散架般酸楚。

薄薄的雾气中，男人露出灿烂的笑："也许，这才是本来的我。"

"你不也像变了个人？"

安乐睁开眼睛："也许，这不是原来的我。"

她像一朵花，慢慢绽放，崭新的姿态，面对同样的世界。可是，盛放的时间，又有多久呢？

"陈墨，我会拿到那块地，所以不要管我，不要约束我。"

"我可以不要那块地，你也可以管我，约束我。"

Part04 简单

橱窗明亮，黄色的射灯照的衣服色彩越发鲜艳，搭配的首饰折射着璀璨的光芒，模特头微微仰着，喷塑的表情冷峻高傲。安乐站在专卖店的橱窗外，止住脚步。

"有看上的？"秦凌云在她身侧询问。

安乐摇了摇头："太艳了，不适合我。"

秦凌云指了指中间那套蓝色系的丝质裙装，立体剪裁，看上去高雅大方："试试那套吧。衣服不穿在身上，永远不知道适不适合自己。"说完大步走了进去，对营业员微微笑道，"橱窗那套蓝色衣服拿中码的出来。"

安乐跟着他的脚步一同迈入，明天的那场宴会，她并没有告诉陈墨，今天的课业结束后，秦凌云便带她来选购衣服。

"虽说是宴会，但不会像电视里看到的那么夸张，冬天不能穿着太暴露，会给人感觉做作，可是也要有自己的风格，才能让别人记住你。衣服，至关重要。"

安乐仔细地聆听着，她自问不是有品位的女人，年轻稚嫩，曾经身上的衣服图方便和保险，永远是灰色和黑色。而现在，和从前的力图遮掩和不受关注相反，让她选择出挑的服装，实在是难题。

秦凌云的眼光无疑是很好的，男人的审美和女人大相径庭，而漂亮的衣服，女人除了为取悦自己，更多是为取悦男人而穿。不管衣服里包裹怎样的灵魂，"气质"这个词大多数情况下，是可以用金钱塑造出来的。

柔滑的面料摸上去有些冰凉，安乐从营业员手中接过衣服，在指引下，步入更衣室。整面墙体镶嵌着巨大的镜子，满足爱美女性的天性，安乐将门关好，抬头看了看上方，确定没有什么摄像头之类的，开始脱衣服。

当一个人潜意识里充满了被害意识，是万难对周遭的环境和人产生信任感的，安乐并不觉得自己的举动有什么突兀，也不管这里是多高级的商场，她总是习惯性的，保护自己。

这个世界上，有谁能获得她的信任呢？她拼死也要挽留哪怕只有屈指可数的几年光阴可活的奶奶，还有能放开身体迎接的陈墨。也许，就这两个人了。可是，他们都不确定能在她身边停留多久。

时间有限，如果在最快乐的时候，能和最想在一起的人一同死去，未免不是幸福的极致，可惜，她没有那么自私，好死不如赖活着，而且还要活得更好。

安乐的人生格言无非三个字——忍、熬、活。忍过去，熬下来，就能活着。

拉链在腰际以下，安乐侧着身子努力地往上拉，幸好身体柔韧，胳膊的伸展能力不错，这时候她才知道，为什么刚刚营业员说要进来帮忙。

裙子刚刚合身，最近衣食无忧，胖了一圈，倒将裙子撑得前突后翘。安乐一直觉得自己没有什么女人味，可是镜子里出现的那个人，一点儿也不像自己，腿在裙子的包裹下显得笔直修长，收腰的剪裁，勾勒出女性的曲线。

走出来立定地站着，秦凌云拍拍掌："很漂亮，适合你。"

"那就这件好了。"

秦凌云摇摇头："小安，作为学生你是我见过最聪慧的，可是作为女人，你是我见过最失败的。"

安乐心里鄙夷着"又来了"，他们这类人总是妄想以自己的哲学去打动别人，让别人膜拜，然而在她看来，这些说教一文不值。

"作为女人，要有'下一件更好'的挑剔心，只有在实践的选择搭配中，品位才会得到锻炼，眼光自然会更加精准。你才会知道什么对你而言更适合，能发挥你最好的一面。"秦凌云双手在胸前环绕，系腰带的黑色中长风衣，看似休闲，银质的装饰扣在灯下闪着亮光，整个人看起来年轻了十来岁。

这个斯文的男人，实际上已经四十多岁，足够做她的父亲，可一点儿都不显老相。

足足逛了一圈，安乐的小腿都有点儿抽筋，最终还是选了第一次试穿的裙子，她在心里骂了句"折腾"。

女人为美丽总要付出代价，可能是时间、精力，或者别的什么。

晚饭的时间差不多到了，安乐的手机在衣兜里振动起来，她掏出来一瞧，屏幕上闪着"缺德鬼"，她接起来："孟行，什么事情？"

"乐乐妹子，晚上没事，陈墨那家伙说要去酒吧玩，让我打电话叫你声，地址就上次那家，要我去接你不？"听筒里传来孟行笑嘻嘻的声音。

"不用，我知道地方自己过去就行。"

"快点儿过来哦！我们都在这里了。"

安乐瞄了眼秦凌云："秦老师，要不要一起去酒吧喝一杯？陈墨和孟行都在。"这是纯粹的客套话，任谁都能听得出来。

秦凌云微微一笑，摆摆手道："我就不去了，有我这个年纪大的在，你们玩不开。不过记得，明天还有事情，不要喝得宿醉，会影响形象。"

安乐点点头。

陈墨正开着车往公寓驶去，忙碌了整天，见了几个重要的人，他在想办法，将安乐从这个套中解脱出来又不影响整体计划。

最初，因为安乐的机灵，也因为她有这样一门"便捷"的手艺，陈墨多方考虑，觉得她是适合参与的人。与标相关人员的游说看上去是首要的目的，但实际他们想伺机窃取标的。这样的事情不败露则罢，一旦稍有差池，最终的黑锅注定要她来承担，而这点，安乐本身也心知肚明。

高风险带来高回报，从来都没错，钱这一关最难过，为了区区百元将人置于死地的也大有人在。然而，世事难料，千算万算，陈

230

墨没有算到自己的真心，会为一颗棋子，不可控制地跳动。此时此刻，他万难再让安乐去涉险。

可是如果计划不能成功，他面临着巨大的赔付压力，父母那里自然是不能过去，即使他不和杜依依在一起，父母也绝不可能接纳安乐。这点，他比谁都清楚。

两难，人生的路上总是会遭遇左右挤压。陈墨并不特别在意，他从一个外放热情的人，经过十多年的隐忍和历练，早就学会不动声色。

某种程度上，他和安乐是一类人，从儿时那次经历生死关头的绑架后，他就明白，这世界上没人能帮你的时候，唯一能做到的就是呼吸到最后一口空气前，不绝望，就有希望。

电话的振动声在安静的车厢响起，再有一个转弯就到家了。陈墨接起电话，耳畔传来熟悉的声音："老大，我在老地方，乐乐正往我这里赶呢，她说想尝尝我存的黑方，你来不来呢？"

合上电话，孟行打了个响指，两个人都搞定，心里独自偷乐，这招叫什么？"声东击西"？不对，他想了半天也没有归纳总结到三十六计里面，就懒得浪费脑子。柠檬水在嘴巴里打了个圈，清新。

这两个没良心的男女，偶尔也补偿下他幼小的孤独的心灵吧，孟行笑嘻嘻地朝酒保说："把我的好酒拿出来，等会儿倒我这杯记得多掺些矿泉水哦，小费大大的有。"

只是，孟行算得巧妙，忽悠了两个高智商的男女，却万万没有料到，这两人心有灵犀的程度，这个夜晚，他还是注定要一个人冷冷清清，凄凄惨惨地继续孤独下去。

陈墨和安乐倒是没怀疑孟行使诈，都赶赴约定的老地方，凑巧城里堵车，两人在酒吧门口给撞见了。

"咦，你不是在里面喝酒吗？出去拿东西？"安乐疑惑地看着陈墨。

"小五说你和他在一起，你还没进去？"陈墨还没来得及锁车，看到安乐神色柔和起来。

两个聪明人眼睛转了转，立刻明白起来，相视一笑。

陈墨握住安乐的手，朝身边揽过来，拉开车门："走，不理他，让他好好反省一下，我们约会去。"

夜风寒意侵人，路边的积水结了薄薄一层冰。这么冷的天，安乐想不到有什么地方好去，但也不想这么被人忽悠来，让孟行的心意得逞。

其实时日久了，对孟行讨厌的感觉早就烟消云散，她能看得出来孟行是个寂寞的人，可是，这份寂寞不会被他们排遣掉，热闹人群的孤单比独自一人的寥落，更难忍受。

安乐知道这点，想必陈墨也是如此想，他们都是这样熬过来的。而孟行，自有他的归宿。

"你有想去的地方吗？"陈墨边问边发动车子，顺手打开暖气。

"这么晚能去哪里啊？你想吧。"

"去看电影吧，然后去泡温泉。"

像所有情侣那样，手拉手，捧着爆米花和可乐，在熙熙攘攘的人群里，拥抱。最简单的幸福，陈墨突然向往起来。

"好。"

这个字敲在他心里，承诺般，暖暖的。

Part05 艳遇

孟行没有像往常一样坐在吧台前，而是选了里面的卡座。

两人的电话都是关机，聪明的他很快知道为什么，重色轻友，他在心里骂了句，垂着头独自饮着他的黑方。

美酒与英雄通常都是寂寞的，他对自己说。美酒倒是真的，英雄？他嗤笑了一声。

孟行喜欢喝酒，是因为他酒量实在不佳，晕晕沉沉是很奇异的感觉，整个世界都会旋转，人影变得模糊，只有这时候，才觉得真实。但他又厌恶这样像是自暴自弃的行为，内心很是矛盾。所以，喝多的时候，他的酒品更加不佳。

角落里新搭建的舞台上来了三个人，各自摆弄着手中的乐器，一阵激昂的鼓声响起来。酒吧为了热场，新请了乐队驻唱，这是从前孟行没在这里见过的。

一个身形瘦弱的人走到台上，黑色的皮衣皮裤很朋克的范儿。灯光偏暗，孟行看不清他的脸，闪烁的灯光为低头弹唱的人镀上了一层魔幻的光。潮水般的音乐涌上，蔓延在身体周围，声音很有穿透力，气息沉稳，吉他伴奏加上他的声音显得空旷悠远，唱的居然是一首孟行最喜欢的歌。

"继续走，继续失去，在我没有意识到的青春。"

孟行不知道哪根筋抽了，紧握着杯子的手指用力得发白，直接连杯子带着金黄的酒液一同扔过去。在摇滚的音乐中，狠狠地砸在墙上的声音倒没有多大，飞溅的酒水却泼了歌手一身。

孟行摇摇晃晃地站起来，他纯粹找抽的砸场行为，果然被台上冲下来的几个人团团围住。

服务生是知道孟行的，急忙过来解围，被他一把推开："吵死了，什么鬼玩意儿！"

酒精在身体里发挥着热量，血液朝头顶涌去，孟行脸颊绯红。他一手撑着桌子，一手在衣服上摸索，好不容易找到口袋，摸出钱包，努力站直身体，掏出一沓粉红色钞票甩在桌上："给我换首歌！"

这个侮辱的举动，让有心解围的服务生都保不住。玩音乐的都是热血青年，脾气暴躁的已经开始找瓶子了，酒保见势不妙急忙溜去找老板，服务生架着孟行，努力说着息事宁人的好话。乐队的几个人都围在前面，四周还有些看热闹的看客。

只有孟行像没事人一般，歪歪斜斜地站着，极不悦地甩开服务生搀扶的手："看什么看！大爷我没喝多！"酒壮尿人胆，这句话绝对没错，换成平时，他惹是生非，多是损人，这类明显找打的"损己"举动，也只有喝多了才干得出来。

鼓手身材高大，脾气也最暴躁，拿着鼓槌就冲过来，举手就要敲过去——恰好此时，孟行眼前天旋地转一片模糊，重重叠叠的影子晃来晃去，他脚一软，坐在地上，倒躲过这棒子。

那个帅气的主唱歌手从后面拉住鼓手的袖子，皱着眉头说："老大，算了，他喝高了，别和喝醉的人一般见识，掉份儿！"

孟行隐隐约约听见有人喊"老大"，伸手揉揉眼睛，摊在地上依着桌脚，在旁人看来很是狼狈。

"小五，你回去换衣服，今晚这场先散了吧。"

小五？孟行听到有人叫他，挣扎着爬起来："我……在这儿呢，谁，谁叫我？"

"疯子！"鼓手瞥了他一眼，周围的人看没架可观望，陆陆续续地散开。

酒保连着服务生两个人合力将孟行丢在最后面的沙发上，他兀自发着脾气，哼哼唧唧，可没有人听懂他在说什么。

谁在叫我呢？不要走……不要世界上就剩我一个。

爆米花的滋味，香甜；可乐冒着气泡，清凉；文艺片的画面唯美，交握的手指温热。一切明明挺美好，可是安乐却隐隐不安，说不上为什么。做错的是孟行……为何半路走掉的她心有不忍？

"给孟行打个电话吧，就这样把他一个人丢那里，不好。"安乐没注意屏幕，凑过去在陈墨耳边低语。她看到他掏出手机在手中转着，显然也不是很专心地看电影。

约会，这样已经够了。如果有心，在一起每一秒都是约会。

陈墨笑了，拉着安乐站起来："走，找小五喝酒去。"

手机在沙发上安静地躺着，铃声响了良久，没人接听。孟行拖着外套跌跌撞撞地在马路上走着，醉得连自己有开车来都忘记。夜风吹得昏沉的头稍稍清醒，他看到酒吧前的天桥，还知道要走到对面挡车。

乐队出师不利，被酒鬼闹场，但最终还是唱完了整场。五个人站在马路边骂骂咧咧地聊了一会儿，其他四个人都住一起，只有主唱在另一个方向，分道扬镳。

"小五，回去注意安全啊！"鼓手临别叮嘱了声，无论打扮怎样中性，毕竟是个女孩。瘦长的身影朝后潇洒地挥了挥手，渐渐远去。

天桥上蹲坐着一个人，她也没在意，寂静的冬夜，只有寥寥几辆车在底下的快速车道呼啸而过。天空低沉得触手可及般，她拉着栏杆，看远方闪闪发亮的车灯由远及近，觉得很有趣。

世界多美妙，怎能不欢唱，她眯着眼睛，手指在栏杆上打着节拍，哼着歌，突然，一个强有力的臂膀将她狠狠地拖离天桥的护栏，毫无防备的她重重地跌坐在了地上。

"嗯……美少年，想不开，找个不妨碍人的地方去。"孟行打着酒嗝儿，话说得倒是很利索，"下面是快车道，摔不死，把你碾死，存心恶心人啊！"

他发誓他绝不是救人，只是不愿看人污染环境，祸害别人，砸到花花草草——显然，喝昏头的孟行，以为扒着栏杆半晌不动的人，意图轻生。

美少年？想不开？女孩瞪着眼睛朝说话的人看去，这人怎么如此眼熟？她立刻想起酒吧闹事的画面，更是气不打一处来。手掌蹭破了皮，生疼，她也顾不上，爬起来直接一拳朝孟行下巴招呼去。

砰的一声，孟行被狠狠地打翻在地，半天没缓过神来。

"你大爷的，你才想找死呢！"她双手叉腰，彪悍地骂道，"看清楚，老子是女人！"

什么破酒品！都说酒品如人品，这厮人品估计也好不到哪里去，好久没打架了，这拳揍得她手疼。骂完转身准备走，不料，她低估了孟行的撒泼和胡来，被一把抓住脚踝，再次跌坐在地上，翻身被压住。

明明是个帅气的美少年啊，干吗要装女人？孟行伸手迅速地朝她胸上按去，软的，富有弹性的触感，让他彻底呆掉。"你居然真是女的——"他不可思议地叫道，这句话彻底将她惹恼了，劈头盖脸又是一顿打。

孟行从来不信奉"好男不和女斗"的教条，自然更不是"打不还手，骂不还口"这类人种，于是两个人在天桥上滚成一团，掐脖子按肩膀不亦乐乎，幸好是大晚上，无人围观。

黑方的后劲很大，酒精在体内循环，这一发热，反而蒸腾上来，不一会儿孟行头昏脑涨，战斗力直线下降，最终摊在地上任人蹂躏。

安乐和陈墨赶到酒吧，没有找到孟行，打了无数遍手机也没有人接听。陈墨细心地向服务生询问，被指点了他曾经待的位置，两人在沙发上发现孟行的手机。

"会不会出什么事情？"安乐皱着眉头说。

236

"车还在外面，我们沿路找找。"陈墨向来善于观察分析。

天色黑暗，四周找了个遍，没见到人，陈墨指了指天桥："上去看看。"

台阶还没上完，就听到一句怒喝："看清楚，老子是女人！"紧接着陈墨听到孟行那熟悉的声音响起："你居然真是女的——"他拉了一下安乐的手，止住她的脚步，黑漆漆的夜里，倒没人注意这两个躲在天桥头的偷窥者。

两个人在地上滚得很是热闹，安乐噗的一声没忍住，笑了起来，被呼啸的车声掩盖住。凑到陈墨耳边说："上去拉开？"

陈墨摇摇头，嘴角微微扬起，带出一个微笑，压低声音说："再看看。"

缘分来的时候，总是别开生面。

冬夜的气温，很低，地上冰冷，身体燥热的孟行感觉不到，四仰八叉地躺在天桥上，夜空低沉。酒醉的人一旦躺倒，没几个小时缓不过来，那时寒意侵骨，难免会生病，更有甚者，冻死都有可能。

"喂！别给我装死，起来！"女孩爬起来脚尖轻轻踢了他一下，没有反应。她弯腰在他身上乱摸了一通，没找到手机。

"你是远古人啊，出门手机都不带。"她想打电话找他朋友接人，总不能这么冷的天让他在天桥上躺着啊。

她拍拍身上的土，眉头紧锁，真是流年不利，没事和酒鬼打什么啊，这下闹不清了。她瞅瞅四周没看到人，心里自我安慰着，干吗要惹事上身，这样想着，迈开了步子准备离去……

陈墨的眼睛立刻寒了起来，露出危险的光。他正要上前，被安乐拉住："再等等。"她敢打赌，这女孩绝对不忍心——就从她寻找孟行手机的那刻起，安乐就笃定她不会丢下孟行不管。

果然女孩没走出十步，板着脸又转了回来。

"我遇见你是我祖宗八代倒了血霉，你遇见我真是你祖宗八代烧香积德。"边骂边俯身将地上的孟行往上拉。把他丢到酒吧去吧，看那服务生的样子像知道这家伙是谁。幸好她身材高挑，这个死家伙也不是肥头大耳的胖子，勉勉强强倒能拖着往前走，倒也没发觉身后跟着两个小尾巴。

走到酒吧门口，她出了一身汗。可是酒吧在他们这一番折腾后，客人走得差不多，提前打烊了。

"有没有天理啊！这么早怎么可能打烊！"女孩抹着汗珠，狠狠地踹了大门一脚，安乐掏出手机看了看屏幕——2：00。确实有点儿早。

女孩实在没力气了，靠着门喘息，孟行倒是很自觉地靠在她身上，站得歪歪扭扭，身体曲线很富有挑战性。女孩翻了翻白眼，扭头看到十米外马路对面酒店的霓虹招牌闪闪发光……

陈墨和安乐尾随着跟进酒店，看到女孩领了房卡，才转身离去。

"小五艳遇了。"安乐坐在车里，大笑半天才冒出一句话，"你说他会不会埋怨我们？"

陈墨握着方向盘："明天他可能会埋怨我们，但以后却不一定。"

缘分啊，来了谁都挡不住。

Part06 晚宴

酒店的顶楼是餐厅，常常举办一些正式的活动，年末是租用的高峰。整个大厅金碧辉煌，礼台四周鲜花簇拥，丝毫感觉不出是在隆冬。任何美丽的装饰下，无所不在的，金钱的影子。

在《拉德斯基进行曲》的背景音乐中，有几对男女在边场四处走动，随意地交流着。显然，宴会还没有正式开始，主角还没有登场。

安乐穿了昨日选购的蓝色小礼服，立体剪裁的长袖高腰短裙，露出修长笔直的腿，包裹着浅灰色的丝袜。栗色短发在耳际柔顺服帖，颈间乳白色的珍珠项链饱满圆润，配套的耳扣镶嵌一圈碎钻，熠熠生辉，看起来端庄优雅。

她站在玻璃的自动门边有些忐忑不安，秦凌云一身深色西装，风度翩翩。这只是个小型的宴会，但是他并没有和安乐说实话，项目拿标的关键人物，有几个都会到场。

那块地，无论如何他志在必得，借鸡下蛋的方案，原本就是他提供给陈墨的。陈墨的目的是弥补游戏的投资，掌控自我，而他更倾向于打击陈智琛——这一点陈墨并不知道。

那块地操作得当，带来的不仅是短期内的资金回流，在往后的二十年甚至更久的时间里，陈智琛已拿到的别墅用地，将毫无用武之地，等于上亿的资金白白烂在那里。有钱人都信风水，谁会买公墓旁的别墅呢？

这一点陈墨那么聪明的人不会不知道，明明预料到后果却宁愿和自己合作，秦凌云也摸不透陈墨存了怎样的心思，不过，他无暇顾及陈墨家里的恩怨，付出就要有回报，才是他的处事原则。

"进去吧。"秦凌云拍了拍安乐的肩膀，示意服务生将两人的外套收好。

"秦老师……"

"你不是说会让我的付出有所回报吗？怎么，胆怯了？"他重复她曾经说过的话，是提醒也是激励。

安乐抬起头，清澈的眼眸在灯光下如黑曜石般明亮，她摇摇头。秦凌云将她朝前轻轻地推了一把，机灵的服务生连忙打开门，周围弥漫着茉莉的芳香，瞬间将安乐包围进去。

陈墨不知道秦凌云动作如此迅速，完全不考虑后果的，将安乐推到台前，风雨交加的地方。命运的齿轮总是无法预估地转动，可能朝向好，也可能朝向坏。

过两日便是大年夜，年末的活动陈墨本是不愿参加，无奈又被母亲催促着陪同杜依依，她父亲杜衡生正是宴会的主角，晚宴后，杜衡生的部分摄影作品将举行慈善义卖。有权有钱的人都喜欢搞这个，不论真心与否，要的就是个好名声。

孟行看摄影展的时候并不知道此宴会的真正含义，还"单纯"地邀请杜依依来参加，简直喧宾夺主。本应担当陪同重任的孟行昨晚夜不归宿后，中午回来，脸上被挠得跟花猫似的，惨不忍睹，死活不肯外出。

陈墨无奈，只得亲自出马。躲得了初一，躲不了十五，原本他就不是喜欢躲闪的人。说清楚，也好。

秦凌云在这个圈子混了少说也有十年，其中牵线搭桥成就了无数个项目，行内的说法算是介绍人，有着媒介那层意思，实际上，他更愿自称为说客。

他充分利用人脉广布关系良好的条件，穿针引线，左右逢源，与人方便，其中的猫腻不言而喻。

"当你希望实现自己的目标时，就到餐桌旁与需要的人结识。"秦凌云一直很信奉这句话，也是如此教导安乐的。

如果目的明确，有无数条路可以通向那个终点，列出所有可行性，选择最便捷的路，然后，坚定地走下去。

服务生穿着整齐的制服，端着酒盘游走在场内，含蓄恭敬，秦凌云轻轻地拿起两杯，将其中的一杯递给安乐，斯文绅士。引见是技术活，时机最重要，和一些无关紧要的人颔首打着招呼，随意地寒暄，安乐随着他的步伐，不紧不慢，时不时附和几声，由着他按照编造的故事渲染她的人生，倒渐渐放松起来。

音乐轻缓，璀璨灯光下的世界衣香鬓影，和煦优雅。安乐的腰挺得很直，下巴微微抬起，秦凌云在身后捏了捏安乐的胳膊，俯身在她耳畔低声说道："杜衡生来了，我带你去见他。"

安乐乍闻此言愣了一下，原先他说这不过是一个外围的宴会，带她来见见世面，为何现在目标突然出现？由不得她多思考，秦凌云拉着她朝前方走去，一拨客套的人才刚走，桌旁空出两个位置。

"杜书记，许久不见，你可好啊？"秦凌云熟络地打着招呼。

"秦总，可不是，好久不见了，你才从国外回来？"杜衡生站起来和他握手，面子上很热情。

杜依依眉眼依稀有着父亲的影子，安乐不动声色地打量着面前的男人，中年，微微发福，国字脸，浓眉大眼，能看得出年轻时仪表不凡。他保养得很好，身上有着明显的官场气质，即使面带微笑，也让人感到很威严。

"这位是？"

"我在美国一个朋友的女儿，让我带着回国投资做生意，还要仰仗杜书记的关照啊！"秦凌云微笑着说，"安乐，来打个招呼。"

安乐落落大方地走上前，伸出手："杜叔叔好。"如何从面前这个男人身上获得需要的东西，如何投其所好……

"看着就机灵的小姑娘，准备投资做什么？"杜衡生今天心情很好，难得寒暄起来。

"房地产。"秦凌云接过话茬。安乐看到杜衡生的眉毛细微地朝上挑了一下——也就是一瞬间的动作，她瞧得仔细，这个男人必定是敏锐凌厉之人，安乐心里下了直接的判断。而通往目标的路，自觉中变得陡然。

秦凌云见杜衡生并不搭话，知道这个边鼓敲得并不合时宜，隐藏在镜框后的眼睛微眯，转移了话题，他有无数不至于冷场的交流话题。时政加着国外趣闻，气氛重新其乐融融起来——安乐知道那

241

不过是表象。

侍者将拍品的名册送了过来，安乐看似随意地翻看，目光停在最后一组拍品上，摄影。

"如何，还入得了你们年轻人的眼吗？"杜衡生看安乐目光久久在他的作品上徘徊，随意地问道。

安乐薄唇微启，勾勒出优雅的笑："摄影家，是用光线记录瞬间的人，历史在镜头前，他们在镜头后。这组作品采用三百六十度全角镜头，拍摄出城市沧桑变迁的时代感，我很喜欢。"

溜须拍马是一门学问，不露声色，点到为止是最高境界。显然，杜衡生对这番话很是受用，颜面上展开了笑容："小姑娘也喜欢摄影？"

安乐颔首，她最不喜欢照相，过去的就是用来被遗忘的。

就着摄影的话题延展，安乐捉到一个切入口。果然，就怕人没有爱好，爱好也会是弱点，能产生让人接近的契机。

拍卖即将开始，席间言笑甚欢。就这样吧，安乐心想，保持下去，慢慢接近他，逮到狠的把柄立马下手。如果没有，她会来制造。

"爸爸！"清脆的声音在身后响起，熟悉。安乐怔了一下，身体僵住，是杜依依。

Part07 为你

242

陈墨透过一片流光溢彩的水晶杯砌成的酒塔，看到那个熟悉的背影，不论换了怎样的衣服，他依旧一眼认出。

身边的杜依依叫了声："爸爸。"欢快地跑上前，他加快步子绕过去，果然看到了杜衡生，还有秦凌云。那个背对着他身子有些僵硬的女人，便是安乐无疑。陈墨心下立刻了然，双手揣进衣兜，微微捏起。这个固执的女人，傻瓜吗？

"咦，你好面熟！"杜依依看着父亲身边端坐的女孩，疑惑地皱了一下眉，仔细搜索着记忆。

安乐站起来，微微笑正待说什么，目光越过她看到后方的陈墨，猛然一顿。她心里百转千回设想过无数次和杜依依再次见面，用什么样的说辞，可是却不想在他面前。

三个人，三个点，站在圆桌的旁边，舒缓的钢琴曲在身边萦绕，刹那间像一张定格的胶片，而时间不过只是一秒或者更短暂，安乐便清醒过来。

"依依，是我，安乐。"

"怎么可能？你不是……"后半句话卡在喉咙中，杜依依没有说出，此刻面前的人，衣着装扮和那个餐厅里谨言慎行的女孩，相差甚远。

"嘿嘿，就晓得你会吓一跳，我和你一样，也有点儿小小的癖好，这是我们的秘密哦。"安乐做了个保密的动作，现在不需要解释太多，想要掩饰谎言，最好的办法，就是将两人的共同点拉近。安乐知道杜依依那些诡异的爱好，也知道她心心念念喜欢的男人，就站在她们身边。

安乐讨厌自己知道的事情如此多，有时候，什么都不知道，才是一种幸福，就像杜依依，微笑，是发自内心的。

杜依依虽然诡异倒没再多说，毕竟父亲也在，她在学校那些装神弄鬼吓唬人的事情，说出来确实不是正常人能干得出来的。她自来熟地递了个眼神给安乐，眼中的意义不言而喻，等会儿再好好聊。

"原来你们认识？现在的孩子啊，这么多小秘密。"杜衡生饶有兴致地看着她们，扭头瞅见杜依依身后的男人，和蔼地笑道，"陈墨，你也来了。"

陈墨点一下头算是打了招呼，没有说话，安乐能感觉到他冷漠的表情下，隐隐的怒意。她抬起头，再甜蜜的瞬间也会过去，他们终究要走向一个不知所谓的未来，这是她的选择。他带她看未来，她要在这路上，推他一把。

秦凌云看到陈墨，心里叫了声糟，这孩子的脾气他多少知道些，越是表面沉静，保不定会翻起什么巨浪，他急忙站起来，走过去拍拍陈墨的肩膀："你是陈家的小公子吧？"

杜依依扑哧一声笑出来："叔叔，陈家就墨哥哥一个，哪里来什么大小，还'公子'啊，这称呼真穿越！"

这句话，只有陈墨明白其中的含义。他的哥哥，只活了短短十个年头，却获得了所有的爱，是他永远无法代替的，无论怎样努力，而秦凌云用这个来提醒他。

"你们年轻人到一边好好玩吧，依依，有什么喜欢的告诉爸爸。"

陈墨刚想开口，被秦凌云打断："陈公子也留下吧，刚好有些事情想要讨教。"他看似亲昵地放在陈墨肩上的手微握，实际用力到极致。

杜依依听到暂时不能和陈墨在一起，有些不高兴，本想也留下，可是对安乐又实在好奇。她的喜怒哀乐很直接地表露在脸上，眉头微蹙，但良好的家教让她不能在公共场合显得小气。

拍卖会即将开始，安乐拉着杜依依朝副厅走去，那里清净适合说话，也有展品供客人参观。临走，她匆匆用余光看了一下陈墨，他的眼睛正视着前方，幽暗，丝毫没有看她。她的心缩了起来，那是很奇怪的感觉，不是疼，却有点儿酸。

她的身影消失在转角，那一抹明亮的蓝色裙裾，最终看不见。

244

如果看着她，他会忍不住，会冲动地拉着她离开吧，这个让人恶心的世界，走到哪里都好，随便找个地方都能比现在更好地生活。可是她不能走，她还有要守护的人。他明白她的选择，是为了他，是因为他不够强大，正是如此他不甘心，很不甘心。

他的女人吃了很多苦，没过过几天省心的日子，在充满算计和被算计的世界里，她给了他最真实的感情，就连知道未来是深渊，也义无反顾地向前。他能为她放弃全世界，她却为他放弃了自己。

休息室有几组紫檀木的坐椅，杜依依拿了两杯香槟，随便挑了张坐下来，粉红色的小礼服，青春活泼，和古旧气息的陈设形成鲜明的对比。她单手撑着下巴，凑向安乐，上上下下仔细打量她："小美人，这次是我走眼了。"

安乐在餐厅就习惯她诡异的言语，她算无意中对自己好的人，而此刻，自己却联合着她喜欢的人，算计她和她的家人。安乐觉得自己挺不是东西的，但仍然微笑按着秦凌云对杜衡生介绍的，简单地讲述了那个编造的尽善尽美的资料。

"你为什么到我们学校？"杜依依对那些并没兴趣，她好奇八卦地在这里，总觉得，和她不愿出国一样，安乐回国应该也是为了男人吧？

安乐低头不知道说什么好，谎言就是这样，一个接着一个，滚雪球般，越滚越大。但须臾，她就抬头，灿若星辰的眼镜看着杜依依，开口道："孟行，你认识吗？"

公寓里正抱着遥控器在看电视的孟行，猛然间打了个喷嚏。他又被人当了回挡箭牌。

"你喜欢的人，就是刚和你一同进来的人吧？我记得我们还一起吃过饭，他看起来一直都是冷冰冰的样子。"安乐不想再被杜依依纠缠着问下去，多说多错，便转移话题。

杜依依歪着脑袋，白皙的手轻弹着香槟酒杯："他不是那样的。"虽然陈墨现在确实对自己冷若冰霜，可是最初，认识他的时候，他不是那样。

"我妈妈去世得早，爸爸工作忙碌，没时间管我。我也没有兄弟姐妹，一直都很寂寞。初中的时候，因为骄傲老被人欺负，他帮过我，他笑起来，很温暖的。"

她小时候在这座城市生活过一段时间，小学时父亲工作外调，在另外一座城市生活了六年，直到初中才又重新调回来。那时父亲的官还没有这么大，因为自幼丧母，她被父亲尤为宠爱，性格难免骄傲，人又长得漂亮，自然被很多女孩看不惯。

她永远记得初中的那个夏天，她被一群女孩堵在学校后面的树林，她们要扒她的衣服。世界末日的时刻，是那样一个男孩，从林荫的操场上走过来，他救了她不容被打破的自尊心。

她的爱情，不是一场虚妄的不知所谓的迷恋，她是真的喜欢。然而，她不知道，她心心念念的这段往事，却是陈墨早就遗忘的故事。

杜依依在陈墨的人生中，永远是一个逗号，任何句子，都不会以逗号结束。一个逗号，注定是过客。

安乐想，如果这世界上真有无辜的人，就是杜依依了，可惜，好人往往没有好报。如果陈墨爱的是杜依依，应该是最简单的幸福。

然而，"如果"这个假设性的前提，永远不成立的居多。安乐不愿为别人的感情哀悼，太假惺惺。她选择这样欺骗的方式步入杜依依的生活，就注定在未来，谎言被识破的时候，接受惩罚。

老人说，说谎的人死后要下拔舌地狱，她不相信命运，更不相信这些神神鬼鬼的传说。

246

因为，她生活的世界本来就是无边的沼泽，就是地狱。还能糟糕到哪里去？她很知足，她爱过，享受过片刻的温暖和甜蜜，就够了。

"我最讨厌别人骗我,不过你算例外,隐瞒算不算欺骗?哈哈,安乐,我们挺有缘的。"杜依依举杯,金色的香槟有小小的泡泡,碰到她手中的,清脆地响。

"是啊,难得。"

"我觉得你特别对我脾气,年纪差不多,连癖好都差不多,没事你常来找我玩呗,放假好无聊。"

"好。"

安乐微微垂下睫毛,覆盖住晶莹的眼眸,她通过那个收银员的事情,便知道杜依依的性格。好,会对你好到极致,恨,也会不择手段。

Part08 努力

车里CD机放着齐秦的《夜夜夜夜》,安乐原本不知道重复的词语有什么意义,然而听着凄婉的乐调,蓦地就明白了。每一次重复都更加深沉,像跌入无边的黑暗。讨厌伤感的音乐,影响此刻的心情,她伸手,食指轻点,声音戛然而止,逼仄的车厢顿时安静下来。

陈墨不说话,像他的名字般,而加快的车速暴露了他隐隐的怒意。

为什么生气,安乐很清楚,是因为自己擅作主张。可是一开始的计划便是如此,总要有人继续下去。她并不在意做事情需要善始善终,她一直是被生活戏耍的人,字典里从来都是见机行事,三十六计走为上。可她现在,居然挺胸而出担待了一把,换来的却是某人紧绷的脸。

车子很快开到公寓。陈墨进门首先就将趴在沙发上看电视的孟行丢出去，动作行云流水，迷迷糊糊的孟行连完整的"老大"还没来得及喊出一半，就被砰的关门声打断，鼻尖差点儿被甩上的门撞到。

发怒是弱者的行为，陈墨对自己说，可是，看似风轻云淡的性子却一再被安乐打败。她和没事人一般，坐下来拨拉着茶几上的遥控器，无声地变换着频道，光影闪烁，照得她的脸若隐若现，昏暗的房间看不清表情。

"你难道不应该对我说些什么？"陈墨忍住想上前打她屁股的冲动。

安乐身子僵了一下，说什么？人的心思总是那么复杂，她此刻也不能弄明白自己究竟是怎么想的。就像一场战争，她本来是敢死队末尾的一员，随时打着溜走的主意，而最后，居然变成挺身而出顶炸药包的人，这不是很好笑的事情吗？

空气在周围凝滞，安乐并不想解释，解释更多的时候是掩饰。她像只别扭的刺猬，敞开了肚子最柔软的地方，做了显而易见的事情，去表达她的心意，却笨拙地连啾啾的讨好声也不会发出来。

他们谈话的次数回想起来，屈指可数。他教给她的，都是防备和进攻的技能。此刻，最简单的交流却让两人像哑巴一样，相对无言。

终究是陈墨败下阵来，他一把拉过安乐，按在胸前。怀里瘦弱的身子微颤，他的手臂缠上了她的细腰。

他在她耳边低声说了句："傻瓜。"

248

安乐感觉到了男人手臂上的丝丝热气，似乎透过层层衣服，熨烫着她的肌肤。

傻瓜。可不是吗？在爱里的人，不是傻子，就是疯子，他又聪明到哪里去。一错再错，溃不成军。

他打开灯，温暖的橘色倾洒在整个房间，她脸上的妆，经过一晚上，黑色的眼线和睫毛膏稍稍有点晕染，眼睛却更显得大而深邃。陈墨微微一笑，将她抱了起来。

"干吗？"安乐难得终于开口，伸手抵着他的胸膛。

陈墨也不回答，几步路走到浴室，用手肘按开灯，将她放坐在浴缸的边沿，安乐有点儿不知所措。鸳鸯浴？她脑袋闪过不纯洁的画面，脸上有点儿绯红。而陈墨却只是在洗漱台上俯身找着什么，再转身，拿出一管洁面乳，挤出一点儿在手心，放在水龙头下浸湿打出泡沫。

在安乐还很茫然时，温热的手掌覆上了她的脸："闭上眼。"

他的指腹滑过额头，掠过颧骨，在眼睛周围画着凌乱的圈，笨拙。安乐的手抓住浴缸的白瓷，然而感觉不到凉，清淡的香从他的掌心蔓延开，像有朵芬芳的花瞬间盛开，她目不能视，触感就越发敏锐。

是因为泡沫渗入眼睛的缘故吗？为什么感觉有温热的液体从眼角滑落，她，绝对不是脆弱的人，也不是会被感动的人。是的，泡沫太刺眼，刺得让她看不到，刺得心里有一处隐隐疼痛起来。留不住的，她告诉自己，这世界上的爱，都是留不住的。可心里另一个声音响起来，安乐，你是个胆小鬼，害怕失去就不愿去承认吗？

就因为觉得未来是一片渺茫，她才义无反顾地上前，谎言，骗别人的同时，最大的一个用来对付了自己。

"你是不相信我，还是不相信自己？"陈墨用浸湿的毛巾擦掉她脸上残留的污渍，露出光洁的肌肤。她还闭着眼眸，傻傻地不肯睁开。

"嗯？"

他在她身前蹲下："傻瓜，太逞强，幸福也会被吓走。"

安乐睁开眼睛，他将她的手握起，覆在他的脸上，英俊的脸庞在灯光下，宝石般的眸子熠熠生辉。

"你到哪里也再找不到，像我这么出色的男人。所以，要抓牢，不要放手。"只要你不放手，即使我给不了你全世界，也会陪你走到终点。不！即使你先放手，我也会拉你到时间的尽头。陈墨看着安乐，目光灼热，他相信自己能做到。

掌心，男人的皮肤有着异样的触感，安乐的指头轻轻动了一下，冰凉的指尖传来的温度，通过神经末梢扩散到心底，她想将手抽出，被紧紧握住。

不要放手。

安乐想起来很小的时候，父亲说要挣钱给她买好吃的，带着泛白的帆布包，蹲下身子最后看着她，她将父亲的衣角抓得起了皱，死也不肯放手。

最后，还是走了，再也看不见的那种消失在她的生命中，不知死活。如果当时再抓得牢些，会有什么不同吗？命运无法翻转，他们也不可能重新来过。留不住的，她一遍一遍对自己说，不管如何努力，谁都不会陪谁走过一辈子，那么漫长的岁月，谁敢轻易相信呢？

一个人，习惯性的认知要是被打破，就惶然，安乐更是如此。她愿意为他的未来放手一搏，却不敢相信那个未来里有她的存在，聪明人有时也会是个傻瓜。

可是为什么，她还想去相信，相信这世界有人的手拉在一起，就不会放开。

"安乐，你能原谅，在你最需要的时候，将你抛弃的人吗？"

250"不知道。"再也不出现的那人，原谅，是她从来没想过的问题。这是她不信任人的根源，连最亲的人，都能轻易地背叛，还有什么人值得相信呢？

"我本来以为不能原谅，但现在也学习着慢慢释怀。"

"谁抛弃你了？"

他吻了吻她的额头："乖，睡吧。"

"陈墨。"

"嗯？"

黑暗中，她的声音有些犹豫："我，试着努力吧。"不放手，看看能走到哪里。

大年三十那天，陈墨自然是要回家的，否则说不过去，而安乐在医院替换了看护阿姨——人家也是要团圆的。

陈墨将车停在别墅的院外，刚刚熄火，就看到朱红的自动门缓缓打开，母亲的车从内驶出。每年的今天，她总会独自出去，直到下午才回家，陈墨很清楚她去哪里。有时候他也会想，如果那次意外死的人是自己，母亲会不会同样如此去看望。假设的答案永远都是未知，虽然他好生生地活着，可胸口时常堵得慌。

陈墨下车，顺手拦了一辆出租，紧紧尾随。

萧瑟的冬日，阳光躲在厚厚的云层中，风吹着尘土飞扬，整座城市看起来很脏，阴沉的天气让人心里也随之生出压抑感。看着不远处母亲的车驶进墓园后，陈墨叫了停，叮嘱出租车师傅在园外等他，给了包车的钱，徒步走进去。

每年，她在里面陪她心爱的儿子，而爱她的儿子则在外面等待。陈墨的眼睛看着褐色的碎石地面，她知不知道呢？

你能原谅，在需要的时候，将你抛弃的人吗？陈墨这样问安乐，其实他在心里问过自己千万次。当初绑匪要求选择谁生还时，那个场景他恐怕一生都难以忘记，那次，他们将自己的偏爱和自私，发挥得淋漓尽致，让他一个人在恐惧绝望中，体会到最残酷的抛弃。

被选择的人，永远都是弱者。他清楚，这个弱者他承担了十多年，远远不像别人眼中的自己那样光鲜。恨还是爱，失望还是渴望，他自己也分辨不清楚。如果没有安乐，他的人生会是怎样？注定会在偏执的路上，越走越远吧，最终让得不到的挫败彻底将他击垮。

他在寒风中站立很久，走回去向师傅要了根烟，也不点燃，只在手中把玩着，指尖染上烟草的气息，最终一把折断踏在脚下碾了几下，支离破碎。

黑色的车驶出墓园，他走进去，墓碑上的相片，那张阳光的笑脸永远停留在稚龄，时光仿佛一下倒流。白色的菊花，露水打湿了花瓣，静静地躺在碑前，她哭了吗？

不是没有心，不是没有爱，只不过不是自己罢了。台子上摆着温热的冰糖银耳莲子羹，他端起来喝了一口，甜腻的滋味在口腔中蔓延开，他知道自己为什么如此讨厌这个味道，因为得不到，变成忌妒的毒。

现在，他开始学习原谅，然后释怀。

想要打败家人，然后得到承认和重视？他摇摇头，多么幼稚的想法，居然想得出来，最终得利的，只有秦凌云一个人吧。而现在骑虎难下，他想，是时候和父亲好好谈谈了。

他遮掩了那么多年的心思，想要曝光，多难也需要尝试。他们选择了放弃他一次，还会有第二次，都无所谓了。他有漫漫人生路想要并肩走的人，他从她身上看到希望。这世界上不是所有感情都能勉强，得到什么，也许就要失去什么，想要圆满，终是童话。

城市里烟花簇拥着燃放，很是热闹，医院却成了寂静之地，除了重病号，能回家的都回去了，中国人一年中最注重的节日，祭祖迎新，不可避免。安乐坐在看护阿姨时常在那儿打盹儿的沙发上，有一处因坐得久已经塌陷下去了，听着窗外劈啪作响的爆竹

252

声，想着节后如何进一步接近杜依依，而杜衡生又有什么直接的切入点。

纷乱，没有头绪，她双手抱膝身体蜷曲起来。发了半天呆，拿出手机，编辑了祝福短信，钩出名字，来来回回却只有寥寥几人，还都是晚宴上认识的有利益关系的人。

快捷9号键的拥有者，那个不让自己放手的男人，现在干什么呢？

不见，就会想念，这种感情她很陌生，她关掉手机，关掉纷纷扰扰的思绪，拿了本简单的外语教材翻看，渐渐也倒放松地摒除了杂念。

别墅灯火通明，陈墨的爷爷奶奶去世得早，照例是要请牌位的，陈智琛笑呵呵地招呼妻子摆着供果，家里看上去很和气。年夜饭是定在酒店，上过香后全家就出发，还有些亲戚已经在等待了。忙碌的大年三十，对陈墨而言是乏味的热闹，他的心无论如何融不进去。

酒场，牌局，折腾快到十二点，陈墨并没有找到机会和父亲谈话。他素来沉得住气，也觉得没必要非在这个欢乐的除夕给父亲泼一桶冷水。只是，此时此刻，那个傻瓜可能独自窝在角落，会不会感到孤单？

这样时时刻刻惦记的感情，他很陌生，刻意不去想，却是万难。

即便分心，因为手气很兴，倒也连坐了六庄，大家开始起哄，陈墨趁机下了场子，家里人多，他走出去时，竟没人注意到。

车子他故意停在院外，坐进去打电话，关机。陈墨皱起眉头，再打公寓的电话，响了许久依旧没有人接听。

陈墨没等车热起来就开了出去，在烟花绽放的夜空下，朝医院的方向飞驰。

安乐保持一个姿势许久，脚有点儿麻木，值班的护士进来量体温，打开灯，照得眼睛有些刺痛。测温仪在奶奶手臂上打了一下，也无须等待，数据立刻就显示，护士很快就又出去了。

她活动了下身子，走到窗前，巨大的礼花在夜空中炸开，金黄的铺满整个天际，流光溢彩。热闹的夜，寂静的房间。

隐隐听到整点的钟声敲响，整座城市沸腾起来，却遥远得和她无关。又过了一年，生命又向前迈出一步，她扭头朝病床看去，身后矗立的身影吓了她一跳。

"什么时候来的？怎么不出声？吓人啊！"她心里极高兴，开口甚至带了些撒娇的娇嗔。

"不是说好不关机吗？"陈墨走近，握住她的肩膀。

安乐本想习惯性地撒谎说没电了，转念间又觉得他们之间已不必要再说谎，艾艾地将话咽了回去。

陈墨牵起她的手，朝外拉去。"去哪里？"安乐回头望了望病床。

"不会太久，给护士打个招呼关照一下，带你出去透透气。"

凌晨的时刻，街道车辆稀少，所有人都在自家院落里放着烟花。陈墨将车停到江边，风猎猎作响，吹起衣角，空旷的视野将城市上空燃放的美丽风景一览无余。他拉开大衣将安乐圈进去，揽住她的肩膀。

"来这里干什么？怪冷的。"安乐打了个哈欠。

陈墨捏捏她的脸，没好气地说："一般人不是觉得在初遇的地方约会，是浪漫的事情吗？"

安乐扑哧笑出来："我只有跳江的回忆，浪漫吗？你要不要试试。"

"最毒妇人心。"陈墨撇了撇嘴角，"你想要谋杀亲夫吗？"

安乐灵活地从他怀中闪出来，笑嘻嘻地说："亲夫什么的，别说太早，当初我跑得快，你都没有追上。"

"那你看看我到底能不能追上！"

长长的堤岸，橘黄的路灯通向远方，两个身影在寒冷的冬夜里奔跑。一个轻盈，一个矫健，最终变成交汇的点，安乐气喘吁吁，被陈墨拉住，吻也落下来。瑰丽的烟花在江对面闪耀，升腾，夜空被五色的花朵装扮的分外灿烂，心跳和喘息都被震耳的礼炮声遮盖住。

烟花很美，却那么短暂。就像触手可及的幸福，会不会也只有瞬间？甜蜜过后，总有更清醒的现实需要面对，可此刻，他们都不愿去想，他握着她的手，紧紧地包裹在自己的掌心。

陈墨将安乐送回医院，从沙发大包里拿出她的手机打开，很快收到几条回复的短信，他无意间瞄了一眼，全是熟悉的名字。他揉揉额角，看着病床边倒水给他的安乐，迟疑了一下，最终还是开口。

"安乐。"

"嗯？"她转过身子，递过一杯热水。

"那块地，我可以不要。"所以不要这样绞尽脑汁，他不想看到她为此伤神。

握住杯子的手缩了一下，安乐抬头看着他："半途而废，不是你的风格。"

陈墨摸了摸她的头，笑着说："人总要有放弃的东西，在孰轻孰重中选择。"他不想因为一块地，面临失去爱人的危险。

"那公司怎么办？即使我们可以不管不顾，小五呢？"这样的机会错过，他们能凭借什么再起家。

"放心，你的男人，不会不负责任，条条大路通罗马，钱没有可以挣。"

安乐看着他，说得如此轻松，几千万块钱，短短时间如何筹措。

Part09 斡旋

陈墨很早就签了游戏的代理合同，如果毁约将面临一大笔的赔付，这是一步无路可退的棋局。然而没有墓地快速回笼的资金支持，科技公司无论如何也运作不起来。

即便陈墨家里有钱可以收拾残局，但显而易见，没有主控权的他势必重新回到父母的管辖下，依照他对父母的了解，他和安乐将再无可能，这点是他万万不能妥协的。

在制订计划时，他考虑过太多项目的细节，却独独没有考虑到感情。掌控全局的弈者，爱上要牺牲掉的弃子，面临的就是满盘皆输。人生是场豪赌，他压上全部，偏偏要放弃最有可能赢的路。

他的计划本来是环环相扣，现在去掉末端的资金链，进也不能，退也无路。可是钱，能从哪里来呢？

整整一周，陈墨都在准备项目可行性分析报告，现在，融资是他能想到的唯一解救方法。

光明正大地走他想走的路，虽然难上加难，因为没有心理包袱，反而觉得轻松起来。

初十过后，当秦凌云再次找安乐时，被陈墨拦下。安乐知道陈墨和秦凌云谈了话，她不便过问，但显然两人谈掰了，秦凌云气冲冲地甩门而出，留下话："陈墨，你一定会后悔！"

朋友变成敌人，也不过是一瞬间的事情。

秦凌云自然不甘心放弃，和陈墨合作的初衷就是为了更大程度上打击陈智琛，压制陈家的发展。他虽然没有独自运营的能力，但有利益的方案不愁找不到合作者，没有棋子还可以砸钱，权力和金钱是完成目标最便捷的两条途径。

趁着节假，孟行被派去北方的种植基地，陈墨早在年末就和蒜农签了承包协议，收购价很低。他对市场的判断很敏锐，节后的价格涨势惊人，少说也能有几百万的利润，这笔钱本来计划是用于墓地营建的，现在派上别的用途。虽然这点儿钱杯水车薪，但聊胜于无。

因为计划搁置，安乐除了去医院照料奶奶，其他时间都跟着陈墨完善科技公司的融资报告。这是她从来没有接触过的领域，很多东西她基本是一窍不通，经常闹出笑话，即使时间紧迫，陈墨却很耐心。没文化不代表没头脑，安乐本来就很聪明，像海绵一样汲取着知识。

接到预料中的电话，陈墨交代了一些事情给安乐，便驾车回家。

陈家别墅，难得陈智琛没有应酬，照例将他宝贝的金丝楠木象棋拿出来清理，看到儿子进来，停下手头的活。

"你最近都在忙什么？过节也不好好在家。我听你学校的教授说你拒绝了保送申请，这么大的事情也不和我们商量，胡闹！"这个儿子越大越搞不清楚他在想什么。

陈墨在沙发上坐了下来，双手交握："爸，有些事情，我想和你好好谈谈。"

陈智琛板着脸也不回应，放下擦拭的棋子站起："我也有话和你谈，到书房去。"

橡木书桌前，他俯身拉开抽屉，掏出一沓照片，连带着安乐的个人资料甩在桌上："儿子，让你出去住，不是让你没分寸地胡闹！你搞个没身份的女人住在公寓，幸好你妈妈不知道，否则被你气死！"

放大的彩色照片清晰的两个人，亲密进出的画面，拍得很漂亮。陈墨拿起一张，到现在他和安乐都没有合影，倒被别人捷足先登。陈墨知道父母没这个闲情派人跟踪他，想必是秦凌云寄来的。

"你马上给我搬回来！"

陈墨将桌上散落的照片拢起来，抬头极认真地说："爸，在你们眼中，杜依依就是有身份的女人吗？"

"那是自然，依依家世背景，哪点配不上你？"

陈墨嘴角轻轻上扬："感情不是配不配得上的问题，而是喜不喜欢的问题。杜依依，不管她能为陈家带来多大的利益，现在我不喜欢，将来也不会。"

陈智琛重重地拍了一下桌子："喜欢？能为你带来什么！我不知道我的儿子原来是这么幼稚的人，你要记住，在我们陈家，婚姻不仅仅是两个人的事情，而是两个家庭的事情。"

陈墨摇摇头："爸，你以为生下我就可以主宰我的一生吗？"

"儿子听老子的话本来就是天经地义！"

"可是十多年前，你们就放弃过我，我是死过一次的人，这么多年我什么都不说，不代表我没有想法。"

"你这是什么混账话！什么放弃，什么死过！"

"爸，你难道忘记了吗？当年你们选择了让哥哥活下来，我则是被放弃的那个。这些年来我也努力过，抱歉我成不了哥哥。如果连我的感情这个最后的底线，你们也要干涉的话，我会选择离开。"

陈智琛万万想不到一向听话的儿子会说出这番忤逆的话，连带着揭开尘封的伤疤，不由得气血上涌，身子摇晃起来："我只有你一个儿子，以后陈家的一切都是你的，你还有什么不满足？"

"如果这一切要搭上我的一生，我情愿不要。"

"混账，那个女人能给你带来什么？"

陈墨微微一笑："爸，我不需要她为我做什么，人和人之间不能只有利用的关系。利用某人能走到的高度，她让我明白，保护着某人也一定能达到。"

"哼！说得好听，等你受到挫折和打击就会知道，世界上的事情，远远没你想象中那么简单！"

陈墨明白知易行难，父母不会善罢甘休，但有秦凌云在背后牵制，反而帮了他大忙——等到那块地被拍走，父亲自顾不暇便不会再有工夫管他的闲事。

最终他还是没有告诉父亲墓地的事情，想必秦凌云来这一手，也是提防他从中作梗吧。在心中计算了下得失，陈墨越发冷静下来，隐隐约约觉得还有很关键的一点没有把握到，看着桌上装饰用的微型棋盘，突然灵光乍现。

"爸，我们来赌一场吧，如果将来我能为陈家扳回一局，挽救陈家于水火之中，我希望你和妈妈，能接受安乐。"

陈智琛怒极反笑："放屁，家里能有什么危机！倒是你，别以为我不知道，你现在偷偷摸摸做什么游戏，资金短缺，这个社会没钱寸步难行，到时候你别后悔着回来求我！"

"爸，你曾教导我，人生就是一盘棋局，落子无悔才是弈者的风范，不论结局是什么，我都不会后悔。"

"好，好！"

陈墨没想到父亲会做得这么绝，掐断了他所有的资金来源，毕竟数十年的人脉资源不是他这个初出茅庐的小子能相提并论的。在老一辈人眼中，网络游戏这类虚拟产品的运营，远远比不上真实存在触手可及的实业，丢些钱让儿子买个教训，也没什么肉疼。

陈墨的性格倔犟，他不是会低头认输的人。这一点他和安乐是很像的，不到最后不绝望，就一定会有希望。有些爱情让人软弱，有些则让人坚强，年轻的时候遇到挫折，其实是好事情，这世界上多的是碌碌无为的人，知道自己在做什么想要什么的，不多，能把握并且坚持的，更少。

陈墨将注册的房产公司转让出去，加上囤积倒卖赚的钱，仍有近千万的资金缺口。

验资报告和可行性融资报告这几日制作好了，然而陈墨父辈的熟人看来是被打过招呼的，都躲着不给明确的答复，拖就一个字，两头都不得罪。孟行那边凑个几十万还可以，多了他是拿不出来的。

写字间已经装修完毕，只等进服务器等运营设备，而人员招聘等各个环节必须提前进行，一切迫在眉睫，可是，没钱！巧妇难为无米之炊，情况比想象中的还要糟。

杜依依的电话打来的时候，安乐正在装订文件，投出的多份报告均石沉大海，她知道陈墨虽然表面上不动声色，心里的压力是不言而喻的，她转身走到隐蔽的地方才摁下接听键。

"安乐吗？"听筒传来的声音清脆。

"依依，找我有事情吗？"

"嘿嘿，不是约好过完年找我玩吗？你个健忘的，赶紧出来透透气！"

原本是没必要敷衍杜依依的——安乐知道她们的关系因那块地而起，也应该随之而终结。要知道杜依依这样爱憎分明的女人，一旦知道被人玩弄于股掌之间，定会记恨她，报复她。

建立在谎言之上的友情是脆弱得不堪一击的，安乐自然清楚，可是这个节骨眼，她不能让陈墨彻底孤立无援。她为他考虑太多后果，独独考虑自己少之又少。

安乐借口去医院溜了出来。现在杜依依是为数不多能帮上陈墨的人，虽然她没钱，但她父亲有权，这个社会权力比金钱更重要，更能让人屈服。抱着试探心理，安乐赴约去了杜依依家。

和想象中一样，杜依依的闺房充满甜蜜梦幻的少女气息，粉与白色调，多到令人瞠目的Hello Kitty的各种摆设和毛绒玩具。安乐总觉得执著于一类物品喜好的人，通常情况下，对感情也会更加偏执。

闲聊了半个下午，安乐旁敲侧击地将话朝陈墨那里引，杜依依都巧妙地避开不谈。安乐几乎都以为，杜依依定有所察觉，但直觉又告诉她，喜怒哀乐轻易表现在脸上的杜依依，没那么多心眼试探自己。

安乐知道自己这样做是很卑鄙的——她在利用别人的感情，可她不能控制。她从来不是高尚的人，想要保护某人总是要付出代价，为奶奶她付出自己，为喜欢的人，她不介意把自己定义为坏人。

当陈墨习惯利用人达到目的时，她让他看到奋不顾身保护人，那种叫爱的东西，有着伟大的力量。当陈墨决定堂堂正正地做自己，她却踏上和他截然相反的路……

他会拉住她吗？

人们经常把不能解释的东西，都归咎于命运，把此生所有的过错和错过，都埋怨于那样玄之又玄的微妙词语。可即使背道而驰又怎样，地球是圆的，想见的人只要有足够的勇气和耐心，总会在下个路口相遇。

"我们出去逛逛吧。"杜依依觉得待在房子里没什么意思，主动说。

安乐看看手机，静音的屏幕上有好几个未接电话，时间已经不早。

"你有事情？等下有约会吗？我能不能参加，最近我爸忙着工作的事情，好几天人都看不到，我一个人在家无聊死了。"

安乐微微笑道："我有个朋友家里有些事情，你可以找你心仪的人约会啊。"拐了个弯，她又借此机会提起陈墨。

杜依依眼眶红了："别提他，我心里难受。"

"怎么了？"安乐好奇地问，不提吗？女人总是口是心非。

"他和家里闹了点儿矛盾，我想帮他，可连人都见不到。"

她还不知道，那个她心仪的男人，就在面前这个女人的身边，心也在，没有一丝一毫她的位置。不知道真相是种福气，只要梦不被敲醒，有希望的时候即使再难过，也不会是心碎的绝望。

安乐看着杜依依，开始的谎言变成不忍。这样一个骄傲的女孩，粉碎她的希望，是残忍的。然而爱情的领域，无论多么宽广，对两个女人而言，都比刀刃还要狭窄。

Chapter 06

犹恐相逢是梦中

　　这些日子，她像在梦中。
　　有天梦里，她的手被牢握；
　　有天梦里，他们相拥入眠，
　　有天梦里，她被爱，也知道了什么是爱情。
　　安乐脸上是迷茫的恍惚，她伸手向他的脸庞抚摸去，光
滑的质感如此真实。
　　"奇怪，我好像又做梦了。"

Part01 眷恋

正月十五那天银行下班很早，不到三点已经开始停止叫号。陈墨办理完抵押借款，从贵宾室里走出来，头顶的天空阴霾遍布，整座城市看起来灰蒙蒙的，像是沙尘暴即将来临。

鬼天气！陈墨将手中的作废的票根撕碎，丢进街边的垃圾桶。

钱到用时方恨少，这样的情况是他从前未曾经历过的，现在他能体会到当初半夜，安乐给他打电话是何种心情。

"给我钱，我什么都可以给你。"

那时她身上背负着一条性命，没有钱就没有生的希望，是迫在眉睫，也是走投无路。幸运也好，不幸也好，他们遇见了彼此。

近几日，他知道安乐背着他偷偷和谁见面，他不想她去讨好任何人，哪怕前提是为他。他不希望她好不容易聚拢的尊严，再被人无情地践踏，但这女人是个倔犟的性子，他拿她没办法。

小五也挤对他越来越有"妻管严"的倾向，他只是笑笑反回去："历史上出名的妻管严都是英雄。"

焦躁的日子里，玩笑的口角稍稍缓和了紧绷的神经。但随着合同首付款日期越来越临近，最后一笔资金却无论如何也筹集不到——父亲那边是下了狠心。

秦凌云那边还没有什么动作，半个月，至多只有半个月的时间，等到三月春暖花开，两边肯定要对上。这个时机至关重要，但陈墨不能就这么等待。原先和秦凌云合作，是带着帮忙筹集游戏第一笔运作资金的条件，然而现在两人分道扬镳，这笔钱是没有丝毫希望的。

没有白纸黑字，他反悔就不能怨别人不仗义，这个世界就是这样，亲兄弟也有明算账的时候，何况原本就是相互利用的关系。

钱！钱！钱！陈墨深深地吸了一口气，脸上还是泰山崩于前也不动声色的淡漠，这样的面具戴了十多年，他能自如地隐藏真实的表情。

孟行神神秘秘地打电话让他去写字楼，半个小时后，陈墨出现，三十二层的高楼看上去很有压迫感，全玻璃幕墙的外装饰，浓郁的现代气息，这里有可能是他起步的地方，然而八字始终差那一撇，东风也遥遥无期。

虽然孟行一副不靠谱的样子，嘴上唠唠叨叨地抱怨，实际办事情很是用心细致，跟着他忙得连轴转，毕业论文都是随便找个枪手完成的。

时间匆匆，过节耽误了些时日，但办公室的装修趋向于简洁，倒也进入尾声，陈墨前几天来看过。他按了向上的电梯，脑袋里盘算着招聘的事情，虽说合作方会调配来技术支持，但重头在推广方面，炒作和项目运营必须找精英才能确保整体运转不会出现大偏差。

人才没有钱是留不住的。陈墨眉头微微皱起，又不着痕迹地松开。

电梯咚地开启。

玻璃感应门打开，水曲柳木制的前台上，坐着他没有想到的人，陈墨扫了眼梁洛："你来干什么？"

梁洛笑嘻嘻地从桌上跳下来，拍拍身上压根没有的灰："陈少，难得见你一面，还这么冷淡！"

孟行从后面的办公室出来，看到陈墨面色一变，快步走过来，欲言又止地拉拉陈墨的衣袖："老大。"

看热闹？陈墨觉得有些蹊跷，他和梁洛向来不对盘，孟行少时也常常受他欺负，自然不会有好态度，现在却屈就拉拢的样子。

梁洛旁若无人地站着，脚尖踢着地上装修散落的木条："啧啧，这地方不晓得是不是风水不好，还没搬进来，就有人要倒闭。"

陈墨倒不生气，微笑道："如果我没记错，这幢写字楼，你家也有投资，果然眼光独到。"

比起伶牙俐齿，十个梁洛也不及一个陈墨，这句半个脏字不带的话就让他脸色发青。梁洛双手朝背后一缚，心想要不是有人委托，他才不受这个鸟气，早就甩手走人。

最近知道一向春风得意的陈墨处处碰壁，梁洛心里比谁都爽。想到当初心里发誓"君子报仇十年不晚"，他本意是想落井下石，好好奚落陈墨一番，然而有人求他对陈墨施以援手，想到这点他像吃了大便一样呕。

陈墨不理会心理活动剧烈的梁洛，将办公室环视一番，拉着孟行就要离开。

"等等！"梁洛慌忙开口叫住。

"你到底有什么事情，开门见山地说，我没闲工夫在这里和你玩'我猜'。"陈墨扭头，口气很不好。虽然冤家宜解不宜结，但小人往往除外。三岁看大，七岁看老，梁洛就是典型的例子，道不同不相为谋，陈墨看得很清楚。

梁洛这下面子挂不住，心里恨不得一巴掌拍死陈墨。他也是个怪脾气，本来确实是来看热闹顺便嘲笑的，虽然弟弟和杜依依都求他帮忙，他却并不打算听从，但被陈墨这一刺激，反而起了好胜的心，就想看看自己成为他的债主后，陈墨会是一副什么样的卑躬屈膝的嘴脸。

"钱，我有！"

陈墨挑挑眉并不做声，梁洛确实有钱，他家是做矿产起家的，现在涉及全市十来家大型连锁超市，资产过亿，梁父又极宠这个大儿子。陈墨其实特别清楚，梁洛不过是来取笑自己的，如果他和颜以对，换来的便是嘲讽和奚落。他越硬，梁洛越不甘心，反而会有机会。比起谈判和观察人心，梁洛实在差太远。

没有永恒的敌人，只有永恒的利益。不到山穷水尽，陈墨并不想招惹这一个麻烦的人，和聪明人做生意心累，和笨蛋合作头疼。

"你不是缺钱吗？我可以借钱给你，怎么样？"梁洛双手抱胸，脸上是睥睨的笑。

陈墨瞧都不瞧他一眼，对孟行说："小五，我们走。"

孟行心里焦急，他知道这是难得的机会，想不通陈墨怎么这个时候不理智，艾艾地正想说什么，被一把拉着朝外走去。

"喂！你耳朵聋了吗？我说我借钱给你！"梁洛气急败坏地追上来。

陈墨按住朝下的电梯按钮，扭头薄唇微启："我有问你借钱吗？"

这句话说的梁洛和孟行都是一愣。电梯咚地打开，陈墨不带丝毫迟疑地大步踏入："小五，进来！"

直到回公寓过了良久，孟行依然没有反应过来，陈墨脱掉外套坐在书桌前研究招聘的职位，空气一片静谧。孟行在沙发上呆呆地坐了一会儿，终于按捺不住跳了起来嚷嚷道："老大，你发烧了吗？"

陈墨抬起头瞥了他一眼，旋即又将注意力集中到电脑前。孟行走过去，伸手朝他额头摸去，还没碰到手腕就被捏着朝外一翻，疼得哇哇地叫了两声。

"老大，不带这样的，家暴啊家暴！"

"别吵，我正忙着呢，你要没事回自己窝去！"

孟行双手支撑着桌子边沿，歪着脑袋瞅他，又长叹了一声。

"你吊丧吗？滚！"低沉的声音，随意的口气，没什么威慑力。

"你叫我滚，我就滚，等你叫我回来的时候，我滚远了怎么办？"孟行没个正经地说，他心里是有疑惑的，但又不想直接说，这些日子大家都很累，有个筹款的机会很难得，他还不能理解陈墨如此做的道理。

陈墨放下手中的鼠标，抬头，清亮的眸子说不出的晶莹，他嘴角微微上扬，看得出心情不赖："小五，梁洛还会来的。"

孟行一怔，聪明伶俐的他一经点拨，立刻明白过来，笑得脸上像盛开的花朵，小小的酒窝在唇边荡漾："老大，你个狡诈的！"

气势都是一盛二衰三竭，不甘心的人往往不容易放弃，陈墨知道自己很快就要"被借钱"了。他并不在意后面是谁的恩情，他知道牵动这一线的可能是梁洛的弟弟梁渭，或者是梁洛心仪的杜侬侬。还是原来的态度，同性爱他没有，所以不会承梁渭的人情；对杜侬侬也没有情，感恩图报就更谈不上了。

陈墨知道和梁洛合作肯定要付出代价，终究还是年少气盛，放不下尊严。

安乐回来的时候，觉得气氛有微妙的变化，两个男人似乎心情不赖，经常扑克脸的陈墨也难得笑吟吟地看着电视。

"有什么喜事吗？"她心里其实知道，杜侬侬肯定找了关系，带了喜讯吧。

陈墨将她的手一拉，亲昵地半抱在怀里，闻到了一丝很淡的消毒水的味道："看到你就是喜事啊。"

"呕——"孟行受不了做着哆嗦的样子，"喂，儿童不宜的限制级画面请关门后进行，不要污染我纯洁少男的心灵！"

夜晚的月光如同轻纱一般朦胧地笼罩整个房间，陈墨侧身躺着，伸手抚摸着安乐的短发，柔软细滑。

"睡了吗？"

安乐睁开眼睛，眼前的人看不到表情，她朝他怀里缩了缩，支吾地哼了一声，冬天快要过去，这样的温暖的体温，很让人眷恋啊。

他探头在她额头轻轻地吻了一下："乐乐，谢谢你。"这句话在他心里盘旋很久，最终没有说出来，没有必要说这些客气生分的话，谢谢她一路陪着他走过灰暗的冬季，还是别的什么，都不重要。现在她在他怀里，让他有了真实的存在感，爱是触手可及的，也许这比任何都重要。

现实障碍太多，风雨前进的路，不晓得还有多少阻挠，陈墨知道他的人生很像一部三流电视，过去是如何黑暗如何愤懑，他都无所谓，只是，将来迈向光明的剧本，他想和她一起，谱写。

Part02 摊牌

果然不出陈墨所料，梁洛又找了来。

人真是奇怪的动物，不遂心愿的事情有很多，自己却看不清楚，不甘心的人在别人眼中不过是个傻瓜。梁洛想不通走投无路的陈墨，借钱给他，居然还不理自己！

"陈墨，你的脑袋坏掉了吗？！"梁洛的车将准备出行的陈墨堵在地下停车场的入口，车窗自动落下，探出头喊道。

陈墨瞥了他一眼，微微笑道："你就那么想借钱给我？"

梁洛打开车门走下来，阴着脸："你求我啊，看我借不借给你！"

陈墨很想说，地球太危险了，你还是回"脑残星"比较安全，但这类人身攻击的话，说出来只怕梁洛会耄毛。他当然想借钱，但合作是要讲条件的，天上没有白掉的馅饼，他要将付出的条件压到最低才好。

"梁洛，我只需要融资，不需要私人借贷。"陈墨气定神闲地说，"你想投资我们可以谈，要是别的，还是算了。"

梁洛深深地吸了一口气，压住想要脱口而出的脏话："好，明天上午你来我家，我们好好谈谈。"他相信，最后陈墨一定会求他，到时候他再好好地提要求羞辱他一番。

返校的日子临近，杜依依逮着时间就找安乐玩。同样是没有母亲的孩子，她们很多心情是一样的，所以特别能谈到一处去。不同的是，杜依依有个好爸爸，而安乐没有。杜衡生知道安乐所属的公司放弃了竞标，对她倒亲切起来，也没多少戒备心，有时在家反而能客套地寒暄几句。

安乐心里是很矛盾的，二十年来，她身边的朋友寥寥无几，在杜依依那里真心实意的友谊，她却清楚那不过是个谎言。有时候她甚至希望事情真相早早败露，她也能早日解脱。至于后果是什么，她反而不在意。

土地竞标下周就开始了，秦凌云年后再也没见过，对于这样一个用心栽培过自己的师傅，安乐也不知道用什么态度面对，毕竟他没有把自己的身份暴露出来，给了她最后苟延残喘的时间，这点，她还是很感激的。

安乐并不知道，秦凌云之所以这样做，一方面是因为她是他引荐过的人，不好坏了自己的名声，另一方面，其实他早将她的资料寄给陈家，给她下了最大的一个绊子。他知道家丑不外扬，陈家即使收到资料，也不会对他有什么影响。这个男人，半生都在算计，怎么可能轻易原谅不按计划行事的棋子。

付出得不到回报的事情，秦凌云是万万不会做的。安乐还是年纪太小，不知道人心险恶，而陈家发生的事情，陈墨不对她说也是情有可原的——他不想让她背上包袱。

梁洛答应帮助陈墨后，杜依依这几天心情很好，这天又拉着安

270

乐去逛街。

"过两天朋友生日，我也带你一起去玩吧。"杜依依笑眯眯地伸手挽着安乐的胳膊，她的手指纤长，指甲修剪出半圆的弧，涂着很漂亮的粉红色指甲油。

安乐有点儿心不在焉，孟行说今天陈墨去和梁洛谈事情，她不晓得最后会是何种状况。

杜依依推了她一把："想什么呢，回魂！"

安乐这才回过神来，不经大脑随口附和说："好啊。"

杜依依很高兴，梁洛的生日她是压根不想去，但因为他答应帮陈墨的忙，觉得欠了他很大的人情，这时候自然不便推诿，有安乐做伴，便放松许多。

安乐被拖着在商场闲逛，两个人也没什么非要买的东西，只无目的地瞎转。路过周生生专柜的时候，杜依依停下脚步，透明的玻璃柜台摆着金灿灿的饰品，杜依依一眼看到那个Kitty猫的千足金吊坠，很喜欢，便叫专柜小姐拿出来。

"漂亮吧？"

安乐点点头，小巧可爱，一点儿也不俗气，倒很适合杜依依。

"这个我要两个。"杜依依买东西想来干脆利落，喜欢什么二话不说就刷卡付账，过年她的压岁钱收了许多，这个小玩意儿是不在话下的。

"你买那么多干吗？"安乐瞄了眼金价，对比着克数，小小的坠子，两个下来也要三千多块钱。

杜依依但笑不语，付款开票行云流水，连称重都没管，将包装好的红丝绒盒子塞给安乐："我们一人一个，喵，哈哈！"

安乐脸色有些苍白，小小的盒子在手里似乎有千斤重，压得她喘不过气。

"依依……"

"嗯？不许说不要哦，我们是好姐妹，这是定情信物，嘿嘿。"没等安乐说出拒绝的话，她劈里啪啦地说了一串出来。

安乐正待说什么，手机在衣袋里振动起来，她掏出来看了一眼，是孟行。

最终想说的话还是没有说出口，谎言就是这样，开始容易，收尾难。安乐知道爱之深，恨之切，她和杜依依的友情开始便是悬崖上的花，一场风过后就会飘零。她所做的事情，间接的利用，包括隐瞒身份接近，每一样都是不可原谅的，她是应该遭到惩罚的。每个人都会犯错，圣人也不例外，不管初衷是什么，都不能作为借口。

安乐走在一个不受控制的十字路口，向来坚定的她从来没有后悔的事情，唯独这件，让她心神不宁。

安乐匆匆找了个借口离开，孟行似乎有重要的事情找她，电话不停地振动，她走出商场才摁下通话键。

"乐乐，你在哪里？我去接你，陈墨好像去找梁洛了，我怕有什么意外。"

安乐报了一个地址，又怕被杜依依看到，走出两站路，在离商场很远站牌处等待。冬日最后一场风雪来临，雪粒砸在脸上生疼，天空是灰蒙蒙的一片，她的心里和这天气一样阴沉。

孟行的车开得很快，雪落在地上变成泥泞的雪水，很滑。城市很大，来回折腾费了一番时间，若说担心孟行其实倒没多少，他知道陈墨不是好欺负的人，可是有热闹自己看不上，想起来有点儿心焦。找了安乐一起去，老大就不会乱发飙了，这个弱点，他熟练地掌握着。

虽然是下午，可是天气像傍晚那般昏暗，白茫茫飞舞的雪，笼罩着新区的红砖高墙，平日那鲜艳的色彩，今天显得暗淡无力。

天空飘着碎玉般的雪，车内暖气却热得人脸红。关心则乱，与孟行不同，安乐确实有点儿慌乱，她心里有很重的包袱，从小到大似乎做惯了扫把星，她不想陈墨有任何差池。

车在梁洛家门前停下来，没等停稳，安乐就打开车门。一股尖利的寒气刺入肌肤，从前这点儿冷她是不在话下的，挨饿受冻是她常有的事情，可过了一段舒适安逸的生活后，身体的抵抗力却弱了下来。

屋内，梁洛和陈墨僵持着。按理说陈墨处于劣势，应该被动，但他太了解梁洛的脾气和秉性，又巧舌如簧，反而占了上风。

陈墨的融资报告是很有吸引力的，梁洛虽然性子不讨人喜欢，做事情冲动鲁莽，毕竟受过高等教育，不是白痴，他知道若不是陈墨家里从中作梗，像这样有利可图的项目，吸纳资金并不是难事。

陈墨明白单纯的利益是不能让梁洛上钩的，他是不缺钱的人，更重视的是能力在家族中的体现，是被人赞扬和仰望。

"你父亲董事局的成员不是对你毕业后掌管连锁超市颇有微词吗？这样的投资对你展示能力很有帮助，我有信心两年内创造上亿的利润，到时候，谁都不会再对你有质疑！"陈墨的话很有诱惑力，让梁洛暂时忘记要好好羞辱他的最初目的。

谈判进入正轨，就利润分配两人谈了很久，最终敲定分成比例，正待签订合约，门铃响了。

梁家的保姆引进来两人，孟行自然是熟悉的，看到安乐，梁洛倒愣了下，好一会儿才想起来是谁。

"哟，这不是陈少的'女朋友'吗？"他笑着站起来，"到我家找人，还挺紧迫逼人的。"

安乐看到陈墨毫发无损，悬着的心放了下来，狠狠地瞪了身边的孟行一眼。

这一打岔，合约放到一边，虽然嘴上谈拢了，没有白纸黑字，陈墨自然是不放心的。梁洛这样的人翻脸不认账是经常的事情，他也知道两人是出于关心才来找他，但这样的节骨眼，孟行总是好心办坏事。

果然，接下来的签约开始不顺利，梁洛看着安乐开始不正经起来。

"我说，陈少，你的魅力真是到哪里都挡不住，前面有杜依依为你撑腰，后面又来个妞，我弟弟骨折至今还没痊愈，你倒是能耐啊！"

陈墨手中紧握的签字笔朝桌面上轻轻放下，不动声色地站起来："我不能耐你会和我合作吗？"这句话难得有点儿褒奖梁洛的意思，却不知道他听没听出来。

安乐察觉她与孟行有点儿坏事，心里很是懊恼，但面子上又不能流露，微微笑道："梁少，看来是我们打扰了，实在是公司有些急事需要处理，电话又打不通，才冒昧前来。"跟着秦凌云学习一段时间，场面上的话多少她也说得流利。

孟行也笑呵呵地说："是啊，是啊！"

"不打扰，刚好我还嫌没有证人，你们来正好！"梁洛狭长的眼睛眯起，露出一丝精光。"我出钱，没问题，不过有两个条件，答应了我立马签字，否则，免谈！"

Part03 注定

车内是静谧的空气，只有雨刷刮着车窗发出的声响，狭小的空间很是逼仄。孟行低着头一言不发，安乐坐在副驾上也不吭声。倒是陈墨打破宁静："怎么都和斗败的公鸡一样，合约不是签了吗？我们应该找个地方去庆祝，绝路逢生啊！"

"黑方上次我一人喝完了。"孟行抬头艾艾地说。

274

陈墨微微一笑："你傻啊，世界上又不是只有一瓶黑方，再买就是了。"

"老大……"

"别唧唧歪歪了，你来开车，下雪我视力不好，你的车就丢这里，明天过来再取。"

交换了位置，陈墨坐在了后面："乐乐，坐我旁边来，省得小五注意力不集中。"

孟行心里嘀咕着，什么啊，你的女人我从来没觊觎过。这番说笑倒也缓和了车里僵硬的气氛，只有安乐还是没说一句话。

陈墨握着她的手，她的指尖冰凉，早先红肿的冻疮早就不见，可指腹仍有厚厚的茧，摸上去有些粗糙。他知道她很自责，其实就算他们不来，梁洛也不会那么轻易签字。

要说打压和嘲讽人，陈墨很擅长，但他是安慰无能星人，所以即便知道安乐心里有着没必要的愧疚，他却不知从何化解，只是紧紧握着她的手。借着汽车转弯，将她搂进怀里。

"晚上想吃什么？"他在她耳边呼出热气。

"嗯。"安乐回了回神，低头朝他胸前看了一眼，那里面陪着他二十多年的古玉，现在留在了梁洛家，而明天，还要去给他弟弟道歉。

"嗯是什么？"陈墨撩拨着她的头发，淡淡的清香。

安乐心不在焉地说："随便什么都好。"

"那，吃你好不好？"陈墨故意逗她。

"喂，你们不带这样刺激人的，我又不是空气！"前面的孟行从倒后镜偷偷地瞄了他们一眼，憋出一句话。

"好好开你的车！"

晚饭过后，安乐说看护家里有事，她去医院替换。陈墨不想她这么辛苦，要加钱找个临时看护，她却说只有一晚，也想陪陪奶奶。

他们便没去酒吧庆祝，直接把车开到了医院。

疲惫了半个月的陈墨，心里紧绷的弦总算稍稍放松了些，晚上睡得很早。梦里隐约有轻薄的雾，笼罩着他，安乐巧笑情兮地在不远处，他伸手想要去抱，却又越来越远，怎么也够不到。

他叫了一声坐起来，额头沁出细密的汗，心里感觉不安。他朝床头的荧光表看去，时针指向正北，不过十二点，他掀开被子下床将暖气调低。房间很静，听得见秒针走的滴答声，他躺了好一会儿，横竖也睡不着，又坐了起来。

窗外的雪早就停歇，他穿好衣服，拿起外套和车钥匙，走的时候没有打电话，他害怕吵着她休息。

冬夜车辆稀少，没多久就开到医院，他在附近的24小时便利店买了些吃的，晚饭她没吃多少，可能这会儿早就饿了。

白炽灯将住院部的走廊照的如白昼般亮堂，陈墨脚步轻缓，不想打扰病人，走到特护病房，蹑手蹑脚地推开门。

沙发上蜷曲着一个身影，盖着毛毯，连头带脚捂了个严实，陈墨笑着在边上坐下来，伸手去搂。

"哎呀妈呀，大半夜的，谁啊？"毛毯掀开，露出看护阿姨的受惊吓的脸，她揉着眼睛坐起来，看到陈墨，赶忙护着前胸，"陈先生，你半夜跑来干吗？我年龄能当你妈了！"

陈墨有些错愕，急忙站起来，环视病房并没有瞧见安乐，心往下一沉："阿姨，别误会，我以为是安乐，她晚上没在吗？"

安乐自然是不在的，她在梁洛家的别墅外，孟行的车边。

漆黑的夜覆盖着大地，昏黄的路灯将身影拉长，她等了很久，别墅的灯火才暗下去。

那块玉锁在书房的保险柜里，安乐亲眼看到梁洛笑着放进去，心里不知为何恨到极点。龙凤雕琢的古玉本来是一对，是陈墨家传之物，在她遇到他的少年时候，有一块便不知去向了，他母亲说是她偷了，她脱光所有衣服，可依然没有人相信，最终被扭送到警察局，那时那景她一生难忘。

这件事情对安乐影响很大，她一直耿耿于怀。没想到时光荏苒，多年后，剩下的这个，却因为她落到旁人手中。这种不甘变成了魔障，她知道若是取不回这块玉，她定会寝食难安。

安乐凭着记忆画出图样，找雕刻师傅用白玉仿造了个类似的，准备干一把她的老本行。

背包丢在孟行车下，换上轻便的运动装，带上鞋套和手套，她深深吸了一口气，朝别墅走去。

手机在背包里疯狂地振动，主人却已经远离，夜晚静谧得有些凄凉。陈墨焦急地拨了一遍又一遍，始终无人接听，他有些失控，恨不得有魔法里的传送术能一秒到她身边。

他隐约察觉她去做什么，傻瓜，那些身外的东西有什么重要的。

然而没有如果，一切都来不及。安乐是彻底的行动派，车子开得再快，也阻止不了她执著的念头。每人心里或多或少都有这样偏执的时刻，一鼓作气的，只有一个目标，简单，完全不顾及后果。

陈墨看到墙边翻出的身影，觉得心要跳出腔子，她安稳地落地，动作干净利落，他站在车前，面色阴沉。

安乐看见他吓了一跳，直觉地朝后退去。

"拿来。"陈墨开口。

安乐低下头，从衣服内掏出玉佩递过去，自从他们交好后，这是第一次陈墨用如此冷冰的口气对她说话。

陈墨接过不再吭声，周边刚好有个施工的砖堆，他弯腰拾起一块，朝玉佩狠狠拍去。安乐情急下用手去护，陈墨收势不住，空心砖砸在她的手背。她忍住没有叫出来，眼泪在眼眶打转。

疼，在她的手背，也在他心里。陈墨丢下砖头，气极："你是傻瓜吗？！"

安乐垂着脑袋，积蓄的泪终于跌落在地上。陈墨曾以为，要是有人敢伤害他爱的人，不管是谁他都不会原谅。可现在，伤害她的人却是他自己。

他将她拉起来，用力紧紧地抱住她，几乎把她的骨头捏碎，为什么不能对她更温柔一点儿？为什么要把失去或者未知的恐惧加到爱的人身上，是太爱了还是不够爱？

"你不欠我的，不需要做这些，就算什么都失去我也无所谓。我希望的不过是心爱的人，平安快乐地活着，开心地笑，只有如此而已。就算我什么都有，没有你，有意义吗？"

他伸手抹去她的眼泪，安乐抬起头："对不起……"

她以为她不会再为这世界上任何一个人流泪，手背红肿，火辣辣地疼，可她却觉得再也没有比此刻更幸福的，因为她把所有感情都给了他，如此的确定。

他将玉佩拾起，带到她的脖子上，贴着肌肤一片凉，很快和体温融合。他拉着她的手，动作很轻，生怕弄疼她，打开车门。

"傻瓜，永远不需要和我说对不起。"

资金一到位，陈墨立刻忙碌起来，他知道梁洛始终是个隐患，那块玉佩也是个祸根。然而，倾尽全力去保护一个人——他能做的也只有这点。

实际上他的危机并未完全解除，运作的资金是分阶段的，他仅仅可以起步，后面的推广才是重头。

不参与拿地，他虽然放弃了最可行的路，但恰好让他另辟蹊径。塞翁失马，焉知非福。

根据打探的消息，秦凌云对于拿地势在必得，这样很快陈家将面临最大的威胁，他已有应对的策略，陈墨觉得公司第二笔资金很快就有着落——他和父亲说过，要解决危机，不是信口开河。

278

利器对外伤敌，对内伤己，要看如何运用。秦凌云虽然步步为营，计划看上去完美无瑕，实际上没有无漏洞的方案，正所谓风险投资，有利益自然也有风险。陈墨对于这个方案十分了解，自有对策，所以他现在巴不得秦凌云赶快将地块拿下。

初春的夜晚微寒，杜依依老早就打电话给安乐，约的地方是城中一家著名的酒店。据说是她朋友的生日宴会，安乐也准备了份礼物，想今夜把事情说开。

酒店门口，杜依依亭亭玉立，粉色的掐腰风衣衬得她肤色越发白皙，瞧见安乐，挥手打招呼。

记忆中一幅画面突然在脑海中闪现，安乐想起来她在这附近的商场偷陈墨钱包的时候，原来那时和他在一起碰面的人，就是杜依依！

缘分总是这么蹊跷，不早也不晚。大多数人一生能和近两千万人擦肩而过，她们就是这两千万分之一的缘分，安乐总不相信世界上有命运这回事，但是她却相信缘分。

"有你在我就放心啦，哈哈。"杜依依笑得很开心，伸手缠住她的胳膊。

"依依，宴会结束后，我有话跟你说。"安乐闪避了一下，最终没有躲开。

"好啊，晚上要不你住我家吧，我们一起睡，随便聊多晚都可以。"

安乐垂下眼眸，这个单纯的没有心眼的女孩，爱恨分明，即使家庭条件如此好，却也是孤单的。她是真的全心全意地信任自己，喜欢自己啊。安乐觉得这个谎言无论任何后果，都愿意承担，是该接受惩罚的，错就是错，没有借口。

电梯一路向上，咚的一声开启。装饰华美的大堂灯火通明，客人三三两两，他们随意走动，热闹而不喧哗。

"不知道今天他会不会来，毕竟他们现在是合作关系了。"杜依依低声嘀咕，像自言自语。

"嗯？你说谁？"

"没什么，既然来了，我们开开心心地好好玩。"杜依依将她拉进去。

主人还没登场，大家都很随意，轻柔舒缓的音乐在空气中流淌，餐桌上摆满了精致的点心，香槟酒杯晶莹剔透。

梁洛是这场宴会的主角，却迟迟未到，他拿了玉佩本想借此机会好好炫耀的，而保险柜里的东西显然不是他原来的战利品。安乐以为对付梁洛这样的纨绔子弟，很容易就能瞒天过海，却万万没料到，梁洛也许什么都不行，唯独对玉器十分精通。

假的就是假的，永远不能变成真的。

智者千虑，终有一疏。安乐考虑到指纹脚印，却独独忘记夜晚行窃也是要蒙面才安全。梁洛调出房间的监控录像，很容易地知道究竟发生了什么事情——居然敢太岁头上动土！

钱已经给了，他却不能吃这个哑巴亏。手上证据确凿，梁洛阴着脸，如不是今天有他的生日宴会，他肯定直接杀去陈墨那里。想到酒店有那么多客人在等待，他匆匆拿了拷贝录像的U盘出门了。

车内，他拨了个电话："孟行，是我梁洛，今天我生日，咱们也算合作关系了，晚上你带陈墨来新纪元酒店捧个场吧，对，六楼。"

这个夜晚，注定所有该相遇和不该相遇的，都在一起，碰面。

Part04 惩罚

宴会厅门边出现熟悉的身影，让安乐彻底愣住——居然是梁洛，她觉得浑身一下冰冷起来。

"乐乐，这个好吃，给你。"杜依依叉起一块巧克力慕司递到她手上，安乐没接稳，掉到了地上，白色大理石地面染上了污迹。

"啊，对不起。"

"你怎么了，好像魂不守舍的。"杜依依开着玩笑。

梁洛一眼就看到了杜依依，再往她身边瞅去，这一瞧乐了，竟是录像里的元凶，陈墨的女人！他倒觉得挺奇妙，这两人怎么在一起？而且看起来如此亲密，他很疑惑。

他优哉地朝她们走来，看得出安乐脸色苍白，心里更是得意，也不理她，先和杜依依打起招呼来。

"依依啊，难得你能赏光，不知道看的是我的面子，还陈墨的。"

杜依依难得好心情，不在意他话中有话："你是寿星，自然是因为你才来啊。"

"哈哈，这句话我爱听。"梁洛说完瞄了一眼安乐，目光转向杜依依说道，"依依啊，我可是对你言听计从，连最讨厌的人都帮了，你准备怎么报答我？"

杜依依扑哧笑道："大恩不言谢。"

梁洛倒没有乘人之危，要挟她做女朋友，不过就算他要求，她肯定是不会答应的。大家一个圈子玩了多年，彼此也都了解是什么样的人。

"我今天本来有样东西想送给你，可惜居然长了翅膀不翼而飞，不过倒是另有一份大礼要给你。"梁洛斜眼看着安乐，这样的含沙射影，她想必肯定能听出来，却没有落荒而逃，这个女人，定力还是可以，长得也漂亮，可惜跟错了人。

"嘿嘿，今天你过生日，我送你礼物才是。"杜依依客气地说，拉了把身旁的安乐，"忘了和你介绍，这位是我的好朋友，安乐。"

梁洛笑得很开心："依依，不用你介绍，我们早就认识，不过，我不知道原来情敌也能凑在一起，把酒言欢。"

杜依依眉毛微微蹙起："你这话什么意思啊！还没喝酒怎么就胡言乱语起来。"

"什么意思显然有人比我更清楚。"梁洛定定地看着安乐，一字一顿地说，"安小姐，你可是陈墨亲口承认的女朋友，那天KTV的热吻我还记忆犹新，真想不到你居然和依依关系这么好！看来我也不必找陈墨，录像的资料，我就交给依依啦。"说完从衣服口袋掏出一个U盘，递给杜依依。

小巧的U盘在她的掌心，被紧紧握住，而杜依依还没有消化梁洛那番话，看上去异常平静。三三两两的人路过看到梁洛都纷纷打招呼，就像电影布景中出现的龙套演员，看起来那么不真实。

杜依依抬起头看着身旁人，脸色没有一丝血色："你，和陈墨是真的？"

安乐没有逃避她的眼神，咬住下唇，微微颔首。

"你一直都在骗我？"

安乐低下头，除了最初几次，后面她都是抱着明确的目的，这么说也未尝不可。

"安乐，我给你时间解释。"杜依依的声音有些微颤。

"没什么好解释的，他说的都是事实。"这句话说出来，安乐觉得这些日子郁结在心里的东西，变成石头，尘埃落定。也许这世上有不被拆穿的谎言，那也并非幸运，该面对的一切不管以什么样的形式出现，她都觉得是种解脱。

偏爱粉红色的女孩，漂亮玲珑的锁骨之上，金色的Kitty猫吊坠静静地贴着，安乐从衣兜里掏出红丝绒首饰盒，放在她身侧的台子上，转身准备离去却被梁洛一把抓住。

“想走，没这么容易吧？”

“把手放开！”陈墨不知何时踏入宴会厅，刚好看见这样一幕，他快步走来，眉头轻蹙。

“哟，包庇的也来了，好戏快开场，你可赶得真及时！”梁洛满不在乎地说，丝毫不畏惧，他手中有确凿的证据，他才是这场游戏的主角，每当能凌驾于他人之上时，他就无比兴奋。

杜依依看看陈墨，又看看安乐，她喜欢的男人握住她喜欢的女人的手，坚定的表情是她从来未曾看过的模样。她揉了揉眼睛，好像有什么东西落了进去，酸涩地疼痛着。

“你们，合伙骗我？为什么？”

没有人回答她，那个在她印象中始终高高在上，冷漠的男人现在温柔地看着她身边的女人，没有理会她。杜依依觉得自己像个傻瓜，怒火也燃烧了起来。

“为什么？说话啊！”

安乐的伶牙俐齿此刻不知去向，她其实也不想辩解什么。谎言是事实，她这一生说过很多，从来都不以为然，她也逃避过太多事情，始终过着一种仓皇的日子，总觉得生命经常出现世界末日，然而每一次挺过来，似乎又有更糟糕的事情在等着她。

梁洛代她回答了，口气不屑一顾：“依依，你傻啊，当然是为了利用你！”

陈墨开口了，却是对着身后的孟行说：“小五，你先带安乐下去，停车场等我。”

梁洛转身拦住：“陈少，你要先掂量着这事能不能扛住再说话。昨晚，我家可是进来一名小贼，还给我玩起偷天换日来！不过，我家书房安装了摄像监控，拍得那叫一个清晰，原来是你身边这位漂亮妞做的好事，真是让人想不到啊！那开保险柜的专业技术让我颇为佩服。”

杜依依听完，手中的U盘握得更紧，她朝梁洛问道："这里面就是证据？"

　　梁洛笑着点头："怎么样，大礼吧？那玉价值不菲，算重大盗窃案。局子里咱也有的是关系，随便你捏扁搓圆！"

　　杜依依的视线越过陈墨，停在安乐身上："我真心把你当朋友，你就这样玩我？你连对不起都不和我说一声？"

　　安乐低下头，说了有用吗？这不是在公交车上踩人脚后需要的道歉。有些伤害，是不能被原谅的，她清楚地知道。

　　"好，很好，梁洛，我们报警！"

　　陈墨的身体紧绷，他拦住杜依依的去路，用极理智的口吻说道："我们谈谈。"

　　"有什么好谈的，放过她你就会和我在一起？"杜依依冷笑道。

　　陈墨转向梁洛："安乐是公司的法人，这样做对大家都没有好处。"

　　梁洛狭长的眼睛露出狡黠的光："法人可以转，那点儿钱我也不在乎，只要依依高兴，我一切都ok！"

　　陈墨还要说什么，胳膊被安乐拉住，她抬起头，整场事情迄今她都没有说话，现在她用恳求的目光看着他："我愿意承担，所有后果。"

　　她的声音平稳没有一丝波澜起伏，她愿意，接受惩罚。

　　今年立春来得特别早，温暖的季节快要到来，江边的堤岸柳树已经新绿，长长的柳条随风轻摆，说不出的惬意。

　　车沿着环城路快速地前进，风驰电掣的速度卷起路边的尘土，朝着南山方向驶去。

　　不过短短两周的时间，似乎城市被季节的滤镜抹去了灰暗的冬日色彩，变得鲜活明亮起来。两侧的风景从倒后镜里匆匆掠过，而开车的人显然没有悠闲的心情，车内的指针超过了100。

"儿子，开慢点。"陈智琛微微皱着眉头，虽然是环线，也有限制时速不得超过80的标牌。

土地竞拍的结果十天前就出来了，一旦规划报批通过审核，整个南山变成墓园，陈智琛手里圈的千亩地将瞬间贬值，这个损失，是他无法预估的。

儿子似乎真的长大了，学会如何利用时机谈判，如果谈判的对象不是自己，倒是值得欣慰的事情。

在这春光明媚的日子，登高望远，俯视脚下的土地，自豪感油然而生，只是这块土地能不能创造巨大的利润，现在还是个未知数。即便立刻动工，整个园区的建设和销售周期也会长达三年，那个时候，比邻墓地，又有谁会买？

山上的风大，吹得衣服鼓起，阳光下的陈墨看上去神采奕奕，谁也不知道他心里压着多么沉重的包袱。

"爸，我会列出切实可行的方案，让整个项目活起来，我想你也知道前提条件，我希望家里不再阻挠我做的事情和我爱的人。"

"你做的事情我不反对，但是那个羁押在看守所，保释也不愿出来的傻瓜，陈家是不可能接受的！"

"我并不奢望你们能接受，只要不阻挠就好。即便是反对，这么长时间，我相信你也看到我的立场。"

"你那是胡闹！年轻的时候放肆不是不可以，关键要有个尺度！"

陈墨迎风而立，脸上是淡淡的微笑，很多人都以为青春只有一次，要好好放肆地去活，爱情却可以有很多选择，放弃一个人也不是什么大不了的事情，可是也有人只认定一次的感情。他爱安乐，甚至在她最傻的时候，在她做出所有人都觉得不可思议的行为时，他都不会放弃。

"比起上亿的损失，我想，接受任何人都不是难事。"他任何时候都理智，语气平缓。

"哼，儿子，大话谁都会说，让这块地起死回生，不是那么容易的事情，我手下那么多人才，你比他们强在哪里？"

陈墨看着远方的湛蓝天空，面部表情柔和，这世上有人让他变得强大，有他付出一切也要保护的人，就凭这点，他也会勇往直前。

"爸，两军对垒，除了实力，更重要的是计谋。你手下的人才，都从如何利润最大化，或者挽回多少损失考虑，却没人想到以毒攻毒。"

远方的土地，那里有着另一个人的梦想，年少时，他的哥哥，用自信的眼光看着他："弟弟，我要在这建一个很大的游乐场，儿童乐园，到时候你想玩什么就玩什么，妈妈再也不会说你啦！"

在往后的岁月里，陈墨不在意成为替代品，就是因为在漫长的，永远不会醒来的黑暗中，有个人代替他沉睡着……

Part05 结局

老人常说，春雨贵如油，在绵绵细雨中，万物得到滋润，显得分外水灵，远山如黛，郁郁葱葱，像一幅美丽的水墨画。只是，这里不再宁静。

依山傍水的大型游乐园已经开始营建，只待众多游乐设备到位，预计六一即可开园。

286

三十天，陈墨和安乐分开的时间，在忙碌的工作中，似乎也过得飞快。他与乐年华签订合作方案，别墅用地的四分之一用来营建了儿童乐园。摩天轮、海盗船、过山车……这类机械安装周期很短，加上春天到了，人们脱下沉重的冬装，正是踏春出游的好时机。

以毒攻毒，谁愿意逝者亡灵不得安宁呢？有这样快乐而玩闹的"邻居"，秦凌云的投资方，定会施加压力，其实开发的方向有多种，墓地虽然短期投资回报最高，毕竟不是什么好营生。

陈墨已经听到内部消息，投资买地的甲方，准备改建度假山庄了。

科技公司开始了首轮推广活动，内测玩家爆满，第二期的资金也招商到位，最危险的时期过去了，所有事情都朝好的方向发展。

可是安乐，看不到这些。

考虑到游戏运营的影响，梁洛并没有立刻将证据提供给警方，安乐暂时被刑事拘留。

拘留最长是三十七天，立案的侦查时间延长到两个月。陈墨委托律师会见，申请取保候审，然而安乐拒绝了。

她对陈墨说："我曾经想过无数次这样的结果，也被可怕的噩梦惊醒过很多次，我做的任何事情，都抱着侥幸的心理，只是这一次，我不想逃避。"

三十天的时间，从一个季节踏入另一个，杜依依的心情却仍然没有平复。

她仔细地研究了相关的法律，提请诉讼，加上审理的时间，最长可以达到七个月，她要慢慢磨折安乐。古玉的价格不菲，鉴定后超过十万元，安乐很容易处十年以上有期徒刑，如果可以，她希望这辈子都不要再看到这个女人。

所有人都势必为自己的行为负责，这就是成人的世界，有道德的约束，法律的制衡。

孟行来找过她求情，杜依依觉得可笑，明明自己是受害人，为什么还有人会把天平倾到坏人身上？而陈墨这些天居然没有来找她！

他爱到和家里人都摊牌，陈妈妈还气到一度对外说不认这个儿子，走到这个地步，却不为自己的爱人来求情？他应该在自己面前下跪求饶痛哭流涕才是！

交毕业论文那天，杜依依远远地在学校看到陈墨的身影，他的背永远挺得那么直，在匆匆来往的人中，那么显眼，似乎有光环笼罩一样，让人情不自禁目光为之追随。

她喜欢了那么多年，却从来没有看透过他。原本不过以为他冷漠，现在她觉得他心硬如铁，安乐做的一切都是为了他，最美好的青春很快要葬送到了监狱，而他依然如此风轻云淡。

校园梧桐高大的树冠上新绿的叶子油亮，斑驳的阳光透过缝隙落在行人身上，陈墨步子很快，眼看就要走出校门，被穿着淡粉色短外套的女孩拦住。

"陈墨，你到底有没有心？！"杜依依眼睛睁得很大，乌黑的眼珠定定地瞧着他。

陈墨止住脚步，脸上露出淡淡的微笑："你是为安乐抱不平吗？"

先按捺不住的人，就输了。陈墨不认为苦苦哀求能让杜依依放过安乐，只有他漠不关心，才能激起她的关注。

小小的蟑螂沿着墙角一路爬行，手拍过去，虫子挺尸了半晌，又翻过身子飞快地爬走。

生命，真的很顽强。

没有进来前，安乐总是觉得提心吊胆，现在反而觉得心情很宁静。她知道陈墨会帮自己照顾奶奶，不牵挂？怎么可能！有时候想一个人，心就紧紧揪起。

这些日子，她像在梦中。有天梦里，她的手被牢握；有天梦里，他们相拥入眠，有天梦里，她被爱，也知道了什么是爱情。

然而，有天梦里，她伤害了人，有天梦里，他们就这样分开。

"不要害怕，无论终点在哪里，我都会等你。"奇怪，他的承

288

诺，她愿意相信，也就真的不再害怕。

被关押的第三十七天，警察将她放出来。门外的艳阳高照，背着光的男人身上，镀上了淡淡的金色，他快步上前，握住她的胳膊，将她一把拉进怀中。

安乐脸上是迷茫的恍惚，她伸手向他的脸庞抚摸去，光滑的质感如此真实。

"奇怪，我好像又做梦了。"

面前清俊的脸露出温柔的笑，他的手落在她的手背上，低沉的声音那样熟悉："傻瓜，没事了，我们回家。"

街角，杜依依看着他们相拥离开，两人的双手十指紧握，心里的难过铺天盖地。陈墨甚至没有求她，为什么她会一败涂地？

"依依，在我眼里，你是个好女孩，而我，从来不愿做好人，同样，安乐也不是好人，正因为这样，我们才般配。"他送给她一顶高帽。

"这世界上的感情，不是眼睛看到才是真的。我不为安乐的目的作任何辩解，这是她让我交给你的。"

普普通通的一罐可乐，只有杜依依知道代表什么。那最初的一场相识，是真的。

"我问你，初中时，有个女孩在学校被人欺负，你出手相助的事情，还记得吗？"

他微微愣住，努力回想了一下，摇摇头。

自己念念不忘的往事，原来对别人，是那般不重要。暗恋永远都不是爱情，单独的，傻傻的一方，爱的不过是自己幻想的完美，她终于可以放下。

原谅，她做不到，祝福，更不会。

但是她成全了一对恋人，会得到一张好人卡吧……

花火工作室长篇出版征稿启事

花火工作室向所有文学爱好者诚征各类小说稿，待遇优厚，具体事宜如下：

一、《花火》青春文学类

1.青春微凉系列

要求：以一个人或一群人的成长经历为主，感情真实，情节曲折，有催泪功能，题材新颖。

关键字：催泪 曲折 青春校园　　　　适合读者群：14～25岁

字数：10万～30万字

2.青春暖爱系列

要求：感情温暖，情节轻松，最好结局是圆满的，就算是错过的结局，也要是值得原谅和温暖感恩的。文字细腻优美。

关键字：暖爱 轻松 细腻 团圆　　　　适合读者群：14～25岁

字数：10万～18万字

二、《飞·魔幻》文学类

1.古代言情系列

要求：架设在某个历史场景的故事，包括穿越，也包括民国题材。可以用比较新颖娱乐现代的手法来写人物的命运，情节有冲击力有可读性，节奏快而语言通俗。

关键字：复古 言情 曲折 穿越　　　　适合读者群：16～25岁

字数：12～40万字

2.魔幻文学系列

要求：天马行空的想象，情节搞笑轻松，一波三折。给人意料之外的结局和尖叫连连的惊喜，背景现代古代均可。

关键字：魔幻 搞笑 出人意料适合读者群：14～22岁

字数：8万～18万字

三、其他文学类

要求：题材新颖，字数不限。

注意事项：

1. 作品须为传统媒体原创首发，网络媒体可连载过部分；拒绝抄袭和剽窃。

2. 需提供作品简介和大纲（300～1000字）、作者简介、全文计划字数、目前字数、预计完稿时间等信息。

3. 标明所投栏目和字数。

4. 请附联系方式，如：QQ、MSN、电话、地址、E-mail。

5. 全文前3万～5万字，如适合出版会进一步联系作者要求看全文。

6. 稿费标准：一经采用，与作者协商签订出版合同，稿酬从优。

7. 来稿在半个月之内回复初审结果。

8. 作品请发送至以下官方邮箱：

merrybook1@163.com

或登陆官方网站 www.s-merry.com长篇投稿板块